Anja Balschun

Narrensicher in den Tod

Kriminalroman

Ein kräftiges OLAU auf die Prinzensession der Großen Koblenzer Karnevalsgesellschaft 2018/2019

Prolog

Aimol Prinz ze sinn. In Kowelenz am Rhin. Einmal Prinz zu sein! Im schönen Koblenz am Rhein!

Ein Traum, den erstaunlich viele träumen. Und der für fast ebenso viele nicht in Erfüllung geht. Für Helmut aber war er wahr geworden, der Wunsch. Ach was, dachte er, es war bei Weitem mehr als ein Wunsch. Eine echte Herzensangelegenheit. Das waren die Begriffe, die am besten passten. Und warum war er so weit gekommen? Weil er über genügend Geldmittel verfügte, um sich dieses Amt leisten zu können. Im Gegensatz zu manch anderem armen Tropf. Der schaffte es dann vielleicht in den Hofstaat und damit war das Ende der karnevalistischen Karriereleiter erreicht. Bedauernswerte Kreaturen.

Stolz drehte Helmut sich in seiner Prinzenuniform vor dem großen Spiegel in seinem Schlafzimmer um die eigene Achse. Von links nach rechts. Von rechts nach links. Immer wieder. Was für ein Gefühl. Unbeschreiblich. Bewundernd berührte er voller Vorsicht die wertvollen Fasanenfedern, die ihm unendlich lang erschienen. Als würden sie den Himmel berühren. Wunderbar, wie sie auf und ab wippten, wenn er den Kopf königlich huldvoll bewegte. Und die Hände. Er winkte. Schließlich war er eine sogenannte Tollität. Er stellte sich vor, wie die Menge ihm am Rosenmontag, wenn er auf dem Prinzenwagen durch die Stadt chauffiert wurde, zujubelte.

Mit allen zehn Fingern strich er über sein Wams, auf dem das Wappen von Koblenz prangte. Ein rotes Kreuz, in der Mitte besetzt von einer goldenen Krone. Das in Weiß gehaltene Wams war an den Seiten mit dunkelroten Streifen abgesetzt, die Ränder des Oberteils wurden von goldenen Borten betont. Alles passte perfekt zueinander. Ein exakt auf seine Figur maßgefertigtes Meisterwerk der Schneiderkunst. Durch seinen flachen Bauch kam das Kleidungsstück besonders gut zur Geltung, fand Helmut. Seine Beine steckten in einer weißen Hose mit drei roten Streifen und messerscharfen Bügelfalten. Weiße Handschuhe und Schuhe in derselben Farbe. Ein wärmender Überwurf für kalte Tage und für die Fahrt auf dem Rosenmontagswagen komplettierte die Prinzenuniform.

Die Session hatte direkt nach Neujahr begonnen, denn die fünfte Jahreszeit war in diesem Jahr kurz. So kurz, wie es überhaupt möglich war. Der Rosenmontag fiel auf den achten Februar, Aschermittwoch, und damit das Ende des ausgelassenen Treibens, auf den zehnten. Das bedeutete, dass innerhalb von fünf Wochen über hundert Sitzungen und Veranstaltungen besucht werden mussten. Helmut freute sich über jede Einladung, auch wenn es ihm natürlich lieber gewesen wäre, er hätte mehr Zeit für seine Mission gehabt. Denn Prinz zu sein, das war eine Berufung, der man mit Würde nachkommen musste, eine Ehre. Das konnte nicht jeder, betonte er sich selbst gegenüber bestimmt zum tausendsten Mal.

Seiner festen Überzeugung nach krönte die Anwesenheit von Prinz und Confluentia, wie seine Prinzessin auf Koblenzerisch genannt wurde, jede einzelne Karnevalsveranstaltung. Nicht nur das, der Auftritt des närrischen Herrscherpaares stellte den Höhepunkt dar. Jedenfalls dann, wenn die Sache nach Plan lief. Helmut hatte sich vorgenommen, der beliebteste Kowelenzer Prinz aller Zeiten zu werden, nicht mehr, aber auch nicht weniger.

Bis jetzt war alles nach seinen Vorstellungen verlaufen. Allmählich ging es in die ganz heiße Phase. Am nächsten Donnerstag würde an Weiberfastnacht der Straßenkarneval beginnen, vorher eine Veranstaltung, eine Sitzung die nächste jagen. Er genoss es. Überall wurden er und seine Confluentia bejubelt und gefeiert. Die vorübergehende Frau an seiner Seite betrachtete Helmut keinesfalls als sein persönliches schmückendes Beiwerk. Ihm war durchaus bewusst, dass der Großteil des närrischen Volkes seine Regenten gleichberechtigt nebeneinander bewundern wollte. Angenehmerweise war Corinna überaus hübsch mit ihren langen, leuchtend blonden Haaren und den großen blauen Augen. Über ihre Figur konnte man ebenfalls nicht meckern. Schlank und hochgewachsen trug sie das Confluentia-Kleid und die karnevalistischen Ehrenzeichen, wie zum Beispiel ihre Schärpe, mit Anmut.

Sie war ein Hingucker, eine Augenweide in ihrem samtroten Kleid mit dem gerüschten Saum, dem hochgestellten Kragen und dem kecken Hütchen, das immer ein wenig schief auf ihrer Hochsteckfrisur saß. Neckisch. Zum Glück war es Helmut von Anfang an nicht schwergefallen zu begreifen, dass der Prinz in der närrischen Zeit nicht die alleinige Hauptfigur darstellte. Ganz im Gegenteil. Seine Confluentia empfand er weder als direkte, noch überhaupt als Konkurrenz. Völlig entgegengesetzt verhielt es sich allerdings mit dem Hofnarren, der traditionsgemäß die Anwesenheit der majestätischen Tollitäten ankündigte. Seine Gesellschaft hatte sich für einen, nun ja, Hofnarren mit einem äußerst losen Mundwerk entschieden, einen, der stets einen flotten Spruch auf den Lippen hatte.

Unter Dominiks frecher Klappe hatte Helmut bereits einige Male zu leiden gehabt. Aber sei es drum, solange seine Untertanen Spaß hatten, setzte er gerne eine lachende Miene auf. Wenn auch oftmals mit der Faust in der Tasche. Die Ansprachen, die seine schlagfertige Confluentia hielt, amüsierten ihn hingegen oft. Insbesondere, wenn sie sich die Mühe machte, ihre Worte in Reimform an ihr närrisches Volk zu richten. Ein Talent, das ihm leider völlig abging. Netterweise hatte Corinna ihm versprochen, ein paar Verse für ihn zu reimen. Helmut war froh, dass sie ein gutes Team bildeten, repräsentierten sie doch ihre Gesellschaft, die auf eine traditionsreiche Vergangenheit zurückblickte.

Fünfzehn mal elf Jahre, also insgesamt 165, gab es die Karnevalsgesellschaft *Grün-Weiß Koblenz* bereits. Ein hervorragender Grund, im Jubiläumsjahr den Prinzen und die Confluentia zu stellen. Mit einigen Hundert Mitgliedern war sie eine ziemlich große Gesellschaft. Bloß eines waren sie dummerweise nicht: die älteste. Diese Ehre beanspruchten die *Närrischen Flößer* für sich. Drei Wochen waren die angeblich älter als die *Grün-Weißen.* Ärgerlich. Aber da war aus Helmuts Sicht das letzte Wort noch nicht gesprochen. Dem Prinzen war zugetragen worden, dass unwiderlegbare Beweise dafür existieren würden, dass seine Gesellschaft ein paar Monate älter war, als bisher angenommen. Helmut hatte daraufhin Nachforschungen, wie er es immer nannte, in Auftrag gegeben. Erfreulicherweise sah es aus, als stünde man vor dem entscheidenden Durchbruch.

Der Prinz stellte sich vor, wie er am Fastnachtssamstag von der Bühne herunter verkünden würde, dass die Ehre, die älteste Kongregation der Stadt zu sein, doch den *Grün-Weißen* zustand und nicht den *Närrischen Flößern*. Denen würden vor Wut die Augen aus den Köpfen fallen. Die lokalen Zeitungen und Fernsehsender würden sich um ein Interview mit dem cleveren Karnevalsprinzen reißen. Ein angenehmer Nebeneffekt dieser Sensation würde darin bestehen, dass er noch eine lange Zeit in der Öffentlichkeit präsent sein könnte. Denn die Geschichte des Koblenzer Karnevals müsste mit gänzlich veränderten Schwerpunkten neu geschrieben werden. Helmut freute sich darauf.

Ein Hupen vor der Tür riss ihn aus den aufregenden Zukunftsaussichten. Sein Wagen, der ihn zum nächsten Auftritt brachte, wartete unten vor dem Haus. Dabei handelte es sich durchaus um einen angenehmen Service, aber um keinen, der für Helmut außergewöhnlich gewesen wäre. Denn als erfolgreicher Unternehmer genoss er das Privileg, jederzeit einen seiner Mitarbeiter darum bitten zu können, ihn zu chauffieren. Allerdings nutzte er diesen Vorteil nur selten, sondern setzte sich lieber selbst ans Steuer seines Autos. Er fuhr einen ganz normalen Mittelklassewagen, denn in seinem Metier war es besser, eine gewisse Unauffälligkeit zu wahren. Gehörte ihm doch die größte Firma auf dem Gebiet der Sicherheitstechnik in Koblenz und Umgebung.

Alarmanlagen, Bewegungsmelder, Fenstergitter, Videoüberwachungen, furchterregendes Hundegebell, das im betreffenden Zuhause ein Rudel bissige Wachhunde vortäuschte, das war seine Welt. Beziehungsweise eine seiner Welten, denn im Moment war Helmut Günther ausschließlich in Sachen Karneval unterwegs. Er sprang die Treppen hinunter. Sein Chauffeur hielt ihm bereits formvollendet die hintere Tür auf. Der Prinz legte seine Prinzenmütze ab und schlüpfte anschließend selber ins Innere. Der Wagen startete und fuhr los. Zum ersten Auftritt, den Prinz Helmut von der Sicheren Seite an diesem Abend absolvierte. Die Zeiger seiner Uhr standen auf 17.00 Uhr an diesem trüben Samstag im Januar.

Kapitel 1

Beim Wachdienst *Alarm-Bereit* gab es exakt den. Nämlich Alarm. Um achtzehn Uhr zwei. Eigentlich selbst im dunklen Winter ein zu früher Zeitpunkt für Einbrüche oder entsprechende Versuche. In diesem Fall hatten sich die Ganoven aber sowieso das falsche Objekt ausgesucht, denn es wurde durch eine Anlage gesichert, die genau das tat, wofür sie angeschafft worden war: Sie sendete ein Notsignal. Oliver Ziese, der diensthabende Mitarbeiter der Firma, griff zum Telefon und rief die Telefonnummer an, die der Kunde für Notfälle hinterlassen hatte. Schließlich bestand die Möglichkeit, dass es sich um einen Fehlalarm handelte. Aber er erreichte lediglich einen Anrufbeantworter.

„Gibt es Arbeit?“, erkundigte sich Herbert Knauer, Olivers Kollege.

„Sieht ganz danach aus“, bestätigte Oliver.

„Wohin geht es?“ Herbert streifte sich bereits seine Jacke über, ebenso wie Murat Arslan, der Dritte im Bunde.

„In die Schönbornsluster Straße. Zur Firma Günther. Die stellen Sicherheitstechnik her.“

Seine beiden Kollegen lachten unisono.

„Tja, der weiß halt, wie man sein Eigentum schützt“, bemerkte Murat grinsend. „Dann wollen wir mal.“ Er setzte seine Mütze auf, während Herbert bereits die Tür öffnete. Gemeinsam sprinteten sie zu ihrem Wagen und sausten los.

Auf den Straßen herrschte kaum Verkehr, im Koblenzer Industriegebiet erst recht nicht. Sie kamen schnell voran. Als sie auf das Firmengelände fuhren, schrillte der Alarm nach wie vor. Herbert und Murat sprangen aus dem Auto und stürmten zu dem langgezogenen, zweistöckigen Bürogebäude. Über dem Eingang prangte das Firmenlogo, ein blaues Haus auf weißem Grund, das von zwei goldenen Händen behutsam umschlossen wurde. Vorsichtig öffneten sie die Tür. Die Alarmanlage plärrte weiter. Die beiden Kollegen betraten das Objekt, sämtliche Sinne auf Empfang geschaltet. Sofort gingen mehrere Lampen an. Etwas surrte aufdringlich. Wahrscheinlich eine Kamera, die die Eindringlinge in höchster Qualität aufzeichnete.

„Stell den Alarm ab“, zischte Herbert.

Murat tat wie ihm geheißen. Sich im Schutze der Dunkelheit vorzuarbeiten konnten sie in diesem Gebäude vergessen. So tun, als wären sie gar nicht da, ebenso. Unter Garantie würde in jedem einzelnen Büro ihre Anwesenheit durch aufflammende Bewegungsmelder und summende Kameras belohnt. Gut, wer sollte sich auch zu verteidigen wissen, wenn nicht ein Unternehmen, das Sicherheitstechnik anbot. Bei der Ausstattung war keinerlei Wert auf überflüssige Extravaganz oder Wohlfühlatmosphäre gelegt worden. Hier stand das Bedürfnis des Kunden nach wirkungsvollen Sicherheitssystemen im Vordergrund, für diesen Zweck benötigte man keine flauschigen Teppiche. Die Botschaft war klar: Wir bewachen Sie und Ihr Heim effektiv und ohne Firlefanz. Ihr Geld, das Sie dafür ausgeben, verschwenden wir weder für Prunk noch für Protz. Ein pflegeleichter Fußboden in Hellgrau tat es völlig, genauso wie rasch zu reinigende Möbel.

Die zwei Männer arbeiteten sich gewissenhaft durch die Räume. Sie waren ein eingespieltes Team und erledigten ihre Aufgabe ohne viele Worte. Zunächst suchten sie den Empfang ab. In der Mitte der Eingangshalle wurden die Besucher an einem großen Tresen begrüßt. Aber weder davor noch dahinter entdeckten die Wachleute etwas Ungewöhnliches. Direkt neben dem Empfang befand sich ein Ausstellungsraum mit den Produkten, die angeboten wurden. Im Anschluss folgte das Arbeitszimmer des Chefs, leicht auszumachen durch das Namensschild an der Tür. Die Schlichtheit setzte sich fort. Bis auf einen Einrichtungsgegenstand, der sich deutlich von der schmucklosen Umgebung abhob. Auf einem hüfthohen Sideboard blinkte ein prächtiger Samowar in glänzendem Gold. Daneben stand eine Holzkiste, in der wahrscheinlich diverse Teesorten darauf warteten, aufgebrüht zu werden. Aber auch hier zeigten sich keinerlei Hinweise auf die Ursache des Alarms.

„Alles in Ordnung, wie mir scheint. Vielleicht tatsächlich ein Fehlalarm. Lass uns oben nachschauen“, schlug Murat vor.

„Du hast recht."

Gemeinsam schlichen sie in die obere Etage. Von einem schmalen Flur gingen mehrere Zimmer ab, bis auf zwei mit Glastüren versehen. Herbert überließ es dem um etliche Jahre jüngeren Murat, die erste Tür aufzustoßen und den Raum zu betreten. Er sicherte den Kollegen in dessen Rücken ab. Das Büro war leer, jedenfalls, was andere Menschen anging. Ansonsten standen in der Mitte zwei Schreibtische mit den Längsseiten aneinander. Zwei Bürostühle, zwei Aktenschränke, vier Bilder an den Wänden, genauso viele Grünpflanzen auf der Fensterbank. Das war es.

Hinter den nächsten drei Türen erwartete die Wachleute mehr oder weniger derselbe Anblick. Einzig die Motive auf den Bildern und die Art der Pflanzen variierten. Hinter der ersten blickdichten Tür verbarg sich eine Küche. Mit allem Drum und Dran. Eine Sitzecke mit etwa einem Dutzend Plätzen, auf dem Tisch lag eine buntgemusterte Decke. Auf der Arbeitsplatte stand eine riesige Maschine, mit der man je nach Gusto Kaffee, Latte macchiato, Espresso, Cappuccino und Tee aufbrühen konnte, daneben eine Mikrowelle. Die kleine Küchenzeile beherbergte einen Herd mit vier Platten und Backofen, eine Spüle und einen Kühlschrank. Selbst eine Spülmaschine fehlte nicht.

„Wow", kommentierte Murat. „Das ist schick. Fast so schön wie unser Aufenthaltsraum."

„Aber wirklich nur fast", erwiderte Herbert ironisch. „Ich wäre schon mit einer etwas besseren Kaffeemaschine vollauf zufrieden. Lass uns schauen, was sich hinter der letzten Tür versteckt."

„Die Toiletten", stellte Murat wenige Sekunden später kurz und bündig fest.

„Alles vom Feinsten, gleich werde ich richtig neidisch", bemerkte sein Kollege. „Moderne Keramik, frischer Duft, wunderbar. Überall ein Glanz, dass man sich drin spiegeln kann. Aber zum Glück nirgendwo ein Anzeichen für einen Einbruch. Wahrscheinlich hast du recht mit dem Fehlalarm."

„Es gibt noch eine Lagerhalle. Lass uns dort nachschauen."

Helmut, der keine Ahnung davon hatte, dass gerade zwei Mitarbeiter des von ihm beauftragten Wachdienstes durch seine Büroräume schlichen, wartete mit seinem Hofstaat auf den Aufmarsch in die närrisch geschmückte Turnhalle in Kesselheim. Die hiesige Karnevalsgesellschaft hatte zur Prunksitzung geladen, da durften die Tollitäten nicht fehlen. Das Prinzenpaar war ärgerlicherweise unvollständig. Mit diesem Begriff ließ sich Helmuts momentanes Gefühl ziemlich genau beschreiben. Er fühlte sich reichlich alleine. Es fehlten zwei für den Auftritt entscheidende Personen. Ihre Lieblichkeit, Confluentia Corinna, und Seine Unverschämtheit, Hofnarr Dominik. Es war Punkt 18.30 Uhr, in der Narrhalla tobte bereits die gute Stimmung. Gerade wurde eine Schunkelrunde gespielt, dann würde eine Rede folgen, danach Helmut und seine Mannschaft. Ohne seine weibliche Begleitung brauchte er nicht auf die Bühne zu klettern. Falls Dominik fernbleiben sollte, sei es drum. Das wäre dann Pech für den Hofnarren. Auf den konnte der Prinz prima verzichten.

Er hatte etliche Male versucht, Corinna anzurufen. Ohne Erfolg. Noch nicht einmal auf die Mailbox hatte er sprechen können, sondern lediglich die Ansage gehört, dass der Teilnehmer vorübergehend nicht zu erreichen sei. Das sah seiner Confluentia überhaupt nicht ähnlich. Sie war die Zuverlässigkeit in Person. Der Fahrer ihres Wagens, natürlich hatte das Prinzenpaar getrennte Limousinen, hatte berichtet, er habe sie abholen wollen, aber auf sein Klingeln hätte niemand reagiert. Seine Versuche, mit Corinna telefonisch Verbindung aufzunehmen, waren ebenso fruchtlos verlaufen wie die des Prinzen. Allgemeine Ratlosigkeit hatte sich breitgemacht. Andere im Prinzengefolge hatten Dominik angerufen und denselben Spruch mit der vorübergehenden Unerreichbarkeit zu hören bekommen wie Helmut kurze Zeit vorher.

Im Kopf des Prinzen ratterten die Gedanken wie alte D-Züge auf Schienen. Allerdings nicht schön gradlinig, sondern gehörig durcheinander. Was sollten sie tun? Den Auftritt abzusagen und sich davonzustehlen kam selbstverständlich nicht in Frage. Auf die Bühne zu gehen und zu erklären, dass seine Prinzessin krank war, ginge natürlich, aber dann stünde sie vielleicht zwei Minuten später in der Tür und er wäre bis auf die Knochen blamiert. Über Dominiks Abwesenheit würde er kein Wort verlieren, die würde er schlichtweg ignorieren. Aber Corinna? Verflixt noch mal, wo blieb sie nur? Beziehungsweise, wo steckte sie bloß? Die Zeit drängte. Helmut winkte eine der Bedienungen zu sich und bat sie, den Sitzungspräsidenten zu ihm zu lotsen.

Wenig später stand vor ihm ein wahrer Hüne, der aus seiner Uniform ein wenig herausgewachsen zu sein schien, nach allen Seiten. „Olau, Helmut, ist etwas passiert?"

„Allerdings. Corinna ist nicht da."

„Und Dominik auch nicht, wie ich sehe."

„Meine Confluentia fehlt mir mehr." Helmut schnaufte. „Was mir aber wirklich Sorge macht ist, dass wir sie nicht erreichen können."

„Oh je, ist irgendetwas zwischen euch vorgefallen?" Der Sitzungspräsident schaute den Prinzen an.

Ein wenig schief, wie es Helmut vorkam. „Nein, natürlich nicht, was soll denn zwischen uns vorgefallen sein?", schnappte er zurück.

„Reg dich ab. Woher soll ich das wissen? Immerhin seid ihr seit November offiziell ein Paar, obwohl ihr glücklich verheiratet seid. Also, mit anderen Partnern." Der Sitzungspräsident zwinkerte verschwörerisch mit dem rechten Auge.

„Was laberst du nur für einen Stuss? Wir sind während des Karnevals Prinz und Confluentia, nicht mehr, aber auch nicht weniger."

„Meine Güte, Helmut, beruhige dich, so habe ich das doch gar nicht gemeint."

„Ach nein, wie hast du es denn dann gemeint?"

„Vergiss es, lass uns lieber gemeinsam überlegen, was wir nun machen. Schließlich ist gleich euer Auftritt, also vielmehr sofort."

„Wer kommt im regulären Programm hinter uns?"

„Unser Solomariechen."

„Und dann?"

„Eine Gesangsgruppe."

„Könntest du den Tanz und die Sänger vorziehen? Bitte." Es klang flehend.

„Ich muss schauen, ob unser Mariechen mit dem Warmtanzen durch ist und die Sänger schon alle anwesend sind. Spielen wir einfach noch eine Schunkelrunde. Ich sage der Kapelle Bescheid. Und dann sehen wir weiter, was wir tun können."

„Danke."

Wenig später war der wohlbeleibte Sitzungspräsident zurück. „Geht alles klar, Kumpel."

„Super." Das brachte ungefähr zwanzig Minuten Zeit, sowohl für Corinna als auch für eigenes angestrengtes Nachdenken und nahm Helmut ein wenig den Druck. Auf der anderen Seite konnten sie hier nicht ewig rumstehen, schließlich warteten noch weitere Veranstaltungen auf sie. Helmut hatte seine Entscheidung bald getroffen. In zwanzig Minuten würden sie auf die Bühne marschieren, ob mit oder ohne Corinna und Dominik.

„Wo ist denn unsere hinreißende Confluentia?" Die ironische Stimme gehörte Horst Lieberknecht, einem Generalfeldmarschall der Gesellschaft. „Ach herrje. Und wo steckt unser Hofnarr?" Die Frage klang deutlich betroffener.

Helmut verdrehte die Augen. „Sie sind nicht da."

„Was soll das? Deine Prinzessin weiß ganz genau, dass man sich in der Prinzensession auf die Akteure verlassen können muss, sonst kann man das alles vergessen." Unter seinem struppigen, spärlichen Backenbart hatte der Generalfeldmarschall eine ungesunde rote Gesichtsfarbe.

Boah, dachte der Prinz, was für ein Schwachkopf. Karneval war ursprünglich einmal als Persiflage auf die Seltsamkeiten militärischer Verhaltensweisen entstanden. Leider schien sich heutzutage kaum jemand an diese Anfänge zu erinnern. Horst benahm sich, als stünde er auf einem Kasernenhof, hatte einen entsprechenden Ton am Leib und glaubte offensichtlich, jeder müsse auf sein Kommando hören. Dieses Benehmen legte er allerdings auch außerhalb seiner Rolle als Generalfeldmarschall an den Tag. Er war ein Choleriker, wie er im Buche stand. Selbst, wenn es sich um ein, zumindest für die anderen Teilnehmer, normales Gespräch handelte, klang Horsts Unterton immer aggressiv. Schrecklich. Und anstrengend. Zusammengenommen schrecklich anstrengend.

„Dein Liebling Dominik müsste das ebenfalls wissen.“ Den kleinen Seitenhieb konnte sich Helmut nicht verkneifen.

„Papperlapapp. Unser Hofnarr hat sicherlich einen guten Grund. Hoffentlich ist ihm nichts passiert.“ Horst wechselte unter seinem Bart die Farbe von aufgeregt rot in erschreckt bleich.

„Was sollte dem denn passiert sein?“, seufzte der Prinz.

„Ich habe sofort gesagt, dass Corinna die Falsche für den Job ist“, hetzte der Generalfeldmarschall, der sich in Sekundenschnelle erholt hatte. Er warf Helmut unmissverständliche Blicke zu. Genau wie du, teilte Horst dem Prinzen dadurch ohne Worte mit. Ich wäre der wesentlich bessere Regent gewesen.

Tja, dachte Helmut, der die Gedanken des Marschalls in Druckschrift auf dessen Stirn lesen konnte, blöd, dass du solch ein unsympathischer Mensch bist, sonst hättest du vielleicht Chancen gehabt. Aber leider, leider, bist du fortwährend damit beschäftigt, andere Leute anzuschnauzen, runterzumachen und zu beleidigen. Das Einzige was mich wundert ist, dass du dich wunderst, dass keiner deine Prinzenbewerbung unterstützt hat. Schlimm genug, dass du Generalfeldmarschall der Artillerie bist. Horst benahm sich, als ob er sich tatsächlich mitten im Kriegsgetümmel befinden würde, statt sich selber auf die Schippe zu nehmen.

Obwohl, in einer Schlacht würden die kniehohen schwarzen Stiefel wohl kaum derart blankgewienert daherkommen. Und Hose und Handschuhe in diesem strahlenden Weiß. Die Goldknöpfe der Uniform blitzten glänzend auf dem satten Grün der Jacke. Der grün-weiße Federschmuck auf dem dreieckigen Hut wogte empört in dem Rhythmus, in dem Horst auf und ab wippte. Aber wenigstens hielt er den Mund, der Herr Artillerist. Ein Glück dachte Helmut, dass der Generalfeldmarschall der Infanterie deutlich entspannter agierte. Fastnacht sollte Spaß bringen, keinen Stress verursachen. Bei den *Grün-Weißen* gab es dummerweise Momente, in denen genau das Gegenteil der Fall war. Da vergisst zum Beispiel jemand, einem anderen den Orden zu überreichen, aus Dusseligkeit, nicht aus Gemeinheit.

Statt die Vergesslichkeit anzusprechen, fließen Tränen, die angebliche Bösartigkeit wird thematisiert, mit anderen diskutiert. Unterschiedliche Stellungen werden bezogen. Aus einer Kleinigkeit entwickelt sich ein Riesendrama. Mit mehreren Akten und Szenen. Dabei hatte niemand auch nur im Ansatz beabsichtigt, irgendjemanden zu benachteiligen oder gar zu kränken. Bis die Wogen geglättet waren, dauerte es immer geraume Zeit. Manchmal sogar bis zum Anfang der neuen Session. Die Allianzen, die sich auf den verschiedenen Seiten gebildet hatten, bestanden oftmals weiter fort. Bis sich eine andere mutmaßliche Ungerechtigkeit ereignete und sich die Karten neu mischten.

„Da werden wir in der nächsten Besprechung drüber reden müssen“, knurrte Horst neben Helmuts Ohr. „Natürlich nur, falls Corinna die Freundlichkeit aufbringen wird, uns dann mit ihrer Anwesenheit zu erfreuen.“

Über Dominik kein Ton, typisch Horst. Helmut verdrehte die Augen.

„Liebe Närrinnen und Narrhallesen“, ertönte in diesem Augenblick die Bass-Stimme des Sitzungspräsidenten aus dem Saal, „begrüßt mit Applaus und Olaus den Hofstaat der närrischen Regentschaft. Und danach unsere Majestäten.“

Der Prinz scheuchte die Fahnenträger und den Rest seines Gefolges in die Halle. Er schaute sich noch einmal um, ob die Vermissten vielleicht angerannt kamen. Sie kamen nicht. Helmut atmete tief ein. Tschingderassabumm. Jubel, Trubel, Heiterkeit. olgte seinem Tross.

Herbert und Murat näherten sich vorsichtig dem niedrigen Gebäude, in dem die Produkte der Firma für Sicherheitstechnik auf ihren Einsatz in den wertvollen vier Wänden der Auftraggeber warteten. Plötzlich ertönte ein quietschendes Geräusch. Ein unangenehm hoher metallischer Ton. Die beiden Wachleute liefen in den Schatten der Lagerhalle, bevor sie sich nach allen Seiten umsahen. Was war das? Machte sich jemand an dem Zaun oder dem Tor zu schaffen? Angestrengt sahen sie in Richtung Straße. An der Abgrenzung war nichts Ungewöhnliches zu entdecken. Zu dem Quietschen gesellte sich ein Flattern. Ein lautes Flattern.

„Ha-ha", lachte Murat plötzlich, erkennbar befreit, auf. „Das ist das Werbebanner der Nachbarfirma, das da munter im Wind weht. Wir sind vielleicht Helden. Komm, wir verschaffen uns Gewissheit, dass in der Halle alles in Ordnung ist, und dann verschwinden wir endlich von hier."

„Ja, das sollten wir tun", stimmte Herbert seinem Kollegen erleichtert zu. „Ich glaube, ich werde allmählich zu alt für diese Arbeit. Wahrscheinlich wäre ich langsam aber sicher im Innendienst besser aufgehoben. Ich sehne mich nach ein wenig Langeweile. Diese ständige Spannung hält ja kein Mensch aus."

„Mach bloß keinen Quatsch, alter Freund, mit wem soll ich denn sonst abends und nachts auf verlassenen Firmengeländen herumschleichen?"

„Da findet sich schon jemand anderes, da habe ich keine Sorge." Herbert öffnete die Tür zur Halle. Er hatte fest damit gerechnet, dass starke Lampen das Innere unverzüglich in helles Licht tauchen würden, aber es geschah nichts dergleichen. Herbert tastete rechts und links an der Wand nach einem Lichtschalter, bis er einen fand. Er drückte darauf. Ohne irgendeinen Erfolg. Es blieb stockduster. Er zückte seine Taschenlampe. „Bleib bei mir", zischte er seinem Kollegen zu.

„Klar", zischte es zurück. Sachte zog Murat die Tür hinter sich zu.

Der Lichtkegel huschte über vollgestopfte Regale und aufeinandergestapelte Kartons. Es gab mehrere Gänge, an deren Seiten sich die Stellagen verteilten. Sorgfältig überprüften die Wachleute jeden einzelnen.

„Ich kann mir nicht helfen", flüsterte Herbert, „ich habe ein seltsames Gefühl im Bauch. Hier stimmt irgendwas nicht."

„Quatsch. Es ist doch alles ganz ruhig und normal hier. Das Licht ist wahrscheinlich schlicht kaputt."

„Nein, mein Kleiner, meine dreißig Jahre Berufserfahrung sagen mir, dass irgendwas überhaupt nicht in Ordnung ist."

„Du hast völlig recht", bestätigte Murat heiser und mit Verzögerung. „Schau mal dort hinten."

Sein Kollege lenkte den Lichtstrahl in die Richtung, in die der junge Mann wies. Obwohl er Schlimmes geahnt hatte, erstarrte er. Zwei Beine ragten hinter einem Regal hervor. Sie steckten in grün-weißen Strumpfhosen, ein Fuß in einem grünen, der andere in einem weißen Schnallenschuh. Sie bewegten sich nicht. Ein mehr als seltsamer Anblick. Vorsichtig, sich ständig nach allen Seiten umdrehend, näherten sich die beiden Wachleute den Beinen.

„Vielleicht eine Puppe", formulierte Murat eine vage Hoffnung, von der er ahnte, dass sie sich nicht erfüllen würde. Wenig später standen er und sein Kollege mitnichten vor einer Puppe. Sondern vor einer Leiche.

„Komische Klamotten", bemerkte Murat, nachdem er den Puls gesucht und keinen gefunden hatte.

„Das ist mir total egal. Ich rufe die Polizei." Herbert griff nach seinem Handy.

Puh, das war erledigt. Prinz Helmut von der Sicheren Seite wischte sich den Schweiß von der Stirn. Wenn seine Frau ihn später fragen würde, was er auf der Sitzung in Kesselheim erzählt habe, er würde ihr keine Antwort geben können. Er hoffte inständig, dass er nicht allzu viel Blödsinn verzapft hatte. Hektisch kramte er nach seinem Mobiltelefon und schaute, ob Corinna sich gemeldet hatte. Nein, keine Nachricht von ihr. Er hatte sie vermisst oben auf der Bühne, hatte irgendeine Entschuldigung gestottert.

Natürlich hatte er gemerkt, dass es ihm nicht gelungen war, die ausgelassene Stimmung, die vor dem Einmarsch von Prinz und Gefolge auf der Sitzung geherrscht hatte, weiter anzuheizen. Im Gegenteil, der Beifall konnte am Ende nicht einmal mehr als höflich bezeichnet werden. Kein Wunder, es war ihm nicht nach Scherzen und Frohsinn zumute gewesen und diese Tatsache hatte er nicht einfach überspielen können. Die Feiernden waren sichtlich froh gewesen, den prinzlichen Auftritt überstanden zu haben. Egal, es konnte nicht immer alles perfekt laufen. In ein paar Tagen würde sich niemand mehr an die Episode erinnern.

„Ganz toll gemacht." Der Jemand, der zu der höhnischen Stimme gehörte, hieb ihm einen Ellenbogen in die Seite.

„Halt die Klappe, Horst."

„Peinlich war das, Helmut, einfach nur peinlich. Wenn ich du wäre, würde ich in Zukunft auf Corinna verzichten."

„Du bist aber nicht ich. Zum Glück. Eher würde ich übrigens auf Dominik verzichten. Warum sagst du zu seinem Verhalten eigentlich so wenig?"

„Wir haben heute Abend noch vier Veranstaltungen, auf denen wir auftauchen sollen. Wie sollen die denn deiner Meinung nach ablaufen?"

„Sei so freundlich und gib mir fünf Minuten Zeit, um mich zu erholen."

„Oh, der hochwohlgeborene Herr benötigt Erholung. Und dein Hofstaat braucht eine Entscheidung. Also, wenn ich du wäre …"

„Horst, noch ein Wort von dir und du bist der Einzige, den ich nach Hause schicke. Und zwar nicht nur für heute Abend, sondern für den Rest der Session."

„Das hast du überhaupt nicht zu bestimmen, du aufgeblasener Frosch. Vor dir steht der Generalfeldmarschall der Artillerie. Ohne die Garden bist du ein absolutes Nichts, eine Null."

„Mir wäre nicht aufgefallen, dass du dich bisher überarbeitet hättest. Diejenigen, die pausenlos schuften, sind die Tanzgarden. Nicht nur die, sondern auch deine Artilleristen wollten mich als ihren Prinzen, nicht dich. Finde dich endlich damit ab und frage dich mal, warum das wohl so sein mag."

„Pah."

Helmut war froh, dass sein läutendes Smartphone ihm die Gelegenheit eröffnete, sich von Horst abwenden zu können. Eine unterdrückte Nummer. Der Prinz runzelte die Stirn. Hoffentlich war Corinna nicht tatsächlich etwas passiert. Er nahm den Anruf an. „Corinna?", fragte er vorsichtig. „Was ist los? Oder bist du das, Dominik?“ Seine Stimme wurde lauter. „Wenn das wieder einer deiner blöden Scherze sein soll, dann sage ich dir, kann ich darüber überhaupt nicht lachen. Wir haben auf euch gewartet, jetzt sind wir total im Verzug.“

Mit der Antwort, die er erhielt, hatte Helmut nicht gerechnet. Er schlug seine linke Hand vor den Mund, sonst hätte er vor Schreck geschrien.

Kapitel 2

„Wow, Leute, schaut euch das mal an, das wird lustig.“ Der grimmige Gesichtsausdruck, den Achim Tippel, Hauptkommissar im Kommissariat 6, sprich der Mordkommission, des Polizeipräsidiums Koblenz bei dieser Aussage aufsetzte, strafte seine Worte Lügen. Gemeinsam mit Oberkommissarin Jana Reber und dem vor wenigen Tagen zum Oberkommissar beförderten Philipp Kirchner erwartete er vor der Lagerhalle der Firma Sicherheitstechnik Günther den Firmeninhaber.

Dieser sprang gerade in vollem Ornat aus einem Wagen, auf dem in großen Lettern in Konfettifarben *Prinz Helmut der Erste von der Sicheren Seite* zu lesen war. Er stürmte auf die Ermittler zu. „Helmut Günther, mir gehört die Firma. Was ist denn hier passiert?“

„Achim Tippel, hallo. Das würden wir auch gerne wissen. Wir hoffen, dass Sie uns weiterhelfen können. Sie haben, ähm, eine Funktion im Karneval?“ Der Hauptkommissar konnte, obwohl in Koblenz geboren und damit ein waschechter Schängel, mit der rheinischen Fastnacht wenig anfangen.

„Wie? Ach so. Ja. Ich bin der Prinz.“

„In Ihrer Lagerhalle liegt eine Leiche. Eventuell können Sie uns sagen, um wen es sich handelt.“

Helmut wurde es eiskalt. Corinna! Natürlich. Wer sonst? Corinna war tot. Er hatte es gewusst. Er hatte es gespürt. Es musste einfach etwas Schlimmes geschehen sein, sonst hätte sie ihn nicht ohne Nachricht bei einem Auftritt hängen lassen. Der Prinz versuchte seine Angst hinunterzuschlucken, vergebens. Seine Zunge fühlte sich doppelt so dick an wie normal. Ein Gefühl, als hätte er ein paar ungewaschene Wollsocken im Mund. Die Beamten hatten ihn in ihre Mitte genommen, einer ging links, die Frau rechts, der jüngste hinter ihm. Als ob sie ihn verhaften und abführen wollten. Welch ein schreckliches Erlebnis!

Und gleich, gleich, musste er seine Confluentia identifizieren. Er sah sie vor sich, erstochen in einer riesigen Lache ihres eigenen Blutes, das sich mit dem Rot ihres Kleides vermischte. Im nächsten Moment tauchte sie wieder vor seinem geistigen Auge auf, diesmal erdrosselt mit dem weichen, weißen Schal, der für die Auftritte im Freien gedacht und nun zum Mordinstrument geworden war. Die nächste Schreckensvorstellung nahte bereits in einem atemberaubenden Tempo. Diesmal lag Corinna auf dem Boden, den Kopf seltsam verdreht. Ihre Conflutentia-Robe war verdreckt, ihr Hütchen lag im Staub. Jemand hatte ihr brutal das Genick gebrochen. Helmut schüttelte sich heftig, aber die fürchterlichen Visionen klebten an ihm wie Ruß an den Kaminwänden.

Zu viert marschierten sie in die Halle, bis zum letzten Gang. Die Polizisten beobachteten den Geschäftsinhaber genau, als sie um die Ecke bogen und er der bestrumpften Beine ansichtig wurde. Seine Miene war versteinert, kaum dass man sicher sein konnte, dass er die Beine überhaupt wahrnahm. Als sie direkt vor der Leiche zu stehen kamen, gab Helmut einen erstickten Laut von sich. Dann sackte er ohne einen weiteren Ton in sich zusammen. Philipp konnte durch einen beherzten Griff gerade eben noch verhindern, dass er mit dem Hinterkopf auf dem Boden aufschlug.

„Um Gottes willen." Der Rechtsmediziner, der wartend neben dem Leichnam gestanden hatte, eilte sofort zu Hilfe. „Herr Günther." Der Doc versetzte dem Bewusstlosen ein paar wenig zärtliche Klapse auf die Wangen. „Herr Günther, hören Sie mich?"

Der Prinz schnaufte und nickte erkennbar mühsam mit dem Kopf. Ebenso angestrengt, rappelte er sich, von Philipp gestützt, wieder auf.

„Haben Sie irgendwo einen Stuhl, den ich Ihnen holen könnte?", fragte der frischgebackene Oberkommissar.

„Nein, nein, danke. Es geht schon. Das ist Dominik Geiermann, mein Hofnarr."

„Ihr was?"

„Mein Hofnarr, Herr Tippel. Wir haben ihn bereits vermisst. Ich komme direkt aus Kesselheim. Dort hatten wir einen Auftritt. Mit dem gesamten Hofstaat. Dominik war nicht da. Jetzt ist mir auch klar, warum."

Helmut starrte auf den Toten hinunter. Da lag er, in seiner Halle auf dem Rücken und gab ein ziemlich lächerliches Bild ab in seinem Narrenkostüm, auf dem Kopf die Kappe mit den Zipfeln und den Glöckchen. Seine komplette Verkleidung war in den Vereinsfarben gehalten, grün und weiß, die Rauten wechselten sich ab. Der Prinz hatte einige Zeit gebraucht, um sich an diesen Aufzug zu gewöhnen. Er war für die Augen ausgesprochen ... unruhig. Dominik hatte sich sogar eine Brillenfassung in den Farben der Gesellschaft anfertigen lassen, extra für seine Aufgabe im Prinzengefolge. Er wollte seine Rolle zu etwas Besonderem machen, den Prinzen in seinen eigenen Schatten stellen, das war von Anfang an deutlich geworden.

Selbstverständlich sollte ein Hofnarr witzig sein, lustige Sprüche klopfen, die Fastnachter zum Lachen bringen. Das tat er zwar, allerdings dummerweise nur allzu oft auf Kosten seiner Mitstreiter, vielmehr, er hatte es getan. Das war nun vorbei, ein für alle Mal. Das Wichtigste aber: Es war nicht Corinna, die da stumm und kalt auf dem Boden seines Lagers lag. Er war vor wenigen Minuten nicht vor Schreck zusammengebrochen, sondern vor Erleichterung, aus purer Freude. Womit eine Frage allerdings immer noch unbeantwortet blieb: Wo steckte seine Confluentia?

„Können Sie uns ein bisschen mehr zu dem Verstorbenen erzählen, Herr Günther? Am besten in Ihrem Büro?", schlug Jana vor.

„Besonders genau weiß ich nicht über ihn Bescheid", wehrte Helmut ab. Laut, ungestüm und viel zu heftig. Er bereute seine Worte sofort. Noch eine Spur mehr, als er sah, dass die Kommissarin die rechte Augenbraue hochzog.

„Ich, nun ja, mochte Dominik nicht sonderlich."

„Das dachte ich mir fast. Könnten wir trotzdem woanders hingehen? Oder ist es Ihnen lieber, wir unterhalten uns in Anwesenheit Ihres toten Hofnarren?“

„Warum ist er eigentlich tot?“

„Das wüssten wir ebenfalls gerne. Wir warten noch auf die Einschätzung unseres Rechtsmediziners und unserer Spurensicherung. Die hätten gerne die Aufnahmen der Überwachungskameras, die hier überall herumhängen.“

Der Prinz starrte die Ermittler an, als hätte er kein Wort verstanden.

„Die Kameras? Ihre Halle ist schließlich vorbildlich gesichert. Die könnten uns weiterhelfen.“

„Also, wissen Sie. Die Kameras, also, das sind Attrappen. Um meinen Kunden zu zeigen, wie echt die aussehen.“

„Eine glänzende Idee“, murmelte Jana, während der Firmeninhaber nach wie vor keine Anstalten machte, die Halle zu verlassen. „Herr Günther, haben Sie in Ihrem Büro eine weitere Leiche versteckt oder warum bleiben Sie derart ausdauernd in Ihrer Lagerhalle stehen? Und was sind das eigentlich für Kisten da hinten?“ Die Kommissarin wies auf Stapel mit Kartons, die laut Aufschriften Kekse, Pikkolos und Stofftaschen enthielten.

„Äh, was?“ Helmut starrte die Ermittlerin einmal mehr erschrocken an.

„Die Kartons. Was haben die hier zu suchen.“

„Das ist das Wurfmaterial für meinen Prinzenwagen“, stotterte er. „Ich habe meine eigenen Sachen. Extra bestellt und extra gestaltet. Kekse, die aussehen wie Herzen zum Beispiel. Überall steht *Prinz Helmut der Erste* drauf.“ Als ob das im Moment wichtig wäre. Er wusste, warum er nicht in das Verwaltungsgebäude gehen wollte. Er hatte Angst. Und er wusste auch ziemlich genau, wovor.

Herbert und Murat hielten sich in der Zentrale des Wachdienstes *Alarm-Bereit* an ihren Kaffeetassen fest. Das heiße Getränk tat ihnen gut, ihre Finger hatten etwas zu tun und das Koffein weckte die Lebensgeister. Die drei Polizisten, die zehn Minuten nach

Herberts Telefonat auf dem Firmengelände des Unternehmens für Sicherheitstechnik aufgetaucht waren, hatten sie gebeten, in ihrer eigenen Zentrale auf sie zu warten. Das taten sie nun brav, seit fast einer Stunde. Murat hatte der Polizei die Handynummer von Helmut Günther gegeben und die Beamten kurz ins Bild gesetzt.

„Hast du schon mal einen Toten gefunden?", fragte der junge Mann den älteren.

„Nein, noch nie. Einmal habe ich gedacht, es wäre soweit, aber der vermeintlich Verstorbene hatte nur zu tief ins Glas geschaut und seinen Rausch auf dem Gelände einer Firma ausgeschlafen, die wir geschützt haben. Aber erschrocken habe ich mich derart heftig, dass es beinahe mit mir vorbei gewesen wäre, das kann ich dir sagen."

Murat schüttelte sich. Sein Job war lange nicht so aufregend, wie einige seiner Freunde und Familienangehörigen dachten. Die meiste Zeit verbrachte man mit Warten. Auf den nächsten Rundgang bei einer gezielten Objektbewachung, auf die nächste Alarmierung, die sich oftmals als Fehlalarm herausstellte. Zum Glück. Selbst wenn es zu einem vollendeten Einbruch gekommen war, waren die Gangster fort, wenn der Wachdienst auftauchte. Wenn eine Alarmanlage anfing zu schrillen, war dies ein sicheres Zeichen, dass man sich als Verbrecher besser vom Acker machte. In unmittelbarer Gefahr befanden sich seine Kollegen und er also ausgesprochen selten.

Murat atmete tief ein. Was für ein grotesker Anblick, wie der Tote dort in dieser albernen Verkleidung zwischen den Regalen lag. Er war Deutscher mit türkischen Wurzeln, in Deutschland geboren. An eines hatte er sich, obwohl er fast sein gesamtes Leben im Rheinland verbracht hatte, nie gewöhnen können: an den rheinischen Karneval. Die Schunkelei, das Bützchengeben, das ständige Angefasstwerden, die Betrunkenen, entsetzlich.

Seine Eltern, davon überzeugt, dass man sich für die Traditionen der neuen Heimat interessieren musste, hatten ihre Kinder jahrelang mit zum Rosenmontagszug geschleppt. Ihren Sohn hatten sie in einen Matrosenanzug gesteckt. Murat hatte sich mit dieser lächerlichen Mütze auf dem Kopf total unwohl gefühlt. Seinen Schwestern war es nicht besser ergangen. Sie mussten in ein Zigeunerinnenkostüm schlüpfen. Da hatte es kein Erbarmen gegeben. Ab dreizehn Uhr am Rosenmontag wurde dann die ganze Familie am Straßenrand, meistens in der Viktoriastraße vor dem *C & A*, zum Olau-Rufen zwangsverpflichtet.

Murat liebte seine Eltern innig, aber in diesen Momenten waren sie ihm peinlich gewesen und er hätte gerne behauptet, nicht mit ihnen verwandt zu sein. Dabei taten sie nichts anderes als die anderen. Aber das machte es nicht besser. Für eine knappe Woche waren alle außer Rand und Band, um anschließend in die alte Griesgrämigkeit zurückzufallen. Was sollte dieser Zauber? Er war noch ganz klein gewesen, als er mit seinen Eltern und seinen beiden Schwestern nach Koblenz gezogen war. An die Heimatorte ihrer Eltern in der Türkei hatten sie keinerlei Erinnerungen. Die Großeltern lebten dort, die alten Leute hatten ihre Kinder und ihre Enkel seit langer Zeit nicht gesehen. Allmählich wurde es Zeit, sonst hatte es sich womöglich für immer erledigt. Murat schluckte. Wie schnell das gehen konnte, hatte er gerade erleben müssen. Der Tote war jung, er schätzte ihn um die dreißig, ungefähr in seinem Alter.

Plötzlich sehnte er sich nach seiner Familie, nach den sanften, liebevollen Augen seiner Mutter. Den Stimmen seiner Schwestern, die den Bruder so gerne neckten, nach der festen Umarmung seines Vaters, der für seine Kinder alles, wirklich alles tun würde.

„Hallo, vielen Dank, dass Sie auf uns gewartet haben."

Der junge Deutschtürke schreckte aus seinen Überlegungen auf. Er fühlte sich mit einem Mal müde, so furchtbar müde.

„Haben Sie sich ein wenig von dem Schrecken erholt?" Philipp sah den beiden Zeugen an, dass ihnen die Entdeckung des Toten nicht in den Kleidern hängengeblieben war.

Murat schaute hilfesuchend zu Herbert, der sich erbarmte und das Reden übernahm. „Nein, ehrlich gesagt, nicht. Wir überwachen normalerweise Objekte und finden selten Leichen."

„Berichten Sie mal, wie ist denn das alles abgelaufen, von der Alarmierung bis zu Ihrem ungewöhnlichen Fund."

Also erzählte Herbert die ganze Geschichte, Murat nickte ab und zu. Bedeutungsvoll, wie er hoffte.

„Haben Sie irgendetwas Außergewöhnliches bemerkt? Also außer der Leiche“, beeilte Philipp sich hinzuzufügen, als er in die fassungslosen Gesichter der beiden Wachleute schaute. „Ist jemand weggelaufen, waren noch andere Personen auf dem Grundstück, eine offene Tür, die hätte verschlossen sein müssen, Autos, die dort nichts verloren haben? Solche Sachen.“

„Nein!“ Herberts Antwort kam wie ein kurzer Pistolenschuss. „Ist dir etwas aufgefallen?“ Er wandte sich an seinen jungen Kollegen. Murat beließ es bei einem Kopfschütteln.

„In Ordnung, vielen Dank, Ihre Personalien haben wir ja bereits aufgenommen. Falls Ihnen noch etwas einfallen sollte, melden Sie sich bitte sofort bei uns. Falls wir weitere Fragen haben sollten, melden wir uns bei Ihnen. Hat einer von Ihnen vor, in der nächsten Zeit zu verreisen?“

Ja, schrie es in Murat, ja, in die Türkei, zu meinen Großmüttern und meinen Großvätern. Weil ich nicht weiß, wie lange ich noch die Gelegenheit haben werde, sie zu sehen. Aber das Einzige, was er tat, war, erneut den Kopf zu schütteln.

„Herr Günther, wie sieht es aus? Können wir?“ Jana betrachtete den Firmeninhaber, der wirkte, als hätte ihn jemand in Beton gegossen. „Was ist los mit Ihnen?“

„Sie finden es wahrscheinlich ohnehin heraus, dann kann ich es Ihnen auch sagen.“

„Ich bitte darum.“

„Corinna ist verschwunden.“

„Ah. Wer bitte ist Corinna?“

„Meine Confluentia. Sie geht nicht an ihr Handy. Ich mache mir große Sorgen um sie.“

„Ach so“, Jana erinnerte sich an einige Presseberichte über die hübsche blonde Frau. Ihr ging unvermittelt ein Licht auf. „Sie befürchten, dass im Verwaltungsgebäude eine weitere Leiche auf uns wartet.“

„Ja.“ Helmuts Stimme war kaum zu verstehen.

„Da kann ich Sie beruhigen. Die Wachleute der von Ihnen beauftragten Firma haben die Büros gründlich durchsucht. Dort ist alles in bester Ordnung."

„Oh, wunderbar. Das erleichtert mich ungemein. Sie sind demnach von Mitarbeitern meiner Wachfirma *Alarm-Bereit* verständigt worden?"

„Wie kommen Sie denn darauf, dass Ihre Confluentia und Ihr Hofnarr abends nichts Besseres zu tun haben, als gemeinsam Ihr Firmengelände unsicher zu machen?", stellte die Oberkommissarin eine Gegenfrage, ohne Helmut zu antworten. „Mitten in der Karnevalszeit, wenn ich das hinzufügen darf. Sind die beiden privat ein Paar?"

„Was? Nein, um Gottes willen. Verzeihen Sie bitte, ich bin völlig durcheinander. Eben stand ich noch auf der Bühne und habe Olau gerufen und nun sehe ich zu, wie Dominik in einem Zinksarg abtransportiert wird."

Was durchaus stimmte, gerade hievten die Bediensteten eines Beerdigungsinstitutes den Verblichenen in einen Leichenwagen, um ihn in die Rechtsmedizin zu transportieren. Der Doc spazierte gemächlichen Schrittes mit seinem großen Koffer in der Hand zu seinem Wagen. Ein Umstand, über den die Spurensicherer sich sehr freuten, denn dann stand er ihnen nicht mehr fortwährend im Weg herum und sie konnten in Ruhe mit ihrer Arbeit fortfahren.

„Sind Corinna und Sie ein Paar?" Jana hatte den Versuch, den Firmeninhaber in eine etwas gemütlichere Umgebung zu bugsieren, aufgegeben. Wenn er lieber hier in der Halle stehen bleiben wollte, dann sollte er das tun.

„Was? Nein, um Gottes willen."

Wie sich doch die Worte glichen, dachte Jana. Aber waren die Aussagen deshalb glaubhafter? Aus Prinz Helmut dem Ersten von der Sicheren Seite, würden sie heute keinen vernünftigen Satz mehr herausbekommen, erkannte sie. Solange sie den ungefähren Todeszeitpunkt nicht kannten, brauchten sie sich auch nicht nach seinem Aufenthaltsort zur fraglichen Zeit zu erkundigen. Die Kommissarin beschloss, den armen Mann vorerst zu erlösen.

„Wenn Sie wollen, können Sie nach Hause gehen und sich ein wenig erholen“, teilte sie ihm mit.

„Nach Hause gehen? Das wäre schön. Ich muss zurück auf die Bühne. Wie heißt es so passend? The show must go on.“ Der Prinz lachte und es klang irritierend irre. Als ob er kurz davor wäre, durchzudrehen.

Jana beobachtete die skurrile Szene mit wachsendem Unbehagen. Helmut stapfte ungelenk aus der Halle. Auf seine Limousine mit Chauffeur zu, der ihm bereits den Schlag aufhielt. Aber bevor er sich in das sichere Wageninnere flüchten konnte, brach er erneut zusammen. Ohne einen Mucks.

Sofort war der Doc wieder an seiner Seite. „Das wird doch hoffentlich nicht zu einer schlechten Gewohnheit werden“, murmelte der Arzt. „Bringen Sie ihn nach Hause“, befahl er dem Fahrer. „Der ist ja total mit den Nerven runter. Ich folge Ihnen und dann kümmern wir uns um ihn.“

Wenige Minuten später schleppten sie den halb Bewusstlosen die Treppe hinauf in seine Wohnung.

„Sollten wir ihn nicht besser in ein Krankenhaus transportieren?“, erkundigte sich der Chauffeur besorgt.

„Nein, ich glaube nicht, dass das nötig sein wird. Ich schätze, es ist schlicht der Kreislauf, der ihm den Dienst versagt.“

„Aber Sie sind doch …, Sie haben doch …“, stotterte der Fahrer, der ganz offensichtlich nicht wusste, wie er sein Unwohlsein an den Mann bringen sollte.

„Nur mit Toten zu tun? Oh nein.“ Der Doc grinste. „Das ist ein weit verbreiteter Irrglaube. In vielen Fällen leben meine Patienten noch.“

Das Entsetzen krallte sich im Gesicht des Prinzen-Chauffeurs fest.

„Das tun sie auch weiterhin, nachdem ich meine Untersuchungen abgeschlossen habe. Ich hoffe, das beruhigt Sie. Ich werde oft bei Missbrauchsfällen, Vergewaltigungen, Schlägereien und Ähnlichem hinzugezogen, um die Verletzungen zu dokumentieren.“

„Oh, das wusste ich nicht."

„Das wissen die wenigsten."

Mittlerweile waren sie vor der Wohnung des Prinzen angekommen. Sie klingelten und nach kurzer Zeit öffnete eine Frau die Tür. „Du lieber Himmel, Helmut. Was ist mit ihm?", rief sie erschrocken aus.

„Er ist umgekippt", erklärte der Doc. „Sind Sie seine Frau?"

„Ja, kommen Sie herein, schnell." Sie lief voraus und richtete in Windeseile auf der Couch ein bequemes Lager für ihren Gatten her. „Das musste irgendwann mal so kommen", jammerte sie. „Der stressige Beruf als Selbständiger, dazu noch seine fixe Idee, Prinz Karneval werden und sein zu wollen. Die Vorbereitungen, die Veranstaltungen, der irrwitzige zeitliche neben dem riesigen finanziellen Aufwand. Ständig hat irgendwer angerufen und wollte was. Corinna, die doofe Kuh, die sich allmählich aufführt, als wäre sie eine richtige Prinzessin. Oder Dominik, der durchgeknallte Typ. Totaler Wahnsinn, das alles. Das hat er nun davon."

Der Doc ließ Helmut behutsam auf das Sofa gleiten. Er war zwar kein Kriminalbeamter, aber lange genug in Sachen Mord und Totschlag unterwegs, um Dinge herauszuhören, die für einen Fall interessant werden könnten. Jetzt gerade handelte es sich eindeutig um die Bemerkungen über die doofe Kuh, den durchgeknallten Typ und den riesigen finanziellen Aufwand. Helmut stöhnte leise und wollte sich aufsetzen, wurde aber von dem Rechtsmediziner nachdrücklich daran gehindert. Sorgfältig begann der Doc, ihn zu untersuchen. Sämtliche Vitalfunktionen schienen einigermaßen wiederhergestellt zu sein. Einige Reflexe reagierten verlangsamt, aber sie reagierten.

Der Arzt sah sich in seiner Vermutung bestätigt. Der Stress durch die tödlichen Vorkommnisse war zu viel gewesen. Nichts, was sich nicht durch einen langen, festen Schlaf und ein gehaltvolles Frühstück aus der Welt schaffen lassen würde. „Sorgen Sie dafür, dass er sich ausschläft", teilte er der Prinzen-Gemahlin mit. „Danach ist er wieder wie neu."

„Sagen Sie mal, wer sind Sie eigentlich?"

Statt auf die Frage zu antworten, zog der Doc es vor, schleunigst zu verschwinden. Der Fahrer würde die neugierige Gattin unter Garantie genaustens ins Bild setzen. Auf ihn wartete schließlich Wichtigeres. Ein verstorbener Hofnarr, um genau zu sein.

Kapitel 3

„Wir können doch mal wieder zu einer Karnevalssitzung gehen, das haben wir ewig nicht mehr gemeinsam gemacht."

Was? Wie? Achim zuckte zusammen. Jana, neben seiner beruflichen auch seine private Partnerin, schaute ihn mit großen, grünen bittenden Augen an.

„Guck mich nicht so an. Du weißt, wie sehr mir Fastnacht auf die Nerven geht." Den Hauptkommissar schauderte es, wenn er daran dachte, sich verkleiden zu müssen. Wenn die fünfte Jahreszeit die anderen Jahreszeiten erfolgreich verdrängt hatte, fragte er sich jeden Tag, was das eigentlich bringen sollte. Die närrischen Rufe, die albernen Küsschen, alles übergossen mit Fässerladungen voll Alkohol. Nein, ohne ihn.

„Okay", schmollte Jana, „dann gehe ich eben mit Sybille. Oder mit Annette. Am besten mit beiden."

„Ja, mach das." Achim atmete auf. Wenn die Damen unterwegs waren, würde er es sich auf dem Sofa gemütlich machen und den lieben Gott einen guten Mann sein lassen.

„Könnte allerdings sein, dass unser neuester Kunde dich dazu zwingt, dem rheinischen Karneval etwas näherzukommen", verkündete Jana.

„Das könnte dir so passen, du raffiniertes Weib", grinste der Kommissar. „Im Moment wissen wir noch nicht einmal, wodurch der Herr Hofnarr zu Tode gekommen ist. Vielleicht stellt sich sein Dahinscheiden doch als natürlich heraus. Was ich mehr als begrüßen würde."

„Glaubst du das tatsächlich?" Seine Partnerin legte den Kopf schief.

„Nein, das tue ich nicht.“ Achim seufzte resigniert. Wenn man so lange im Geschäft war wie er, dann entwickelte man ein recht untrügliches Gespür für unnatürliche Todesfälle. In diesem Fall war er sich zu hundert Prozent sicher, dass jemand nachgeholfen hatte. Mit was oder wie auch immer. Die Leiche hatte keinerlei äußere Verletzungen aufgewiesen. Keine Würgemale, keine Erstickungszeichen, keine Schuss- oder Stichwunden, keine Blutergüsse durch Schläge. Sorgen machte der Ermittler sich deshalb allerdings nicht. Der Doc würde schon herausbekommen, warum der junge Mann tot war. Jana und er würden herausbekommen, um was für einen Menschen es sich bei Dominik Geiermann handelte.

Gerade waren sie auf dem Weg nach Winningen, zu der Wohnung des Verstorbenen, in der er zusammen mit seiner Freundin zu Hause war. Achim fragte sich, warum man in Koblenz einer Karnevalsgesellschaft angehörte, wenn man in Winningen wohnte. In dem kleinen Ort mit seinen rund 2500 Einwohnern wurde gefühlt an jedem Wochenende ein Fest gefeiert. Organisierte Fastnachter gab es bestimmt auch hier, alles andere hätte den Kommissar mehr als gewundert. Was es in Winningen allerdings selten gab, waren freie Parkplätze für auswärtige Gäste. Insbesondere von Freitag bis Sonntag. Wie nicht anders zu erwarten, war mal wieder eine Menge los.

Offensichtlich waren sie in eine Art Karnevalsumzug geraten. Abends und im Dunkeln. Wie wundervoll. Exakt so hatte Achim sich diesen Samstagabend vorgestellt. Er stellte den Wagen irgendwo im Niemandsland ab. Hoffentlich würden sie das Auto wiederfinden. In den Gassen tummelten sich allerlei verkleidete Narren. Klassisch als Cowboy und Indianerin, schaurig als Frankenstein mit aufgemalten Nähten über den Lippen. Der Kommissar schüttelte innerlich den Kopf.

„Gruselig, was?“ Jana stupste ihn mit dem Ellenbogen an und lachte.

„Aber so was von“, brummelte ihr Kollege und legte einen Zahn zu. Je früher sie hier wegkamen, umso besser war es. Die Straße, in die sie mussten, hieß Am Heideberg und befand sich in unmittelbarer Nähe der berühmten Winninger Weinlagen. Die närrischen Klänge waren zwar deutlich zu hören, aber zu Achims Freude wesentlich leiser als im Ort. „Hoffentlich ist die Dame zu Hause und nicht irgendwo als Monster unterwegs."

Jana drückte auf die Klingel mit den Namen *Geiermann/Hartkorn.* Kurz darauf summte der Türöffner. Die beiden Ermittler traten ein und wussten anschließend nicht, wohin sie sich wenden sollten.

„Hier unten", erklang eine helle Stimme aus dem Untergeschoss. „Wer ist denn da?"

Achim sprang in zwei Sätzen die Treppe zur Einliegerwohnung hinunter. „Die Polizei." Er präsentierte seinen Dienstausweis und stellte Jana vor. „Sind Sie die Lebensgefährtin von Dominik Geiermann?"

„Ich bin Yvonne Hartkorn, seine Verlobte", entgegnete die junge Frau spitz und mit besonderer Betonung auf dem Wort Verlobte. „Wir werden im März heiraten."

Na super, das auch noch. „Ich fürchte, dazu wird es nicht kommen", begann die Kommissarin vorsichtig. „Lassen Sie uns reingehen, dann erklären wir es Ihnen."

„Sie machen mir Angst." Mit einem Mal wirkte Yvonne kein bisschen angriffslustig mehr, sondern eher wie eine eingeschüchterte Spitzmaus. „Bitte."

Das Reich von Dominik und seiner Freundin bestand aus einem großen Zimmer mit Koch-, Ess-, Wohn- und Schlafbereich, alle deutlich erkennbar. Die Tür an der hinteren Wand führte wahrscheinlich ins Bad. Hier hatten zwei Menschen, die vom Einrichtungsstil her wenig miteinander gemein hatten, offensichtlich für das erste eigene Nest ihre Möbel zusammengeschmissen. Das Bett war der modernste Einrichtungsgegenstand. Ein Futon, schwarz mit roter Auflage. Der Sofabezug kam mit wilden Strichen als Motiv daher. In grün, gelb und blau auf orangem Untergrund. Davor ein Rauchglastisch, wie er in den 1960er Jahren der letzte Schrei war, was heute dazu führte, dass man schreien wollte. Na ja. Schön sah anders aus.

Esstisch und Stühle präsentierten sich in einem fleckigen Weißgrau, keine Kissen, kein Tischtuch, nichts, was für ein wenig Behaglichkeit gesorgt hätte. Den Boden bedeckte ein brombeerfarbener Teppich, der bereits etwas länger dort oder woanders lag, beziehungsweise gelegen hatte. Das Prunkstück war allerdings ein imposanter Wohnzimmerschrank aus Palisander. Eine dunkle, wuchtige Zumutung ohne die geringste Leichtigkeit, wie er einst im Wohnzimmer von Janas Vater gestanden hatte. Leider, leider, hatte das gute Stück den letzten Umzug nicht überlebt. Die Möbelpacker hatten es sofort prophezeit und genau so war es auch gekommen, der Schrank war schlicht aus dem Leim gegangen.

Zu Janas offener Freude. Einige Schubladen waren seit Jahren ausnahmslos unter ächzendem Protest aufgegangen und etliche Türen hatten reichlich windschief in ihren Angeln gehangen. Wenn etwas derart aus den Fugen geraten war, konnte man sich doch wirklich mal was nettes Neues gönnen, fand Jana. In einer solch zusammengewürfelten Umgebung würde sie es nicht lange aushalten. Irgendwie hätte sie versucht, die Palette der eingesetzten Farben nicht ganz so groß werden zu lassen. Ein Wunder, dass die unterschiedlichen Einrichtungsgegenstände nicht probierten, sich gegenseitig wegzubeißen.

„Seit wann wohnen Sie hier schon gemeinsam?“, fragte die Kommissarin Yvonne.

„Seit ein paar Wochen. Wenn Fastnacht vorbei ist, werden wir uns nach neuen Möbeln umschauen. In dieser Wohnung passt überhaupt nichts zusammen. Sie ist aber ohnehin lediglich eine Übergangslösung.“

„Ich fürchte aus diesem Plan wird nichts werden“, versuchte Jana erneut, die schreckliche Nachricht, die Achim und sie im Gepäck hatten, behutsam an die Frau zu bringen.

„Was ist denn nur los? Nun reden Sie endlich.“ Yvonne hatte sich auf dem Futon niedergelassen. Ihre Augen sprangen zwischen den Ermittlern hin und her.

„Dominik wurde tot aufgefunden“, klärte die Kommissarin sie auf. „Es tut uns sehr leid. Unser aufrichtigstes Mitgefühl.“

„Was erzählen Sie da?“, hauchte die Verlobte des Verstorbenen. „Das ist unmöglich. Er hat heute Abend mehrere Auftritte. Da ist er sehr zuverlässig. Die würde er niemals schwänzen.“

„So bedauerlich es ist, Ihr Freund lebt nicht mehr. Wir haben seinen Ausweis bei ihm gefunden und Helmut Günther hat ihn identifiziert."

„Helmut? Ach was. Helmut." Die junge Frau spuckte den Namen aus, als wäre er ein Schimpfwort. „Da wird er sich aber freuen, der begnadete Prinz von der Wichtigtuer-Seite. Was hat denn der jetzt damit zu tun?"

„Dominik wurde in seiner Lagerhalle entdeckt. Ihr Verlobter hatte sein Hofnarren-Kostüm an. Haben Sie eine Ahnung, was er da wollte?"

„Nicht die geringste. Dominik konnte Helmut nicht leiden. Mein Verlobter ist froh, wenn er möglichst wenig mit dem Herrn Prinzen zu tun hat."

Das hatten sie heute umgekehrt schon einmal so ähnlich gehört. „Und warum ist das so?", hakte Jana nach.

„Er kann nicht damit umgehen, wenn er nicht im Mittelpunkt steht. Mein Dominik ist ein witziger Typ, immer einen flotten Spruch auf den Lippen, immer vorne mit dabei, wenn es darum geht, einen Spaß zu machen."

„Meinen Sie Späße auf Kosten anderer?"

„Meine Güte, wer das nicht verträgt, mal durch den Kakao gezogen zu werden, der darf kein Karnevalsprinz werden. Übrigens auch keine Confluentia. Die beiden führen sich derartig bescheuert aristokratisch auf, als wären sie direkte Nachfahren des Sonnenkönigs. Aber sagen Sie mal: Von welcher Sorte Polizei sind Sie eigentlich?"

„Bedauerlicherweise von der Mordkommission. Das liegt daran, dass die Todesumstände im Moment ungeklärt sind. In einem solchen Fall wird immer die Kriminalpolizei mit eingebunden. Was natürlich nicht heißen muss, dass tatsächlich ein Verbrechen vorliegt. Hat Ihr Verlobter regelmäßig Medikamente eingenommen? Oder war er krank?"

„Weder das eine noch das andere."

„Hatte er Feinde?"

„Keine Ahnung, ich glaube nicht.“ Yvonne schluchzte auf. „Was soll ich bloß ohne ihn machen? Wir haben doch unser gemeinsames Leben gerade erst begonnen. Das darf nicht vorbei sein. Das werde ich nicht zulassen.“

„Gibt es jemanden, den wir für Sie benachrichtigen sollen? Ihre Eltern, eine Freundin oder einen Freund?“, erkundigte sich Jana behutsam.

„Nein, vielen Dank, das mache ich selbst.“ Die junge Frau zuckte zusammen, als Achims Handy begann, lauthals vor sich hinzuplärren.

Die Kommissarin verdrehte die Augen. Seit Jahren bat sie ihren Partner mit Engelszungen, die Lautstärke seines Mobiltelefons ein wenig zu drosseln und sich einen etwas dezenteren Klingelton zuzulegen. Leider ohne den geringsten Erfolg. Sie war sich sicher, dass der Tag kommen würde, an dem eine Leiche durch das Gebimmel wieder zum Leben erweckt würde.

„Ja, hallo.“ Achim lauschte eine Weile. „Alles klar, Doc, vielen Dank.“

„Das war unser Rechtsmediziner“, wandte er sich an die junge Frau. „Er hat eindeutige Hinweise für ein Tötungsdelikt gefunden. Wir müssen unsere Kollegen von der Spurensicherung informieren. Die werden sich hier umsehen. Tut mir leid.“

Statt eine Antwort zu geben, fiel Dominiks Verlobte rücklings auf ihr Bett und rollte sich dort zusammen wie ein Embryo.

Der Kommissar hatte bereits wieder sein Handy am Ohr. Er telefonierte mit Georg, dem Chef der Spurensicherung, und bat ihn mit seinen Leuten in die Straße Am Heideberg zu kommen. „Tu mir einen Gefallen, mein Bester. Bring bitte einen Notfallseelsorger mit. Jana und ich warten bei Dominiks Verlobter, bis jemand von euch da ist. Danke dir.“

„Nun, Doc, wie weit bist du?“ In Achims Augen glänzte die Neugier.

„Oh, meine Lieben, eine ganze Ecke weiter, aber durchaus noch nicht am Ziel. Ich kann euch definitiv sagen, dass Dominik von K.-o.-Tropfen ausgeknockt worden ist. Der war tief bewusstlos.“

„Tödlich bewusstlos?"

„Nein, Jana, bis es dazu kam, musste noch ein wenig mehr passieren. Jemand hat ihm irgendeine giftige Substanz eingeflößt, von der ich noch nicht genau weiß, um was es sich handelt. Ich hege allerdings einen gewissen Verdacht."

„Nämlich?"

„Langsam, Achim, immer langsam mit den jungen Rechtsmedizinern. Fest steht, dass ihn diese Flüssigkeit sein Leben gekostet hat. In ziemlich kurzer Zeit. Er ist sozusagen zweimal schlafen gelegt worden. Durch die Tropfen und dann durch das Gift. Sein schlafender Körper hatte keine Chance, sich zu wehren. Seine Organe haben versagt. Aus, vorbei, Exitus."

„Wann?"

„Schwer zu sagen, Jana. Ich muss erst herausbekommen, ob mein Verdacht hinsichtlich des Mittels, das ihm jemand zu trinken gegeben hat – übrigens durch einen Schlauch, ziemlich heftig in den Rachenraum reingedrückt, ich habe entsprechende Verletzungen gefunden – stimmt. Das wird ein wenig dauern. Übermorgen kann ich euch mehr sagen."

„Ungefähr nur, bitte, bitte." Die Kommissarin setzte auf einen lange geübten Dackelblick, den sie sich bei ihrem Hund Henry abgeschaut hatte. „Die Verlobte des Toten behauptet, er habe gegen sechzehn Uhr das Haus verlassen, von den Wachleuten gefunden wurde er um kurz nach sieben."

„Tut mir leid, tut mir wirklich leid, liebste Jana. Du kannst mich angucken wie du willst. Ich werde schweigen wie ein Grab. Falls die Verlobte die Wahrheit sagt, habt ihr ein Zeitfenster von drei Stunden für den Abgleich von Alibis. Das nenne ich, nun ja, einigermaßen komfortabel."

„Womit du nicht ganz unrecht hast", knurrte die Kommissarin unzufrieden. Aber wenn der Doc nicht konkreter werden wollte, dann hatte er seine Gründe.

„Apropos angucken", nahm der Rechtsmediziner den Faden wieder auf. „Wo habt ihr euer Haustier gelassen?"

„Henry ist“, Jana hüstelte verlegen, sie kam sich ertappt vor, „alleine zu Hause. Ist aber nicht so schlimm. Bevor wir alarmiert worden sind, habe ich mit ihm eine Riesen-Runde auf dem Oberwerth gedreht. Der war ganz schön groggy, als wir zurückgekommen sind. Wahrscheinlich schläft er. Ist ja schon lange genug dunkel.“

„Auch wieder wahr. Wir hören und sehen uns übermorgen. Ich wünsche euch morgen ein wenig Zeit, um den Sonntag zu genießen. Ermittelt nicht zu viel.“

„Danke, Doc. Und du, seziere nicht zu viel. Tschau.“

„Verdammt, nun geh endlich an dieses Scheiß-Telefon. Oder soll ich das etwa noch zusätzlich übernehmen?“ Hilde, Helmut Günthers Frau, schäumte vor Wut. Hätte sie geahnt, welch ein Durcheinander bei ihnen durch den Prinzen-Job ihres Mannes Einzug halten würde, sie hätte Nein gesagt. Ach was, sie hätte Nein gebrüllt! Helmut lag, seit er am Abend heimtransportiert worden war, unpässlich auf dem Sofa und ließ sich von seiner Gattin bedienen. Was musste Dominik, dieser Hofnarr, dieser Hanswurst, auch tot umfallen? Dazu noch ausgerechnet in ihrem Lagerraum? Unter Umständen, zumindest hatte Helmuts Chauffeur dies angedeutet, auf nicht natürliche Art und Weise.

„Wer ist es denn?“ Die Stimme des Prinzen kam klagend aus einem Berg von Kissen und Decken.

„Da, sieh selbst.“ Hilde schmiss das schnurlose Telefon in Richtung Couch. Sollte es doch jammern, ihr Ehegespons. Sie traf an alldem keine Schuld.

„Ach herrje, es ist Horst.“

„Also entweder nimmst du den Anruf jetzt an oder ich ziehe die Telefonverbindung aus der Wand. Mit Karacho. Ganz egal, wie viel von der Wand mit rausbröckelt.“

Oh, das stellte eine durchaus beunruhigende Drohung dar. Hilde konnte, wenn sie wollte, eine unglaubliche Kraft entwickeln. Mit zerstörerischer Wirkung. Helmut beeilte sich, auf das Telefon zu drücken. „Hallo Horst, was kann ich für dich tun?“

„Unsere grün-weiße Gesellschaft muss eine Entscheidung treffen, wie es in den nächsten Tagen weitergehen soll“, knurrte es dem Prinzen entgegen. „Ich habe eine Besprechung einberufen mit unserem Präsidenten, dem Geschäftsführer und meinem Kameraden, dem Generalfeldmarschall der Infanterie.“

Ach du lieber Gott, dachte Helmut. Jetzt auch noch die Infanterie. Unterstützt von der Artillerie. Die Truppen brachten sich in Stellung. Wie einst im Kaiserreich.

„Morgen früh um elf in der Geschäftsstelle“, teilte Horst unterdessen ungerührt mit. „Falls du es einrichten kannst, darfst selbstverständlich auch du teilnehmen.“

„Was soll das denn bitte schön heißen?“, ereiferte sich Helmut, dem der Fortgang des Geschehens zunehmend auf die Nerven ging. „Seit wann hast ausgerechnet du die Kompetenz, Sitzungen einzuberufen?“

„Ich sehe niemanden, der dazu im Moment besser geeignet wäre.“

„Außerdem, mein Lieber“, Helmut hatte dem Generalfeldmarschall der Artillerie überhaupt nicht zugehört, „außerdem darf ich bei jeder Besprechung dabei sein, an der ich teilnehmen will. Dafür benötige ich keine Erlaubnis, deine am allerwenigsten. Ich bin nämlich der Prinz.“

„Dann bis morgen früh.“

Helmut starrte das Telefon an. Horst hatte einfach aufgelegt. Sofort danach klingelte es schon wieder. Der Prinz zuckte zusammen. Dominiks Festnetznummer leuchtete auf. Er zwang sich dazu, das Gespräch anzunehmen, motiviert von den hochgezogenen Augenbrauen seiner Frau. „Hallo“, hauchte er vorsichtig.

„Hallo, Yvonne Hartkorn hier, Dominiks Verlobte. Was zum Teufel ist in Ihrer Lagerhalle geschehen?“

Die eiskalte Stimme machte Helmut Angst. Er hatte keine Ahnung gehabt, dass der Hofnarr sich bereits im Stadium der Verlobung befunden hatte. „Das kann ich Ihnen …, das kann ich Ihnen nicht sagen“, stotterte er, „schließlich war ich nicht dabei.

Niemand hat sich mehr erschrocken als ich, als ich Ihren Freund tot in meiner Halle habe liegen sehen."

„Sie mochten ihn nicht. Weil er jung und hipp und lustig war und Sie alt und hölzern. Das hat er mir immer wieder erzählt."

Dieser Drecksack. Helmut schoss das Blut in die Wangen und der Deckel vom Topf. „Ihr Freund ist ein kleines armseliges Würstchen, Fräulein Hartkorn. Ein Kasper, der sich als Till Eulenspiegel profilieren wollte und als Pflaumenaugust endete. Der witzig sein wollte und in Wahrheit nur Beleidigungen auf Kosten anderer auf Lager hatte. Peinlich, seine Auftritte. Da hat jemand eindeutig nicht erkannt, dass er lange nicht so viel auf dem Kasten hatte, wie er sich eingebildet hat."

„Sie haben versucht, ihn abzusetzen und ihn auszutauschen."

„Ja, Fräulein Yvonne, das habe ich. Ich lasse mir doch meine Session nicht von einem solchen Armleuchter kaputtmachen."

„Sie haben es aber nicht geschafft." Yvonnes Stimme klang lauernd.

„Nein, das stimmt, ich habe es nicht geschafft. Weil niemand dieses Amt übernehmen wollte. Alle hatten Angst vor Dominiks beißendem Spott. Dabei verfügen wir über weitaus begabtere Hofnarren."

„Nun, jetzt da er tot ist, kann das Amt ja gefahrlos jemand anderem übertragen werden. Braucht sich auch keiner mehr zu fürchten. Das muss Sie ziemlich erleichtern."

Helmut schob die Kissen und Decken zur Seite und richtete sich kerzengerade auf. Schluss mit dem Gejammer. Er war Dominik los. In dieser Tatsache, so schrecklich die Dinge verlaufen sein mochten, steckten Chancen, auf die er nicht mehr zu hoffen gewagt hatte. „Ja, Fräulein Yvonne, wenn Sie die Wahrheit wissen wollen, es erleichtert mich sogar ungemein."

„Sie Mörder", schallte es aus dem Telefon. „Sie gemeiner hinterhältiger Mörder. Dafür werden Sie büßen. Ich schwöre es Ihnen."

„Einen schönen Abend wünsche ich Ihnen", erwiderte Helmut kühl. Das hatte diese Yvonne von Anfang an erreichen wollen, dass sie ihn beschuldigen konnte. Aber nicht mit ihm. Ihm gehörte eine Firma für Sicherheitstechnik mit über dreißig Angestellten. Als Prinz Helmut der Erste von der Sicheren Seite herrschte er über zehntausende Narren. Er würde sich nicht von einem toten Möchtegern-Schelm und seiner hysterischen Verlobten ins Bockshorn jagen lassen. Energisch kam er auf die Füße. „Hilde Schatz, könntest du mir bitte etwas zu essen machen. Ich muss ein paar Sachen klären. Das geht schlecht mit leerem Magen."

„Gerne, Helmut. Das wurde dicke Zeit, dass du aus den Polstern wiederauftauchst." Während die Prinzengattin in die Küche eilte, bimmelte das Telefon erneut.

„Günther", brummte ihr Mann mürrisch.

„Die *Rhein-Zeitung* hier. Was ist denn in Ihrer Gesellschaft los? Wir haben da einiges gehört."

Ach, was sollte es. Helmut konnte sich denken, wer die schreibende Zunft informiert hatte. Fing mit Vollho- an und hörte mit -rst auf. Während der Karnevalszeit war es nicht sonderlich schwierig, auf einen Pressefritzen zu treffen. Bei vielen Sitzungen war ein Schreiberling anwesend, um umfassend über die närrischen Ereignisse zu berichten. Wahrscheinlich auch in Kesselheim. Dort hatte er seinen Hofstaat zurückgelassen, nachdem ihn der verstörende Anruf der Polizei erreicht hatte. Und Horst hatte die Gelegenheit natürlich sofort am Schopf ergriffen. Dann konnte Helmut das auch. „Na dann, dann werde ich Sie ausführlich darüber aufklären, was sich ereignet hat. Aber zuerst verraten Sie mir, wer Ihnen Bescheid gesagt hat." Was der Journalist gerne tat.

„Das ist ein Fall ganz nach meinem Geschmack", nörgelte Achim auf dem Nachhauseweg. „Ein Mord im Karnevalsmilieu. Davon habe ich lange geträumt. Humtata."

„Ich finde das Milieu ausgesprochen interessant", konterte Jana. „Du alter Fastnachtsmuffel siehst das naturgemäß total anders. Lass uns mal auf eine Sitzung gehen. Nur so, zum Spaß."

„Das ist es ja eben, das ist für mich kein Spaß."

„Du versuchst es nicht einmal. Das passt gar nicht zu dir. Beim Essen probierst du schließlich auch alles."

„Mein Essen hält auch keine Büttenreden oder führt einen Showtanz auf."

Die Kommissarin musste lachen. Eine Karotte in der Bütt oder Erbsen in Tanzuniform, das wäre mal was. „Gib dir einen Ruck, könnte doch lustig werden."

„Ich denke drüber nach." Achim legte die Stirn in Falten. „Habe drüber nachgedacht. Ich will nicht."

„Boah. Entsetzlich, wie stur du sein kannst." Jana sprang aus dem Auto, das just in diesem Moment vor ihrer Wohnung in der Kurfürstenstraße in der südlichen Vorstadt zum Stehen kam. Sie freute sich auf ihr Zuhause. Sie freute sich besonders auf Henry, auf ihren treuen Vierbeiner, der immer ehrlich seine Zuneigung zeigte. Einfach, weil er sie empfand, nicht, weil er dadurch etwas erreichen wollte. Für ihren Dackel gab es keine Lügen, keine Ausflüchte. Würde Henry sich mit einem Mal in einen Menschen verwandeln, er käme in dieser Welt nicht zurecht. Die Kommissarin drehte sich um. Achim saß nach wie vor im Auto, der Motor lief.

„Ich fahre lieber nach Hause", teilte er mit.

„Mach das", erwiderte Jana. Sie schloss die Haustür auf und verschwand im Treppenhaus. Sollte Achim halt alleine bei sich zu Hause hocken, wenn er mit ein bisschen Karnevalsatmosphäre nicht zurechtkam. In letzter Zeit war er ohnehin oft mürrisch und mies drauf. Ganz egal, wo er sich gerade befand. Ob im Präsidium, außerhalb der Dienststelle während laufender Ermittlungen oder im privaten Bereich.

Weder seine Partnerin noch seine Kollegen oder seine Freunde kannten den Kommissar derart griesgrämig, wie er ihnen in den letzten Wochen begegnet war. Etliche hatten versucht, die Ursache für seine Veränderung herauszufinden. Darunter selbstverständlich auch Jana. Als eine der Ersten. Ihre Bemühungen waren ebenso gescheitert wie die aller anderen. Nein, er sei nicht krank, nein er habe keine Probleme, in keiner Hinsicht, nein, weder finanziell noch beruflich. Irgendwann war der Zeitpunkt gekommen, an dem niemand mehr nachfragte, weil die Antworten bekannt waren. Doch in einem war man sich einig: Irgendetwas stimmte ganz und gar nicht. Wenn Achim was zu erzählen hatte, sollte er es tun, wenn er für sich beim richtigen Augenblick angelangt war. Jana war es im Moment egal. Sie wurde von einem schwanzwedelnden Henry begrüßt, der voller Freude an seinem Frauchen hochsprang. Von wegen, der Hund schlief friedlich auf seiner Decke.

Die Kommissarin nahm ihren Dackel auf den Arm und rieb ihre Nase an seinem Nackenfell. Sie genoss die Nähe zu ihrem vierpfotigen Mitbewohner. Nachdem sie ihn wieder abgesetzt hatte, hockte er sich vor die Tür und winselte leise. „Du möchtest noch mal Gassigehen? Ehrlich? Na gut, dann los." Jana behielt ihre Jacke gleich an. Bei der Gelegenheit würde sie sich im benachbarten Dönerladen etwas zu essen kaufen. Sie leinte ihren Hund an, gemeinsam hopsten sie die Treppe hinunter auf die Straße in die stockdunkle Nacht. Die Kommissarin hatte keine Angst im Dunkeln, aber die Kälte ging ihr trotz ihres dicken Anoraks unter die Haut.

Jana legte einen Zahn zu, Henry lief auf flotten Pfoten neben ihr her. Sie schlugen den Weg Richtung Rhein ein, eine Strecke, die sie bestimmt Hunderte von Malen miteinander zurückgelegt hatten. Sie begegneten keiner Menschenseele. Das zügige Tempo hatte die Kommissarin aufgewärmt. Sie setzte sich auf eine der Bänke und ließ ihren Hund am Ufer herumschnüffeln. Ihre Gedanken flogen zu Achim zurück. Ihre Beziehung war stets von einer wohltuenden Leichtigkeit getragen worden, die gerade drohte, sich zu verabschieden. Das Dumme war: Jana konnte sich diese Entwicklung nicht erklären.

Zwischen ihnen war nichts vorgefallen. Zwischen ihrem Partner und anderen Menschen war ebenfalls ihrer Wahrnehmung nach nichts passiert. Oder hatte sie es bloß nicht mitbekommen? Wann hatte Achims Veränderung begonnen? Seit Ewigkeiten hatten sie keinen vernünftigen Urlaub miteinander verbracht. Sprich, sich eine Auszeit von mindestens zwei Wochen gegönnt. In südlichen Gefilden, mit Sonne und Meer. Mit köstlichem Essen und süffigem Rotwein. Das wäre unter Umständen eine Möglichkeit. Ausführliche, entspannte Ferien.

In Italien. Oder in Griechenland. In beiden Ländern gab es Gegenden, in denen es im Februar oder im März angenehm warm war. Wo man sich wenigstens mit den Füßen ins Wasser wagen konnte. Und Hotels, in denen Hunde willkommen waren. Mit diesem Vorschlag polterte man allerdings nicht einfach mit der Tür ins Haus hinein. Ein derartiger Plan brauchte Zeit und eine zwanglose Stimmung. Mal schauen, vielleicht würde sich am nächsten Tag eine Gelegenheit ergeben. Bei ihrem Italiener, der sie mit Pasta und Pizza verwöhnen würde. Ja, das hörte sich nach einem guten Plan an. Jana lehnte sich zufrieden zurück, betrachtete die Sterne und genoss die Stille. Der Hund stöberte im Gras herum. Ab und an gab er ein leises Schnaufen von sich.

Ein wundervoller, ein kostbarer Augenblick, aber auch diese gingen einmal zu Ende. Leider. „Henry. Bist du bereit nach Hause zu gehen?“

Wuff. Der Dackel stürzte die Böschung hinauf. Das hieß, dass er mit Janas Idee absolut einverstanden war. Gemeinsam schlenderten sie gemächlich zurück. Der Vierbeiner und sein Frauchen. Zurück in Janas gemütliche Wohnung. Mit einem kurzen Abstecher in den Dönerladen, in dem die Kommissarin eine vegetarische Rolle erbeutete.

Kapitel 4

Der Sonntag präsentierte sich strahlend blau, sonnig und eisig kalt. Die Oberkommissarin und ihr Hund wanderten vergnügt in den Koblenzer Stadtteil Rauental, wo sich der Doc und sein rechtsmedizinisches Institut befanden. Er hatte zwar gesagt, dass sie sich erst am Montag wieder sprechen würden, aber Jana war viel zu neugierig, um noch einen Tag zu warten. Sie wusste genau, für den Doc gab es keinen Feiertag, wenn ein ungeklärter Todesfall im Institut landete. Sie atmete tief ein.

Herrlich, dieses klare winterliche Wetter. Es bewirkte kühle Wangen und einen ebensolchen Kopf. Jana hatte hervorragend geschlafen. Sie fühlte sich fit und für die Lösung des Mordfalles gerüstet. Was der Doc wohl herausgefunden haben mochte? Gut gelaunt betrat sie die heiligen Hallen der Rechtsmedizin. Sie platzierte ihren Dackel auf einer Fensterbank im Flur, unter der netterweise eine Heizung vor sich hin blubberte.

Prima. Der Hund hatte es mollig warm und zudem was zu gucken. Sie fuhr ihrem Vierbeiner durch das struppige Fell. „Ich bin gleich wieder da, mein Süßer", versprach sie. Wenige Sekunden später stand sie im Untersuchungsraum der Pathologie. „Guten Morgen, Doc."

„Jana, hallo. Was machst du denn hier, an diesem heiligen Sonntag? Und wo ist deine schlechtere Hälfte?"

„Ich habe keine Ahnung. Achim ist gestern zu sich nach Hause gefahren. Meine bessere Hälfte liegt draußen auf der Fensterbank."

„Es ist schwierig mit Achim in letzter Zeit", seufzte der Arzt. „Mich würde wirklich interessieren, was mit ihm los ist. Aber sobald man versucht, das Thema anzusprechen, verschließt er sich wie eine bedrohte Auster."

„Völlig richtig. Bloß, ich bin zu alt für diese Spielchen und ich habe null Bock darauf. Wir sind schließlich keine Teenager mehr. Soll er sich auskotzen oder soll er es lassen."

„Eine gesunde Einstellung. Wobei ich doch deutlich widersprechen möchte. Du bist für gar nichts zu alt."

„Das bin ich wohl. Mit Ende vierzig hat man, wenn es gut gelaufen ist, relativ genaue Vorstellungen von dem, was man im Leben erreichen will. Faule Kompromisse schließt man mit Anfang zwanzig, nicht mehr als Fast-Fünfzigerin."

„Fast-Fünfzigerin, was für ein Quatsch. Du siehst keinen Tag älter aus als achtundvierzig."

„Herzlichen Dank, Doc, was für ein nettes Kompliment. Dann besteht immerhin noch eine gewisse Hoffnung für mich." Jana lachte hell, der Mediziner lachte mit, bloß deutlich tiefer.

„Na, hier herrscht ja eine prächtige Stimmung." Achim sorgte mit seinem Auftauchen dafür, dass die Heiterkeit schlagartig beendet war. Im Gegensatz zu seinen beiden Kollegen wirkte er alles andere als gut gelaunt.

„Mein Gott, Achim, was ist nur mit dir passiert?“ Der Doc funkelte den Hauptkommissar verständnislos an. „Ich erkenne dich nicht wieder.“

„Ich habe nicht sonderlich gut geschlafen. Tut mir leid, dass ich euch zwei auf eurem fröhlichen Fuß erwischt habe.“

„Also wirklich, weißt du …“, brauste der Rechtsmediziner auf.

Jana schüttelte kaum wahrnehmbar den Kopf in die Richtung des Arztes.

„Na gut, Jana, dein dezenter Hinweis ist mir Befehl. Dann kommen wir eben zu unserer Leiche. Aber eins muss ich loswerden: Lange geht das mit dir nicht mehr in dieser Form weiter, Achim. Allmählich ist ein ernsthaftes Gespräch fällig.“

Der Hauptkommissar verzichtete auf eine Antwort, und brummelte stattdessen etwas Unverständliches vor sich hin.

„Okay, zu dem toten Dominik: ein auf den ersten Blick kerngesunder junger Mann. Es gibt keinerlei Kampfspuren. Keine Blutergüsse oder Anzeichen dafür, dass ihn jemand zu fest angefasst hat. Gestorben ist er, weil sich in seinem Körper deutlich zu viel Gift befunden hat. Neben den K.-o.-Tropfen, wenn ich das hinzufügen darf, die dafür gesorgt haben, dass er dem Angriff wehrlos ausgeliefert war. Die Tropfen hat er offensichtlich mit einem Cocktail zu sich genommen. Mit einem Sex on the Beach, wenn mich nicht alles täuscht. Gemixt aus Wodka, Pfirsichlikör, Orangensaft und Cranberry. Nicht zu süß, nicht zu sauer, lecker. Aber nun zum Gift. Es handelt sich um Frostschutzmittel. Das wurde ihm, nachdem die Tropfen ihre gewünschte Wirkung entfaltet hatten, in bewusstlosem Zustand, mit einem Schlauch oder etwas Ähnlichem eingeflößt. Dieser Mix führte zu, am Ende tödlichen, Atmungs- und Nierenfunktionsstörungen. Allerdings war der Frostschutz nicht die einzige Substanz, die ich in seinem Körper gefunden habe.“ Der Doc schaute die beiden Kommissare an. Und schwieg.

Der Prinz tigerte in seinem Wohnzimmer hin und her. In etwa einer halben Stunde musste er aufbrechen, um an der von Horst einberufenen Sitzung teilzunehmen. Vorher musste er unbedingt noch etwas klären. Nämlich die Frage, wo seine Confluentia abgeblieben war. Noch immer hatte er sie nicht erreicht. Entschlossen griff er zum Telefon, um ihren Gatten anzurufen. Er hatte Glück, Corinnas Gemahl meldete sich praktisch sofort. Ganz so, als ob er neben dem Apparat auf einen Anruf gewartet hätte. „Charlie, Helmut hier. Kannst du mir bitte mal Corinna geben. Ich würde gerne mit ihr sprechen." Helmut hatte beschlossen, sich erst einmal dumm zu stellen.

„Nein, das kann ich nicht." Der Ehemann der Confluentia schluckte vernehmbar.

„Wieso nicht, ist sie krank?"

„Das kann ich dir nicht sagen. Ich habe sie seit Längerem nicht mehr gesehen."

„Um Himmels willen", Helmut tat bestürzt, was ihm ausgesprochen leichtfiel. „Sie wird doch keinen Unfall erlitten haben."

„Nein, offensichtlich nicht. Ich habe sämtliche Krankenhäuser in Koblenz und Umgebung angerufen. Sie ist in keinem. Wobei ich mir nicht im Klaren darüber bin, ob ich mich freuen soll oder nicht."

„Hast du dich bei ihren Freundinnen erkundigt?"

„Nein, noch nicht. Was soll das bringen? Sie kann sich schließlich denken, dass ich mir Sorgen um sie mache. Das ist das erste Mal, dass sie nicht heimgekommen ist, ohne mir vorher Bescheid zu sagen. Ich weiß gar nicht, was ich davon halten soll. Wann hast du sie denn zuletzt gesehen, Helmut?"

„Vorgestern, nach der Veranstaltung in Rübenach. Sie hat sich fröhlich von mir verabschiedet und sich nach Hause chauffieren lassen."

„Nein, Helmut, das hat sie nicht. Sie war seit Freitagnachmittag nicht mehr hier. Ich bin zutiefst verzweifelt."

„Himmel, Charlie, warum hast du dich nicht früher gemeldet? Anstatt uns in Kesselheim stehen und uns dumm sterben zu lassen …" Das hatte er nun irgendwie blöd formuliert, ging dem Prinzen auf. „Wie auch immer", fuhr er fort. „Wieso hast du so lange geschwiegen und damit uns allen geschadet?"

„Mir ist es doch total wurscht, was diese vertrackte Situation für euch grün-weiße Possenreißer bedeutet. Ich möchte meine Frau zurück, verstehst du das?“

„Natürlich, meine Vorstellung bewegte sich mehr in die Richtung, dir zu helfen.“

„Ach, hast du etwa eine Idee, wo Corinna stecken könnte? Vielleicht in einem Hotelzimmer, in dem sie auf dich, ihren Prinzen, wartet? Warst du in den letzten beiden Nächten zu Hause mein lieber Helmut?“

„Verflixt und zugenäht. Selbstverständlich war ich das. Jetzt reicht es mir aber wirklich. Corinna ist meine Confluentia. Sie ist deine Frau, nicht meine. Ich bin mit meiner Hilde glänzend versorgt. Da brauche ich keine zweite. Wie kommst du bloß auf einen solch abstrusen Einfall? Du bist übrigens nicht der Einzige, der diesen horrenden Unfug vor sich hin plappert.“

„Da gebe ich dir uneingeschränkt recht. Die Spatzen zwitschern es sozusagen von sämtlichen Karnevalsbühnen dieser Stadt. Ausgerechnet mit dir betrügt sie mich! Mit einem der langweiligsten Typen im Mittelrheintal.“

„Lass mich mit deinen Spinnereien in Ruhe. Oder bist du unter Umständen einfach einem hinterhältig gestreuten Gerücht aufgesessen?“

„Oh, es gab da tatsächlich jemanden, der mir die Augen geöffnet hat. Wofür ich ihm ausgesprochen dankbar bin. Wer weiß, wie lange ich sonst noch mit Hörnern auf dem Kopf herumgelaufen wäre.“

Helmut schloss die Lider. In welchen Alptraum war er hier hineingeraten? Er wollte die Frage nicht stellen, aber der innere Druck, den er verspürte, verhinderte ein dauerhaftes Schweigen. Er musste mit eigenen Ohren hören, wer hinter den Anschuldigungen steckte, auch wenn er einen Verdacht hegte, wer sie unter das Volk gebracht hatte. „Ach ja, Charlie, und wer bitte war das?“, fragte er deshalb.

„Doc, sei so freundlich und sag uns, was du noch in Dominiks Blut oder Magen oder Adern oder wo sonst immer gefunden hast“, quengelte Achim. Der Hauptkommissar verbreitete nach wie vor miese Laune gepaart mit einem äußerst sauertöpfischen Gesichtsausdruck.

„Wenn du mich derart nett darum ersuchst, geschätzter Kollege. Unsere Leiche hat Psychopharmaka geschluckt. Dies offenbar über längere Zeit. Und, davon gehe ich aus, freiwillig."

„Psychopharmaka?" Jana stand das Erstaunen ins Gesicht geschrieben.

„Jawohl", bestätigte der Rechtsmediziner.

„Also, natürlich sagt mir der Begriff etwas. Aber bei welchen Krankheiten man diese Medikamente einnimmt, weiß ich im Detail nicht."

„Nun, meine liebe Jana, erst einmal: Diese Arzneien gehören mittlerweile zu den Mitteln, die sehr häufig verschrieben und eingesetzt werden. Nicht nur in der Psychiatrie, sondern von Kollegen aller medizinischen Fachrichtungen. Ihre Berechtigung erfahren diese Mittel im Besonderen bei der Behandlung psychischer Störungen wie Schizophrenie oder manisch-depressiver Erkrankungen. Daneben depressive Störungen. Starke Angst- und Zwangsstörungen werden ebenfalls mit ihrer Hilfe therapiert."

„Merkt man einem solchen Patienten an, dass er an einer solchen Erkrankung oder Störung leidet?

„Nicht zwingend, vorausgesetzt er begibt sich in professionelle Hände. Wenn man mit Hilfe der Medikamente zum Beispiel eine Angst- oder Zwangspsychose erfolgreich in den Griff bekommt, dann macht der Patient einen völlig normalen Eindruck. Er kann ganz gewöhnlich seinem Beruf nachgehen und am gesellschaftlichen Leben teilnehmen."

„Mmmmh."

„Hallo Leute." Wie aus dem Boden gewachsen stand plötzlich Georg im Sezierraum. „Wir haben die Einzimmerwohnung des Toten auseinandergenommen und ratet mal, was wir gefunden haben?"

„Psychopharmaka." Die Kommissarin bedachte den Leiter der Spusi mit einem unschuldigen Augenaufschlag.

„Das hätte ich mir denken können. Was frage ich überhaupt noch? Ihr versaut mir ja immer den kompletten Ermittlungsspaß. Hat der Tote wohl tatsächlich zu seinen Lebzeiten geschluckt, was?“

„Ganz genau“, bestätigte der Doc. „Das macht das Hinübergleiten ins Jenseits in Kombination mit K.-o.-Tropfen und Frostschutzmittel noch eine Ecke effektiver, könnte ich mir vorstellen.“

„Eine Ahnung, warum er die Arzneimittel verschrieben bekommen hat, Georg?“, erkundigte sich Jana.

„Nein, meine Truppe und ich sind froh, dass wir unversehrt der Verlobten entwischt sind. Die hat sich aufgeführt, als wollte sie jedem Einzelnen von uns die Augen auskratzen. Einschließlich unserem Notfallseelsorger. Den hat sie praktisch rausgebissen. In dieser Situation erschien es mir sinnvoller, dass ihr euch noch einmal mit dieser Yvonne unterhaltet.“

„Das machen wir“, versprach die Kommissarin. „Wo habt ihr die Medikamente denn gefunden?“

„Im Badezimmerschrank.“

„Also relativ leicht zu finden. Ein Geheimnis hat Dominik daraus demnach nicht gemacht“, bemerkte Achim, den Zeigefinger auf seinem Schnurrbart abgelegt.

„Psychische Probleme nehmen stetig zu“, ergänzte der Doc. „Heutzutage braucht man sich einer solchen Erkrankung wahrhaftig nicht mehr zu schämen. Insbesondere, wenn man einer sogenannten regelmäßigen Arbeit nachgeht. Schaut euch mal die Krankenstatistik in unserem eigenen Haus an.“ Der Mediziner warf einen äußert beredten Blick auf Achim, der jedoch darauf in keiner Weise reagierte.

„Aber dass so jemand Hofnarr wird, öffentlich auf einer Bühne auftritt, sich diesen Stress antut, das wundert mich doch“, sinnierte Jana.

„Im Moment wissen wir nicht, warum er mit Psychopharmaka medikamentiert worden ist“, gab der Rechtsmediziner zu bedenken. „Unter Umständen hat es mit seinem närrischen Job überhaupt nichts zu tun.“

„Oder gerade damit“, warf Achim ein. „Die Behandlung einer Angstpsychose vor öffentlichen Auftritten.“

„Wir sollten uns Gewissheit verschaffen und Dominiks Verlobter noch heute einen Besuch abstatten“, schlug Jana vor.

„Ja“, bestätigte Achim kurz und lächelte seine Partnerin an, die erfreut zurücklächelte.

„Ich möchte bestimmt nicht stören, aber wir haben weiteres Interessantes gefunden“, flüsterte Georg, während seine Blicke zwischen den Kommissaren hin und her flogen.

„In Dominiks Wohnung?“, fragte der Doc neugierig.

„Nein, meine Lieben, woanders.“ Der Spurensicherer rieb zufrieden die Wurzel seiner ziemlich langen Nase zwischen Daumen und Zeigefinger.

„Dominik hat mir Bescheid gesagt, dass du mit meiner Frau was am Laufen hast, Helmut.“

Natürlich. Dominik, der kleine Scheißer. Obwohl, der war lediglich die zweite Wahl von Prinz Helmut dem Ersten von der Sicheren Seite gewesen. Am ehesten hatte er eine solche Intrige Horst zugetraut. „Dann hat er gelogen“, teilte er Charlie mit.

„In diesem Fall habe ich einen guten Tipp für dich: Rede mal mit ihm, von Mann zu Mann“, konterte der Ehemann der Confluentia.

„Von Mann zu Hofnarr wolltest du sagen. Im Übrigen geht das nicht mehr. Dominik ist nämlich tot, weißt du das nicht?“

„Waaaas? Wie meinst du das, er ist tot?“

„Exakt so, wie ich es gesagt habe. Er ist gestern Abend überraschend gestorben. Hat dich noch niemand über dieses tragische Geschehen informiert?“

„Nein, aber das ist schließlich keinesfalls was Neues. Ihr seltsamen Gecken kocht nur euer eigenes Süppchen, bis ihr in eurem eigenen Saft schmort. Wer außerhalb eures elitären Haufens steht, den guckt ihr doch mit dem Arsch nicht an.“

„Was für ein hirnrissiger Quatsch. Immerhin hat sich Dominik ja auf die Tiefen deines Niveaus herabgelassen. Ich werde unser unerfreuliches Gespräch jetzt beenden, Charlie. Wenigstens habe ich eine Vorstellung entwickelt, warum Corinna verschwunden ist. Die will einfach mit dir nichts mehr zu tun haben. Wahrscheinlich hat sie dich schlicht verlassen. Was ich durchaus verstehen kann. Dass meiner Confluentia diese Idee ausgerechnet mitten in der Session kommt, das finde ich zugegeben weniger prickelnd. Ich kenne allerdings Leute, die wird das hier brennend interessieren. Meine Freunde von der Presse. Eine untergetauchte Confluentia, die von ihrem Ollen die Nase voll hat. Eine Conflurenntia. Wenn das mal keine Schlagzeile ist. Falls deine Frau, oder vielmehr deine Noch-Frau, zurückkommen sollte, um, sagen wir mal, ihre restlichen Sachen einzupacken, teile ihr bitte mit, dass sie mich anrufen soll. Zu jeder Tages- und Nachtzeit. Ich danke dir sehr für deine Mühe. Mach es gut, Charlie."

Helmut atmete heftig aus, als er das Telefon in seine Station zurücksteckte. Das versprach, ein unvergesslicher Sonntag zu werden. Auf zum nächsten Gefecht. Zu den Honoratioren der *Grün-Weißen*. Es dauerte nur kurze Zeit, bis der Prinz die Geschäftsstelle betrat. Alle anderen warteten bereits auf ihn. Der unvermeidliche Horst, der Präsident, der Geschäftsführer und der Generalfeldmarschall der Infanterie saßen schon am Besprechungstisch. Schweigend.

„Hallo", zerstörte Helmut die Stille.

Niemand machte sich die Mühe, seinen Gruß zu erwidern. Bernd, der Präsident, deutete stumm auf den freien Stuhl, der am weitesten von der übrigen Gruppe entfernt stand. Der Prinz setzte sich. Den Rücken kerzengerade, den Kopf aufrecht, das Kinn vorgestreckt. Offensichtlich sollte ein Tribunal stattfinden. Zwei Militärs waren ja bereits anwesend. Horst war tatsächlich in seiner Feldmarschall-Uniform erschienen. Wahrscheinlich betrachtete er sein Engagement im Karneval als eine Aneinanderreihung einzelner Schlachten, für die es galt, eine Strategie zu entwickeln. Um den Preis eines rundum lächerlichen Anblicks, den der kleine kugelige Mann bot. Dazu die blassblauen Augen und der struppige rostrote Bart, der sich mit vielen Lücken über die Wangen zog. Die großen Ohren mit den fleischigen Ohrläppchen. Horst stellte zurzeit eine Karikatur seiner selbst dar.

„Nun, Helmut", der Präsident ergriff das Wort. „Hast du eine Idee, wie wir diese Session einigermaßen gelungen und ohne einen allzu enormen Gesichtsverlust zu Ende bringen sollen?"

„Wisst ihr, ich sehe das folgendermaßen: Wir sind ein Team, wir sind zumindest als solches angetreten. Deshalb bin ich der Meinung, dass wir diese, zugegeben problematische, Situation gemeinsam bewältigen müssen. Wie ich überhaupt, leider, zugeben muss, dass es vielfach an Unterstützung gefehlt hat. Auf allen Ebenen unserer“, der Prinz hüstelte filmreif, „ehrenwerten Gesellschaft, wie ich betonen möchte.“

„Durch mich oder was?“, brauste Bernd auf.

„Getroffene Hunde ...“ Helmut ließ den Satz unvollendet in der Luft schweben.

„Wo woanders? Und was woanders?“ Der Rechtsmediziner war der erste, der Georgs Schweigen nicht mehr aushielt.

„Na endlich, ich dachte schon, es fragt gar keiner mehr von euch. Fast hättest du mir meine nächste Überraschung kaputtgemacht, Doc.“

„Ich? Wieso? Ich kann mich nicht erinnern, dass ich ein Geheimnis ausgeplaudert habe.“

„Nein, natürlich nicht. Aber ich werde gleich eins verraten. Ich wette, ihr werdet Freude daran haben.“

„Georg. Klär uns auf.“ Jana schaute bittend.

„Wir haben was gefunden. Mehrere Kanister davon. Eigentlich nichts Besonderes, aber im Lichte der Todesursache überaus bemerkenswert. Wir haben Frostschutzmittel in der Halle entdeckt. Eines der Behältnisse war aufgeschraubt und es fehlte ein Teil der Flüssigkeit.“

„Ach. Das ist wirklich eine interessante Mitteilung.“ Achim rieb sich die Hände. „Ich rufe Philipp an und schicke ihn zu Helmut. Da ist uns der Prinz eine Erklärung schuldig.“ Der Hauptkommissar führte rasch das Gespräch. „Begeisterung klingt anders“, gab er danach zu. „Aber Philipp kümmert sich darum. Lass uns zu Dominiks Wohnung fahren“, wandte er sich an die Oberkommissarin.

„Gute Idee.“ Jana war bereits auf dem Weg zur Tür und in den Flur. „Danke, Georg, danke, Doc, bis später.“ Sie winkte erst ihren Kollegen, dann ihrem Hund. „Henry. Komm, mein Süßer.“ Der

Dackel, der ein entspanntes Nickerchen auf der Fensterbank über der Heizung gehalten hatte, sprang seinem Frauchen mit einem hellen Bellen entgegen. Jana leinte ihren Vierbeiner an. „Lass uns ein Stück spazieren gehen“, schlug sie Achim vor.

„Mir wäre es lieber, wir würden erst zu Yvonne fahren.“

„Okay. Aber danach habe ich etwas mit dir zu besprechen.“

„Von mir aus.“ Die Stimme des Hauptkommissars klang erneut brummelig, das Lächeln war wie weggeblasen.

Jana fuhr sich mit der Hand über den Nacken. Gleichzeitig atmete sie lange aus. Dutzende von Stunden hatte sie mittlerweile damit zugebracht, sich zu überlegen, was mit Achim los sein könnte. War er krank? Hatte er sich in eine andere verliebt und traute sich nicht, die Wahrheit zu sagen? War etwas passiert, was sein Leben aus der Bahn geworfen hatte? Henry, der anscheinend die Spannung zwischen seinen beiden Menschen spürte, hielt sich eng am Bein seines Frauchens. Immer wieder schaute er mit seinem dunklen Dackelblick fragend nach oben. Als sie endlich am Auto angekommen waren, nahm die Oberkommissarin ihren Hund auf den Arm und ließ sich mit ihm zusammen auf dem Beifahrersitz nieder.

„Setzt du ihn bitte nach hinten“, forderte Achim sie auf.

„Nein.“ Die Ohren des Vierbeiners glitten durch Janas Hände. „Ich kann ein bisschen Freundlichkeit gerade gut gebrauchen. Im Gegensatz zu dir ist Henry jederzeit bereit und in der Lage sie mir entgegenzubringen.“

Der Hauptkommissar presste die Lippen aufeinander. Seine Partnerin schnallte sich an. Danach verfiel sie in ein ausdauerndes Schweigen, bis sie Winningen erreicht hatten. Der kleine Ort am Ufer der Mosel lag da wie ausgestorben. Auf den Straßen und in den Gassen war kein Mensch zu sehen. Wahrscheinlich schliefen die Narren ihren Rausch aus, den sie sich in der vergangenen Nacht angetrunken hatten. Als die Ermittler vor dem Wohnhaus des Verstorbenen angekommen waren, setzte Jana den Dackel auf eine kuschelige Decke auf der Rückbank. Wortlos ging sie auf die Hauseingangstür zu und drückte ihren Finger auf die Klingel zu Dominiks und Yvonnes Wohnung. Nach einiger Zeit ertönte der Summer.

Die Kommissare traten ein und sahen sich einer müde aussehenden Verlobten gegenüber, die gerade dabei war, ihren samtig roten Morgenmantel den sie über einen cremeweißen Schlafanzug aus glänzendem, weichen Material gezogen hatte, zuzuknoten. Ob die Kleidungsstücke aus Seide gefertigt worden waren, fragte sich Jana. Jedenfalls machten sie einen edlen, teuren Eindruck, im Gegensatz zu der zusammengeschusterten Einrichtung.

„Bitte? Wie kann ich Ihnen helfen?“ Yvonnes Stimme klang erschöpft.

„Frau Hartkorn …?“

„Nennen Sie mich bitte Yvonne.“

„Gut, Frau Yvonne. Warum hat Ihr Verlobter Psychopharmaka eingenommen?“ Achim hielt sich nicht mit irgendwelchem Vorgeplänkel auf. „Gestern haben Sie noch behauptet, Dominik würde keine Arzneimittel zu sich nehmen.“

„Weil er zwanghaft eifersüchtig war.“ Die junge Frau teilte diese wichtige Information sachlich, ohne vernehmbare Emotionen mit. Nahezu unbeteiligt, dachte Jana.

„Haben Sie ihn dazu gebracht, dagegen mit Medikamenten anzugehen?“, hakte der Kommissar nach.

„Ja, eine meiner Bedingungen für eine gemeinsame Wohnung. Hätte Dominik sich geweigert, sich behandeln zu lassen, wäre es niemals hierzu gekommen. Wahrscheinlich hätte ich mich sogar von ihm getrennt. Das halten Sie auf Dauer nicht aus.“

„Die Psychopharmaka haben demnach gewirkt?“

„Oh ja. Merklich. Mein Verlobter war wesentlich entspannter. Es ist alles andere als ein Spaß, mit jemandem zusammen zu sein, der krankhaft eifersüchtig ist. Sie haben im Grunde keine ruhige Minute. Ständig stehen Sie unter Kontrolle und damit unter Strom. Sie können sich weder mit Ihrer Familie noch mit Ihren Freunden treffen. Alle fünf Minuten bimmelt das Handy. Permanent wird Ihnen Untreue unterstellt oder dass Sie die Unwahrheit sagen. Wenn Sie einem Mann auch nur die Hand geben, dann haben Sie sofort eine Affäre mit ihm. Es wird gebrüllt, was das Zeug hält. Anschließend wird geheult. Es ist einfach nur zum Kotzen, wenn ich es einmal ganz offen ausdrücken darf."

„Wie lange waren Sie ein Paar?", erkundigte sich Jana.

„Etwas mehr als sechs Jahre. Wir sind seit meinem dreiundzwanzigsten Geburtstag zusammen."

„Wo haben Sie sich kennengelernt?"

„An der Hochschule."

„Sie haben welche Fachrichtung studiert?"

„Wirtschaftsmathematik. Dominik auch."

„Hier in Koblenz?"

„Ja, oben auf der Karthause."

Die Kommissarin überlegte sich, ob sie Näheres zu dem Studiengang erfahren wollte. Sie entschied sich dagegen. Mathematik gehörte keinesfalls zu den Dingen, mit denen Jana sich gerne beschäftigte.

„Ist Ihr Verlobter einer Arbeit nachgegangen?"

„Selbstverständlich. Er war als Fachmann für Informationstechnologie tätig. Er war Spezialist für Lebens- und Sachversicherungen und hat sich dann entsprechend auf diesem Gebiet im Bereich Datenverarbeitung weitergebildet. Äußerst erfolgreich. Er arbeitete bei der *Mehrwertinvest*."

„War das Versicherungswesen Teil Ihres Studiums?"

„Jawohl."

„Welcher Beschäftigung gehen Sie nach, Frau Yvonne?"

„Ich bin in der Finanzabteilung eines weltweit agierenden Fahrradherstellers beschäftigt. Materialbeschaffung, Kalkulation. Ich mache neue Absatzmärkte ausfindig. Wir sind ein Global Player. Und stolz darauf. Eine der Firmen, die in einer Garage mit der Produktion angefangen haben." Die Wangen der Verlobten des Toten hatten eine rosige Farbe angenommen. Es war unübersehbar, dass ihre Arbeit ihr jede Menge Spaß bereitete.

„Hat Dominik Sie jemals geschlagen?" Die Frage kam von Seiten der Kommissarin bewusst überraschend, aber die junge Frau zuckte mit keiner Wimper. Achim beobachtete aufmerksam die Szene.

„Nein, das hat er nie, auch wenn ich manchmal dachte, dass es jeden Augenblick so weit ist." Yvonne bedeckte mit der rechten Hand ihren Mund.

„Wie haben Sie diese anstrengende und bedrohliche Lage so lange ausgehalten?"

„Ich habe Dominik geliebt, Frau Kommissarin. Ich habe ihn sehr geliebt. Seine Eifersuchtsattacken haben ihn nicht von Beginn unserer Beziehung an gequält. Es fing vor ungefähr eineinhalb Jahren an. Vorher war alles normal, ausgesprochen harmonisch."

„Gab es einen Auslöser für seine Zwangsvorstellungen?"

„Das habe ich ihn, und mich, sicherlich hundert Mal gefragt. Ich denke, es hat etwas mit meiner Arbeitsstelle zu tun. Dort sind nicht allzu viele Frauen zu finden. Außerdem unternehmen wir Dienstreisen rund um den Globus. Amerika, Asien, in alle Länder Europas. Wahrscheinlich hat Dominik sich die tollsten Dinge ausgemalt, wenn ich in New York oder Paris oder Rom unterwegs war. Genau habe ich es aber niemals in Erfahrung bringen können. Unter Umständen hat es sich auch schleichend entwickelt. Aufgrund einer missverständlichen Bemerkung, einer falsch verstandenen Geste. Weiß der Kuckuck. Glauben Sie mir. Mehr als alles andere auf der Welt habe ich mir gewünscht, dass alles wieder so wird wie in den ersten Jahren unserer Beziehung."

„Trotzdem haben Sie sich mit ihm verlobt? Ein wenig altmodisch in der heutigen Zeit, finden Sie nicht?"

„Als Dominik seine Behandlung drei Monate durchgestanden hat, war ich der Auffassung, dass er ein Zeichen von mir verdient hat, einen Beweis meiner Liebe. Eine Verlobung erschien mir da genau passend. An diesem Tag habe ich ihm auch versprochen, dass wir uns auf die Suche nach einer Wohnung begeben."

„In Ordnung. Vielen Dank, Frau Yvonne, für Ihre Offenheit. Versuchen Sie, sich ein wenig zu erholen. Auf Wiedersehen. Ach nein, noch eine Frage. Ihr Verlobter hat vor seinem Tod einen Sex on the Beach zu sich genommen. Können Sie uns sagen, wo er den getrunken haben könnte?"

„Einen Cocktail soll er getrunken haben?“ Die junge Frau schaute irritiert. „Er hat niemals Cocktails zu sich genommen. Das waren für ihn Schickimicki-Allüren. Ein ehrliches Bier hat er immer gesagt, oder einen Riesling von Rhein oder Mosel, das trinkt man in dieser Gegend.“

„Schade, nochmals vielen Dank.“

Kapitel 5

„Helmut hat recht.“ Mario, der Generalfeldmarschall der Infanterie, sprang dem Prinzen bei.

„Was soll das denn bitte schön heißen?“ Bernds Kopf lief knallrot an.

„Genau das, was ich gesagt habe. Du, mein lieber Bernd, und du, mein lieber Horst, ihr spuckt ständig große Töne, aber wenn es darum geht, mit anzupacken, dann ist von euch bloß noch die Rückseite zu sehen. Bei nicht einem Vorbereitungstreffen habt ihr uns mit eurer Anwesenheit beehrt.“

„Richtig. Danke, Mario“, bekräftigte Helmut. „Immer nur schön bei den Empfängen umsonst über die kalten und warmen Büfetts und den Barmann und seine Drinks herfallen und den dicken Max markieren.“

„Sagt mal, was fällt euch eigentlich ein?“ Auf Bernds Stirn pochte in schnellem Rhythmus eine mächtige Zornesader.

„Reg dich ab“, empfahl Mario, „es ist allerhöchste Zeit, dass mal jemand die Wahrheit ausspricht. Du bist doch nur deshalb noch einmal Präsident geworden, weil du auf dem Posten nett repräsentieren kannst. Nachdem du unseren letzten Präsidenten vergrault hast. Hat dir wahrscheinlich nicht gepasst, dass er dermaßen viel mitgearbeitet hat. Der war ansprechbar, für jeden Einzelnen von uns. Dagegen bist du ein alter Mann, der es nicht ertragen hat, dass ein jüngerer und besserer ihn beerbt hat. Diese Entwicklung musstest du unbedingt wieder rückgängig machen.“

„Das muss ich mir nicht bieten lassen.“ Bernd war aufgesprungen und griff nach seinem Mantel.

„Von exakt diesem Verhalten rede ich.“ Mario grinste süffisant. „Genau diese Reaktion habe ich vorausgesehen. Du bist wirklich leicht zu berechnen. Aber geh ruhig. Tu uns bitte einen Gefallen und nimm deinen Horst mit.“

„Das hast du nicht umsonst gesagt.“ Der Generalfeldmarschall der Artillerie stürzte hinter seinem Präsidenten her und prallte fast mir Philipp zusammen. Nur ein zeitgleiches Bremsen von beiden Seiten verhinderte eine Karambolage.

„Hoppla“, bemerkte der junge Oberkommissar. „Wo soll es denn so eilig hingehen?“

„Was geht das Sie an?“, blaffte Horst. „Wer sind Sie überhaupt? Hier findet gerade eine vertrauliche Besprechung statt.“

„Jede Menge geht mich das an“, antwortete Philipp ungerührt. Er zückte seinen Dienstausweis. „In Ihren Reihen ist immerhin ein Mord geschehen.“

„Wer hat Ihnen gesagt, dass wir in der Geschäftsstelle sind?“ Bernd war zurückgekommen und mischte sich ein.

„Frau Günther hat es uns freundlicherweise verraten. Voilà, da bin ich.“

„Sie waren bei meiner Frau?“ Helmut schaute irgendwie unglücklich aus der Wäsche, fand Philipp.

„Ja, wir haben ein wenig miteinander geplaudert.“

„Worüber denn?“

Für den Kommissar bestand kein Zweifel mehr, der Prinz fühlte sich eindeutig unwohl. „Herr Günther, ich würde mich gerne mit Ihnen alleine unterhalten. Wenn Sie mich bitte nach draußen begleiten würden. Bei was habe ich Sie eigentlich gestört?“

„Wir wollten gerade besprechen, wie die Session weiterlaufen soll. Nun, da Dominik tot und Corinna verschwunden ist“, erklärte Bernd.

„Sie sind wer?“

„Der Präsident.“

„Aha, haben Sie zufällig eine Visitenkarte, die Sie mir geben könnten?“

Bernd nestelte in seiner Geldbörse herum. „Bitte sehr, junger Mann."

„Danke." Philipp steckte das Kärtchen ein, ohne einen Blick darauf zu werfen.

„Sie sind von gestern Abend übriggeblieben?" Der Ermittler musterte Horst von unten bis oben.

„Was? Natürlich nicht", brauste der Generalfeldmarschall auf. „Ich halte diese Uniform für die angemessene Kleidung für diese Sitzung. Ich finde, man soll der Fastnacht mit dem nötigen Ernst begegnen."

Helmut fing an zu kichern, er versuchte gar nicht erst, diese alberne Regung zu unterdrücken. Besser hätte er das Problem, das der rheinische Karneval mit Horst hatte, nicht beschreiben können. Typen wie er würden die Fasenacht über kurz oder lang kaputtmachen. Aber nicht diese Session. Diese Session würden sie würdig und erfolgreich durchführen und abschließen. Helmut schwor es im Stillen beim Heiligen Jokus.

„Die Herren, die ich bisher nicht kenne. Wenn Sie mir bitte alle Ihre vollständigen Namen verraten würden." Philipp zückte einen Notizblock und einen Stift und notierte die Angaben. „Okay. Da ich Sie einmal alle beieinanderhabe. Hat einer von Ihnen aktuell Kontakt zu Confluentia Corinna? Oder weiß, wo sich die Dame aufhält?"

Die Antwort bestand aus einvernehmlichem Kopfschütteln. Der Kommissar bedachte jeden einzelnen Mann mit einem kritischen Blick, dem alle standhielten. Schade. „Danke, Herr Günther, wenn ich Sie bitten dürfte." Philipp wies auf die Tür, Helmut ging folgsam voraus.

„Läuft ziemlich schlecht, oder?", schlussfolgerte der Ermittler, als er gemeinsam mit dem Prinzen auf dem Gehweg stand.

„Glauben Sie mir, Herr Kirchner, hätte ich geahnt, welches Desaster mich erwartet, dann hätte ich lieber jede einzelne Kamelle Stück für Stück eigenhändig in Stanniolpapier gewickelt, als den Job des Prinzen anzunehmen."

„Klingt alles andere als begeistert."

„Stimmt. Vergnügungssteuerpflichtig ist die Angelegenheit ebenfalls nicht.“

„Warum sind Sie Prinz geworden, Herr Günther? Es wird Sie ja niemand dazu gezwungen haben.“

„Ich habe gedacht, es wird lustig. Ich arbeite hart für mein Geld, ich trage Verantwortung für etliche Mitarbeiter. Ich dachte, ein wenig Spaß würde mir guttun. Ich liebe den Karneval. Ganz abgesehen davon, dass es selbstverständlich eine Ehre ist, gefragt zu werden, ob man für seine Gesellschaft als Prinz in die Bütt steigen will, sozusagen. Außerdem, ein recht wesentlicher Gesichtspunkt: Ich kann es mir leisten.“

„Was genau wollen Sie mit Ihrem letzten Satz sagen?“

„Ja, also, das soll keinesfalls angeberisch rüberkommen, aber die Majestäten“, Helmut Günther wuchs deutlich um ein paar Millimeter, „stecken in ihr Engagement jede Menge eigenes Geld. Wir bezahlen unsere Kostüme selbst und etliches andere auch. Da benötigt man durchaus einige flüssige Mittel.“

„In welcher Höhe bewegt sich Ihr monetärer Aufwand bis heute?“

„Puh, das kann ich Ihnen auf den Euro nicht sagen, Herr Kirchner. Ich habe mir das aber aufgeschrieben. Da kommt ein bisschen der Geschäftsmann durch.“ Es war offensichtlich, dass Helmut dieser Umstand mit Stolz erfüllte.

„Schauen Sie bitte nach und geben mir Bescheid.“

„Was hat das mit dem Mord an Dominik zu tun?“

„Vielleicht gar nichts, aber Geld, vor allem wenn es fehlt, hat schon manch tödlichen Plan verursacht.“ Philipp lauerte vergeblich auf die Wirkung seiner Worte, sie blieb aus. Dann eben zurück zu anderen wichtigen Fragen. „Ihre Confluentia und Ihren Hofstaat dürfen Sie sich selbst aussuchen?“

„Dass Corinna meine Prinzessin wird, war von Anfang an klar. Für die übrigen Posten haben wir ein Bewerbungsverfahren durchgeführt.“

„Wie darf ich das verstehen?“

„Wie ich es gesagt habe. Man musste sich bewerben. Wie um einen Ausbildungs- oder Arbeitsplatz. Mit Lebenslauf, bisherigen Erfahrungen im Karneval und einer Einschätzung, warum man glaubt, für die Aufgabe besonders geeignet zu sein."

„Stimmt das wirklich?" Philipp war ehrlich erstaunt. Wie mochte Dominik sich beworben haben? Ich bin der geeignete Kandidat für den Hofnarr, weil …? „Sind die Bewerbungsunterlagen noch vorhanden?"

„Das weiß ich nicht. Da müssen Sie unseren Geschäftsführer fragen."

„Gut. Die Endauswahl wurde dann in einer Art Casting getroffen, oder wie muss ich mir das vorstellen?"

„Ach Gottchen, Herr Kirchner. So dermaßen viele Bewerbungen gibt es nun auch wieder nicht. Für den Job des Hofnarren waren es genau zwei."

Aha. Eine interessante Information, fand Philipp. „Wie heißt der unterlegene Kandidat?", erkundigte er sich.

„Jens Schmitz. Jens wäre mir viel lieber gewesen als Dominik. Leider konnte ich mich mit dieser Meinung nicht durchsetzen."

„Wie ist Herr Schmitz mit seiner Niederlage umgegangen?"

„Sportlich. Er ist Mitglied unseres Hofstaates. Das hat er sich nicht nehmen lassen. Sehr verlässlich, immer fröhlich. Ein toller Junge. Wenn Sie mich fragen."

„Herr Günther, von wem bekomme ich eine Liste der Mitglieder Ihrer Gesellschaft?"

„Von unserem Geschäftsführer, Matthias."

„Wunderbar." Der Geschäftsführer schien ein ungemein wichtiger Mann zu sein. „Wie beliebt war Dominik Geiermann aus Ihrer Sicht?"

„Jesses, was Sie alles wissen wollen! Ich habe mich um den Hofnarren nicht sonderlich intensiv gekümmert. Ich war stets froh, wenn er aus meinem Blickfeld verschwunden war. Horst hat ihn gemocht, das weiß ich."

„Die übrigen Mitglieder des Hofstaates? Wie sind die mit dem Hofnarren umgegangen? War der junge Mann stets mittendrin oder eher etwas am Rand anzutreffen?“

„Sorry, unter diesem Gesichtspunkt habe ich unsere Auftritte nie betrachtet. Außerdem lag mein Fokus auf anderen Dingen als auf der Beobachtung von Angehörigen meiner Gefolgschaft.“

„Für was brauchen Sie derart viele Kanister mit Frostschutzmittel in Ihrer Lagerhalle?“ Der Ermittler war der Meinung, dass es langsam Zeit wurde für die Klärung des entscheidenden Punktes.

„Was?“ Helmut schaute erkennbar irritiert.

Echte Verwirrung oder perfekte Schauspielerei, fragte sich Philipp. „Wofür benötigen Sie die Frostschutzmittel?“, wiederholte er. „Die Sie in Ihrem Betrieb in erheblicher Menge bevorraten?“

„Es tut mir leid, ich verstehe die Frage nicht.“

„Beantworten Sie sie mir einfach.“

„Nun gut. Natürlich für unsere Fahrzeuge. Es ist Winter, Herr Kirchner. Es ist sehr kalt, meistens um den Gefrierpunkt herum. Unsere Anlagen haben nichts mit den Billiglösungen aus dem Baumarkt zu tun. Was nutzt Ihnen ein Unternehmen für Sicherheitstechnik, das seine Technik nicht zum Kunden und bei ihm zum Einsatz bringen kann, weil seine Autos liegen bleiben?“

Ein berechtigter Einwand, gab der Oberkommissar dem Firmeninhaber im Stillen recht. „Wie viele Wagen sind für Sie unterwegs?“

„Unsere Flotte umfasst zwölf Fahrzeuge. Wir bedienen Auftraggeber im kompletten nördlichen Rheinland-Pfalz, manchmal sogar über die Grenze nach Nordrhein-Westfalen hinein. Im Verlauf eines Geschäftsjahres kommt da manch gefahrener Kilometer zustande.“

„Danke vorerst, Herr Günther. Ich gehe noch einmal hinauf in Ihre Geschäftsstelle zu Ihrem Geschäftsführer.“

„Ich komme mit. Die Entscheidungen, die wir zu treffen haben, stehen schließlich nach wie vor aus.“

„Nach Ihnen.“ Philipp hielt dem Prinzen höflich die Tür auf. Ganz wie es sich im Umgang mit Hoheiten geziemte. Wobei ihm die verschwundene Confluentia wieder in den Sinn kam. War sie abgetaucht, weil sie den Hofnarren auf dem Gewissen hatte?

„Lass uns etwas in den Weinbergen spazieren gehen“, schlug Jana vor.

„Wenn du meinst, das wäre wirklich nötig“, erwiderte Achim.

„Oh ja, das meine ich.“ Die Oberkommissarin nahm Henry, der freudig bellend aus dem Wagen gesprungen war, an die Leine. Endlich ging es mit einem ausgiebigen Gassigehen los. Der Schwanz des Dackels wedelte mit beeindruckender Geschwindigkeit.

Während Jana mit ihrem Hund rasch den Weg zwischen den Weinbergen hinauf nahm, spürte sie, wie Achim hinter ihnen herstapfte. Von oben hatte man einen wundervollen Blick auf die Mosel, die friedlich dahinfloss. Es war kein Schiff zu sehen, kein Boot, der Fluss präsentierte sich ohne Gesellschaft. Das Moseltal besaß eine wohltuende Sanftheit, fand Jana. Es war ruhig und gemütlich, mit seinen romantischen Weinorten. Im Gegensatz zum breiten Strom des Rheins, der allein wegen seiner schieren Größe majestätisch und manchmal ein wenig einschüchternd wirkte. Die Mosel war die Spielerische der beiden Flüsse, die die Leichtigkeit lebte. Es gab an ihren Ufern Hunderte von Wein- und Heimatfesten, die dies bewiesen.

Beim Rhein dagegen handelte es sich um den Ernsthaften, der mit trutzigen, wehrhaften Burg- und Festungsanlagen aufwartete, die einst dem Schutz und der Überwachung und nun dem Tourismus dienten. Auch den mächtigen Strom, den Fluss ihrer Kindheit, liebte Jana innig. Beide Gewässer besaßen einen besonderen Charme, was sich besonders deutlich an ihrem Zusammenfluss am Deutschen Eck bemerkbar machte. Apud Confluentes, bei den Zusammenfließenden, hatten die Römer ihr Kastell genannt. Ein außergewöhnlicher Ort mit einer außergewöhnlichen Atmosphäre. Die Liebliche und der Imposante, zukünftig in einem Wasser vereint. Allerdings dauerte es etwas, bis sich die unterschiedlichen Farben der Flüsse miteinander vermischt hatten. Ein großartiges Schauspiel, auf das man von der Festung Ehrenbreitstein einen vortrefflichen Blick hatte. Nicht von ungefähr nannte man die Karnevalsprinzessin in Koblenz Confluentia, schlug die Oberkommissarin gedanklich einen Bogen zu ihrem aktuellen Fall.

Achim, der hinter seiner Freundin und ihrem Vierbeiner hertrottete, ahnte nichts von Janas heimatkundlichen Überlegungen. Ihn quälten andere Gedanken. Deutlich länger als seit gestern. Natürlich hatten seine Kollegen, seine Freunde und seine Bekannten seine Veränderung bemerkt. Der Hauptkommissar hatte sich eingebildet, er könnte die Entscheidung, die er zu treffen hatte, vor den Menschen, die ihm nahestanden, noch ein wenig geheim halten. Immerhin würde sie nicht nur sein, sondern auch die Leben verändern, die mit seinem eng verbunden waren. Wenn er sich für die Neugestaltung entschied.

Die Schwierigkeit war, er wusste nicht, ob er es wagen sollte oder lieber nicht. Wie sollte er sich jemandem anvertrauen, wenn er selber unentschlossen war, in welche Himmelsrichtung ihn die Reise führen sollte? Selbstverständlich würde Jana nicht verstehen können, warum er sie nicht von Beginn an eingeweiht hatte. Zu Recht, ohne jeden Zweifel. Womit Achim bei einem der grundlegenden Probleme war, was seine Beziehungsfähigkeit anging. Dass er immer versuchte, die Dinge alleine zu regeln. Als Single mochte dieses Verhalten in Ordnung gehen, in einer Partnerschaft ging es dagegen rasch um verloren gegangenes Vertrauen.

Um Vorwürfe, dass man den Partner von wichtigen Entschlüssen ausschließen würde, und um verletzte Gefühle. Der Hauptkommissar konnte das alles nachvollziehen, schaffte es aber leider nicht aus seiner Haut heraus. Er war nun einmal wie er war, was sollte er machen? Auf der anderen Seite gingen ihm natürlich die fragenden Blicke und die Erkundigungen nach seinem Befinden gehörig auf die Nerven.

„Achim, was trödelst du denn da hinten umeinander?“ Jana riss ihn aus seinen Überlegungen.

„Ich bin schon bei euch.“ Ihr Partner gab Gas und hatte seine Freundin und ihren Hund nach kürzester Zeit eingeholt.

„Keine Angst, ich verkneife mir die Frage, was mit dir los ist. Ich wollte über etwas anderes mit dir sprechen.“ Janas Blick war in die Ferne gerichtet.

Plötzlich wurde es Achim kalt. Was mit den herrschenden Temperaturen wenig zu tun hatte. Klar, dass seiner Gefährtin seine seltsame Einsilbigkeit auf den Wecker ging. Ebenso klar, dass sie das keine allzu lange Zeit mitmachen würde. Andererseits, der Hauptkommissar entspannte sich, wenn sie eine Entscheidung traf, kam er um eine herum. Womit er bei einem weiteren persönlichen Problem angekommen war. Seiner Unfähigkeit, im privaten Bereich unangenehme, aber notwendige Dinge zu regeln.

„Was hältst du davon, wenn wir uns baldmöglichst einen mehrwöchigen Urlaub gönnen? Ich habe das Gefühl, er würde uns guttun."

„Vielen Dank, Helmut, dass du uns die Polizei in unsere Geschäftsstelle gebracht hast", ätzte Bernd. „Du hast eine einmalige Session versprochen und ich muss wirklich sagen, du hast dein Versprechen mehr als gehalten."

„Ach nein", der Prinz fletschte im tatsächlichen wie im übertragenen Sinn die Zähne. „Wie war das noch gleich damals? Als die Geschäftsstelle durchsucht worden ist wegen des Verdachts, dass deine von dir protegierte Geschäftsführerin, lieber Bernd, Gelder der *Grün-Weißen* veruntreut und damit unter anderem sündhaft teure Reisen finanziert hat?"

„Komm mir bloß nicht mit den ollen Kamellen, das ist mit der heutigen Situation in keinster Weise zu vergleichen. Es gab damals nämlich weit und breit keine Leiche zu beklagen."

„Was durchaus unbewiesen ist. In deinem Keller hat meines Wissens niemand nachgeforscht. Außerdem bin ich an Dominiks Tod total unschuldig", schäumte Helmut.

„Das will ich hoffen", giftete der Präsident zurück.

„Männer, gebt Ruhe." Mario mischte sich ein. „Wir müssen uns darüber klar werden, wie es weitergehen soll. Spätestens heute Abend werden Bernd und Matthias die Presse am Hals haben. Da wäre es super, wir hätten eine gemeinsame Haltung und eine ebensolche Strategie."

„Wir können die Session nicht abbrechen“, polterte Bernd. „Alleine für unsere Prunksitzung in der *Rhein-Mosel-Halle* an Fastnachtssamstag haben wir enorme finanzielle Verpflichtungen auf uns genommen. Außerdem ist die Veranstaltung nahezu ausverkauft. Wenn wir das nicht durchziehen, sind wir pleite.“

„Vielleicht lässt uns der Vermieter ja aufgrund der Vorkommnisse aus dem Vertrag raus“, schlug Matthias vor.

„Das wird wirklich immer besser. Warum sollte er das tun?“, blaffte der Präsident. „Der ist Geschäftsmann, kein Wohltäter. An einem solchen Abend verdient der sich dumm und dusselig.“

„Wir können das Motto ja von Mega-Sause in Mörder-Sause umtaufen“, regte Mario sarkastisch an. „Ausschließlich Verkleidungen, die irgendetwas Kriminelles an sich haben, sind zugelassen. Mit Prämierung selbstredend.“

„Verdammt noch mal, so kommen wir nicht weiter.“ Helmut schlug beide Fäuste auf den Tisch. „Soll ich heute Nachmittag auf der Sitzung des Eisenbahnsozialwerkes als Prinz auf die Bühne? Bei den weiteren anstehenden Veranstaltungen? Eroberung des Rathauses? Stürmung des 3. Korps? Schwerdonnerstag bei den diversen Möhnen-Einladungen? Rosenmontagszug? Umzüge am Karnevalsdienstag? Nun? Ich bestehe auf eine Antwort.“

„Wir bleiben die prinzenstellende Gesellschaft, du bist unser Prinz und wir werden unserer Verantwortung für den Rheinischen Karneval gerecht. Den Narren wird es an nichts fehlen.“ Bernds Ansage ließ keinen Spielraum für Interpretationen.

„Zumindest einen Trauerflor müssen wir uns umbinden. In irgendeiner Weise müssen wir auf Dominiks Tod reagieren“, gab Mario zu bedenken.

„Nein“, der Widerspruch des Präsidenten folgte prompt. „Wir feiern Fastnacht, keine Beerdigung.“

„Gerade deshalb müssen wir uns überlegen, wie ein stures Weiter-so bei unserer närrischen Gefolgschaft ankommen wird“, beharrte Mario auf seinem Einwand.

„Okay. Ein Vorschlag zur Güte. Wir bedauern am Anfang jeder kommenden Veranstaltung Dominiks tragischen Tod. Betonen, dass er gewollt hätte, dass die Session weitergeht wie geplant. Wir legen für ein paar Sekunden die Kappen zu seinem Gedenken ab. Dann machen wir klar, wie wichtig es ist, sich des Lebens zu freuen und tüchtig Karneval zu feiern. Was haltet ihr davon?" Bernd sah sich im Kreise der anwesenden *Grün-Weißen* um.

Die übrigen Fasenachter ließen die Worte einige Zeit auf sich wirken. Als Erster begann Mario, mit dem Kopf zu nicken. Die anderen folgten seinem Beispiel nach und nach.

„Ja", sagte Matthias schließlich, „das ist ein gangbarer Weg. Offensiv, aber dennoch mitfühlend mit dem Geschehen umgehen und deutlich machen, dass es vollkommen in Ordnung ist, unbeschwert zu feiern. Helmut, wenn wir uns in dieser Weise einigen, wäre das für dich machbar?"

„Durchaus. Wer spricht mit der Presse? Ich finde, das sollte nur einer von uns machen."

„Da gebe ich dir völlig recht." Der Präsident wandte sich an Matthias. „Ich denke, das sollte unser Geschäftsführer übernehmen."

„Ich denke, das sollte unser Präsident übernehmen", wehrte sich Matthias mit lauter Stimme. „Du vertrittst unsere Gesellschaft ansonsten auch immer nach außen."

„Stimmt." Helmut war ganz der Meinung des Geschäftsführers.

„Na gut, ich schreibe den Pressefritzen von Zeitungen und Radiosendern eine Mail und lade sie zu einem Pressegespräch ein." Bernd gab sich, hörbar ungern, geschlagen. Aber was sollte er, der sonst viel Wert darauf legte, dass er der höchste Repräsentant der *Grün-Weißen* war, dieser Argumentation entgegenhalten? „Wie unterrichten wir unsere Mitglieder?"

„Ebenfalls per Mail", schlug Matthias vor. „Für ein Treffen fehlt uns mitten in der Session schlichtweg die Zeit." Der Geschäftsführer erntete mit dieser Feststellung allgemeine Zustimmung.

„Schön, es freut mich, dass wir zu einer konstruktiven Zusammenarbeit zurückgefunden haben. Ich bin dafür, dass Jens ab heute den Job des Hofnarren übernimmt", verkündete Bernd. „Irgendwelche Einwände?"

„Nein, ganz im Gegenteil." Helmut antwortete schnell.

„Super, diese Harmonie. Gratulation! Und wen nehmen wir als neuen Prinzen?“ Horst war es offensichtlich ein Bedürfnis, seine Abneigung gegen Helmut ein weiteres Mal zu formulieren.

„Verdammt noch mal, Horst, beherrsch dich einfach mal. Ich weiß, das ist bei deinem zänkischen Charakter viel verlangt, aber uns bringt im Moment nur ein enger Zusammenhalt weiter.“

„Mario, lern du erst einmal, welche grundlegenden Aufgaben ein Generalfeldmarschall hat. Nicht umsonst handelt es sich um eine streng geordnete militärische Struktur, um klar gegliederte Hierarchien mit Unter- und Überordnungsverhältnissen.“

„Dieser gequirlte Unfug beweist lediglich, dass du etwas Grundlegendes völlig missverstanden hast“, konterte der Generalfeldmarschall der Infanterie. „Karneval ist Spaß, kein strategischer Einsatz in einer Kampfzone.“

„Schön wär's“, murmelte Helmut. „Horst sitzt da leider etlichen irrigen Vorstellungen auf.“

„Tritt endlich zurück, du Looser“, giftete Horst. „Deine Confluentia ist offensichtlich bereits vor dir geflüchtet.“

„Es reicht.“ Bernds aufgebrachte Stimme füllte den Raum. „Diesem Affenzirkus werde ich jetzt ein Ende bereiten.“

„Da bin ich aber gespannt.“ Horsts grimassenhafte Miene verknautschte noch eine Spur mehr.

„Das kannst du auch sein, denn du, mein lieber Horst … „ Bernd verstummte abrupt. Es hatte an der Tür geklopft. Laut und vernehmlich.

Kapitel 6

„Ein Urlaub?“ Achim konnte es nicht verhindern, er klang ungewohnt schrill, fast hysterisch. Henry, der glücklich zwischen den Reben herumgeschnüffelt hatte, hob besorgt den Kopf und die rechte Vorderpfote. Er betrachtete den Freund seines Frauchens. Bei einem Menschen hätte man den entsprechenden Blick wohl sorgenvoll genannt.

„Ja, ein Urlaub", bestätigte Jana kühl. „Kannst du dich daran erinnern, was das ist? Sonne, Meer, Strand, leckeres Essen, den einen oder anderen Drink an der Pool- oder der Strandbar?"

„Sorry, Jana, ich kann im Augenblick dazu keine Aussage treffen."

„Ach, und warum ist dir das im Moment ein Ding der Unmöglichkeit?" Die Oberkommissarin reagierte hörbar eingeschnappt. „Ich finde die Frage ausgesprochen einfach. Du dagegen benimmst dich, als hätte man dich auf einem Stuhl in einem unserer Vernehmungszimmer festgekettet. Wenn du nicht mit mir in die Ferien fahren willst, sag es mir."

„Mach doch nicht gleich ein solches Drama draus."

„Achim, verdammt noch mal, was ist mit dir los? Die Wahrheit bitte, keine Ausflüchte, kein Gelaber, jetzt und hier. Alle um dich herum merken, dass etwas im Argen liegt." Janas Wangen hatten sich mittelrosa gefärbt, was nicht an der niedrigen Außentemperatur lag. Ihre Fäuste hatte sie in die Hüften gestemmt. Henry, der spürte, dass Ärger in der Luft lag, hatte seine Schnüffelei aufgegeben und sich dicht neben dem rechten Bein seines Frauchens postiert. Mit deutlich gesträubtem Nackenfell. Im Zweifel wusste er ganz genau, wem seine Solidarität galt.

„Es zeichnen sich", Achim geriet ins Stammeln, „Veränderungen in meinem Leben ab."

„Ach was", bemerkte Jana spitz. „Veränderungen in deinem Leben. Na, dann bin ich ja fein raus. Schließlich habe ich mit dir nicht das Mindeste zu schaffen." Henry bellte zustimmend. „Zum Glück gilt das Gleiche für meinen Dackel." Die Oberkommissarin drehte sich abrupt um und marschierte, ihren Hund eng an ihrer Seite, Richtung Ort davon.

„Nun warte halt." Achim lief ihr hinterher. Als er sie erreicht hatte, hielt er sie an ihrem Jackenärmel fest. Sie riss sich wieder los. Mit einem gefährlichen Funkeln in den Augen. „Ich habe keine Ahnung, ob es jemals so weit kommt", begehrte der Hauptkommissar währenddessen auf. „Ich bin noch in der Entscheidungsphase."

„Schon klar, darum geht es schließlich in einer Partnerschaft, dass man alle Entschlüsse alleine trifft und den Partner ausschließt. Teufel nochmal, Achim, ich dachte, deine Karriere als Solist wäre endgültig beendet. Wieso fällst du ausgerechnet in die Verhaltensweise zurück, die bereits für das Ende vorheriger Beziehungen gesorgt hat?“

„Ich bin halt so.“

„Dann sei mal weiter so. Allerdings ohne mich. Selbst Hauptkommissaren ist es übrigens erlaubt, über das nachzudenken, was sie von sich geben“, schnaubte Jana. Ihre Wut und ihre Enttäuschung waren ihr deutlich anzumerken. Die Szene wurde von einem eindrucksvoll tiefen Knurren aus Henrys Kehle unterlegt. „Wenn du so weit bist, mich als gleichwertig zu betrachten und mich ins Vertrauen zu ziehen, gib Bescheid. Meine Handynummer hast du ja.“ Sprach's und nahm ihren Marsch nach unten wieder auf.

„Ich fahre dich heim.“ Achim klang unsicher.

Wenigstens was, dachte seine Freundin. „Nein danke, wir nehmen den Zug.“

Wauwau. Der Dackel bestätigte die Meinung seines Frauchens uneingeschränkt.

„Jana, bitte.“

„Schönen Tag noch, Achim. Am besten, du gehst eine lange, lange Weile weiter an der frischen Luft spazieren. Das wird deinen verwirrten Verstand vielleicht etwas aufhellen.“

Der Hauptkommissar blieb stehen, in der Hoffnung, seine Partnerin drehe sich noch einmal um. Vergebens, weder Jana noch ihr Dackel schauten zurück, sondern strikt geradeaus. Achim hätte sich gerne in den Hintern gebissen. Exakt das hatte er natürlich kommen sehen. Er verfluchte seine Unfähigkeit, es verhindert zu haben. Er zog die Schultern hoch. Ihm war plötzlich kalt. In angemessenem Abstand folgte er seiner Freundin ins Tal. Er wusste, dass jeder Versuch, sie zum Mitfahren zu bewegen, zum Scheitern verurteilt war. In einer Sache hatte Jana außerdem völlig recht: Er musste dem täglich wachsenden Durcheinander in seinem Kopf ein Ende bereiten.

„Herein." Die Stimme des Präsidenten klang ein wenig wackelig. Die Ereignisse der letzten Stunden hatten deutliche Kratzer in sein normalerweise unerschütterliches Selbstvertrauen geritzt. Wer mochte das nun wieder sein?

Es war Helmuts Gattin in Begleitung einer jungen Frau. „Ich bringe euch Frau Hartkorn vorbei, Dominiks Verlobte", verkündete Hilde missmutig. Yvonne hatte sie bei ihrem sonntäglichen Schmöker-Ritual in ihrer gemütlichen Leseecke gestört. Etwas, das sie auf den Tod nicht leiden konnte. „Die Fragen, die sie hat, kann ich ihr leider nicht beantworten. Viel Spaß." Schnell huschte sie durch die Tür und machte diese von außen zu.

„Ähm, ja", stotterte Bernd.

„Wer ist für das verantwortlich, was meinem Verlobten zugestoßen ist?" Yvonne ritt sofort die Abteilung Attacke.

„Glauben Sie mir, junge Frau, das wüssten wir alle schrecklich gerne", versicherte der Präsident der *Grün-Weißen* eilig. „Ich kann Ihnen aber von Herzen versichern, dass wir alles tun werden, um Dominik ein ehrendes Andenken zu bewahren." Was rede ich da für einen Mist voller Phrasen zusammen? Bernd wischte sich die Schweißperlen von der Stirn.

„Ehrendes Andenken? Wie wundervoll! Danke sehr." Yvonnes Spott biss den Herren kräftig in die Ohren. „Wer von Ihnen ist Helmut Günther?"

„Der da." Horst zeigte auf den Prinzen. „Er konnte Ihren Verlobten nicht ausstehen", fügte er mit einem triumphierenden Ausdruck in der Stimme hinzu. „Außerdem …"

Der Präsident schnitt dem Feldmarschall mit einer scharfen Geste das Wort ab. „Frau Hartkorn, wie kommt es, dass wir Sie noch nie gesehen haben? Normalerweise sind die Partner oder Partnerinnen unserer Aktiven bei der einen oder der anderen Veranstaltung dabei. Wir sind schließlich auf das Wohlwollen der Angehörigen angewiesen. Der Karneval ist ein zeitintensives Hobby."

„Das stimmt allerdings. Aber darum geht es im Moment nicht", wiegelte Yvonne ab. „Mich interessiert, warum Herr Günther ewig gegen Dominik intrigiert hat."

„Wie bitte? Was für ein blühender Unsinn", verteidigte sich Helmut.

„Sie wollten ihn als Hofnarr verhindern."

„Mir wäre ein anderer auf diesem Posten lieber gewesen, das ist alles. Aus dieser Meinung habe ich zu keiner Zeit ein Geheimnis gemacht. Ich wüsste nicht, dass dieser Wunsch eine strafbare Handlung darstellt", blaffte der Prinz.

„Helmut, bitte", Bernd mischte sich ein. „Die junge Frau befindet sich in einer Ausnahmesituation. Das müssen wir unbedingt berücksichtigen."

„Dominik war Ihnen zu kreativ. Er hat Ihnen die Show gestohlen. Mit dieser Tatsache sind Sie nicht parat gekommen." Yvonne glitzerte den Prinzen mit unverhohlener Verachtung an.

„Ihr Verlobter", Helmut verlor vollends die Beherrschung, „war ein kleiner erbärmlicher, selbstgefälliger Hosenscheißer. Für ihn waren Manieren und gutes Benehmen Fremdwörter. Wie ich Ihnen bereits gestern am Telefon mitgeteilt habe, wenn Sie sich erinnern möchten. Der unfähig war, sich selber auf die Schippe zu nehmen. Schämen musste man sich für ihn. Ist das unter Umständen der Grund", sein ausgestreckter Zeigefinger schoss auf Yvonne zu, die erschrocken zurückwich, „warum Sie nie bei einer Veranstaltung von uns aufgekreuzt sind? Weil Dominik Ihnen peinlich war? Was ich im Übrigen hundertprozentig verstehen könnte. Wie kann eine attraktive junge Frau wie Sie bloß auf einen solchen Versager hereinfallen."

Yvonnes tiefblaue Augen wurden tellergroß. Sie fuhr mit ihren Händen unter ihre mittellangen blonden Haare und verschränkte sie kurz im Nacken, bevor sie ihre Finger wieder voneinander löste. Dann verließ sie den Raum. Ohne ein weiteres Wort über das Geschehene zu verlieren. Als sie hinausging, trat jemand anderer ein. Bernd verbarg sein Gesicht in den Handflächen. Was für ein Betrieb in der Geschäftsstelle. Wenn das so weiterging, würden sie erst nach Aschermittwoch zu den für die Gesellschaft wichtigen Weichenstellungen kommen. Bedauerlicherweise würde es dann für alles zu spät sein.

„Sybille? – Jana hier." Die Oberkommissarin lag ausgestreckt auf dem Sofa, Henry hatte es sich auf ihrem Bauch gemütlich gemacht. Sein Frauchen war derart wütend gewesen, dass er auf seinen kurzen Beinen den kompletten Weg von Winningen in die Kurfürstenstraße hatte zurücklegen müssen. Sie hatte behauptet, dass der Marsch sie beruhigen und ablenken würde. Ihr Hund hatte regelmäßig für Entschleunigung gesorgt, indem er ausführlich am Wegesrand die aufregenden Düfte erschnuppert und sein Beinchen gehoben hatte. Wenige hundert Meter von zu Hause entfernt, nach etwas über vier Stunden Wanderung, hatte Jana beschlossen, eine Portion Süßes zu sich zu nehmen und dazu eine Tasse Kaffee zu genießen.

Sie waren *Im Rondell* eingekehrt, einem gemütlichen Restaurant, in dem seit einigen Monaten am Sonntagnachmittag selbst gebackener Kuchen angeboten wurde. Henry hatte sich seufzend unter dem Tisch niedergelegt. In Wirklichkeit hatte ihm der ausführliche Spaziergang Spaß gemacht, aber ein wenig Schauspielerei durfte ruhig sein. Der nette Wirt hatte ihn mit ein paar Leckerlis gefüttert und ihm eine Schale mit Wasser hingestellt. Was für ein Service! Sein Frauchen hatte ein Stück Obstkuchen mit Sahne bestellt und ihrem Vierbeiner einen Klecks Sahne auf dem Zeigefinger serviert. Ein seltener Gaumenkitzel für den Dackel. An einem Tag wie heute allerdings mehr als angemessen.

Jana hatte sich ein wenig mit den Wirtsleuten, Mutter und Sohn, unterhalten, bevor sie die letzten paar Meter nach Hause in Angriff genommen hatten. Dort angekommen war die Oberkommissarin in einen bequemen Pulli und ihre ausgebeulte Jogginghose geschlüpft und hatte nach dem Telefon gegriffen. Als sie Sybilles Nummer wählte, schnarchte ihr Dackel bereits leise und zufrieden.

„Jana, wie schön, dass du dich meldest."

„Mal schauen, ob du das gleich auch noch sagst."

„Was ist passiert?"

Bevor Jana mitteilte, was sie in der Hauptsache interessierte, erzählte sie ihrer Freundin erst einmal ausführlich, was sich in dienstlicher Hinsicht ereignet hatte. Schließlich waren einige

Details für das Verständnis der Gesamtsituation durchaus von Bedeutung. Aber irgendwann mussten die Karten auf den Tisch. „Außerdem benötige ich deine Meinung als Psychotherapeutin, Bille. Meine Beziehung steckt offenbar in einer Krise."

„Erzähl mir, was geschehen ist." Sybille wechselte in den professionellen Modus ihres Berufes.

Ihre Freundin berichtete von dem, was sich in den Weinbergen ereignet hatte.

„Hast du eine Ahnung, um welche Veränderung es sich handeln könnte?", fragte die Psychotherapeutin nach.

„Wenn ich das wüsste, würde ich ihn konkret danach fragen. Fakt ist, dass ich völlig ahnungslos bin."

„Nicht einmal die Richtung?"

„Was meinst du?"

„Hat es etwas mit euch als Paar zu tun oder mit seiner Familie, seinem Beruf? Ist er krank?"

„Da muss ich passen", gestand Jana. „Glaubst du, dass ich ihm gegenüber unaufmerksam war?"

„Welches Gefühl hast du?"

„Ich finde, dass ich immer auf ihn geachtet habe. Mich jederzeit für ihn und das, was er macht und wichtig für ihn ist, interessiert habe."

„Wann hast du bemerkt, dass er irgendwie anders reagiert als vorher?"

„Das ist eine gute Frage, die ich dir nicht beantworten kann."

„Es ging demnach eher schleichend und passierte nicht Knall auf Fall?", vermutete Sybille.

„Ja, dieser Einschätzung kann ich durchaus zustimmen." Jana hielt sich an Henrys struppigen und dennoch weichen Ohren fest. Der Dackel öffnete schläfrig die Augen. Behutsam schleckte er über die Hände seines Frauchens, das die Liebesbezeugung mit ausgiebigem Nackenkraulen erwiderte. Der Hund gab einen tiefen wohligen Seufzer von sich.

„Mmmh. Das bedeutet wahrscheinlich, dass die Frage, die ihn anscheinend quält, ihn bereits länger beschäftigt. Weißt du, ob er in letzter Zeit einen Arzt aufgesucht hat?"

„Er hatte die übliche Gesundheitsprüfung und den Fitnesscheck beim Polizeimediziner. Angeblich alles in Ordnung, alles ohne Befund, bestens."

„Glaubst du ihm das?"

„Ich habe keinerlei Grund, an dieser Aussage zu zweifeln. Weißt du, Sybille, mittlerweile fällt das jedem auf, der mit ihm zu tun hat. Philipp, Georg und unser Doc haben ihn direkt gefragt, was mit ihm los ist. Er hat sie weggeknurrt."

„Weggeknurrt, aha." Bille lachte. „Ich muss zugeben, ein derartiges Verhalten kenne ich an deinem Achim nicht."

„Was sagt dir dein Psychotherapeutinnen-Instinkt?"

„Es ist eher meine Erfahrung, die zu mir spricht. Etwas beschäftigt Achim stark. Seit längerer Zeit. Er fällt zurück in sein altes Verhaltensmuster, das da heißt: Der einsame Wolf trifft seine Entscheidungen alleine. Du wirst mit Druck auf deinen Partner nichts erreichen, liebe Jana. Ohne Druck traurigerweise auch nicht. Aus therapeutischer Sicht bin ich mir sicher, dass er sich weiter einer offenen Diskussion entziehen wird, tut mir leid."

„Das tröstet mich ungemein", murmelte die Oberkommissarin. „Wölfe leben im Übrigen in Familienverbänden", ergänzte sie trotzig. „Keinesfalls mutterseelenallein."

„Es ist das alte Problem", erläuterte Sybille. „Man hofft, dass sich eine Angelegenheit durch einen gewissen Zeitablauf erledigt, beziehungsweise eine Entscheidung leichter fällt und erreicht genau das Gegenteil. Es wird mit jedem Tag schwieriger. Weil man durch sein Schweigen letzten Endes die Menschen verletzt, die einem nahestehen und damit am Schluss auch sich selbst."

„Hast du einen Rat für mich, wie ich mich verhalten soll?"

„Das, was ich dir jetzt sage, liebe Jana, sage ich dir als Freundin, nicht als Therapeutin. Der Ball liegt in Achims Feld, einfach deshalb, weil er dort immer lag. Du und seine Freunde bewegen die Situation, indem ihr euch nicht bewegt. Das ist ungeheuer schwer und verlangt jede Menge Disziplin und Geduld. Aber Achim ist der, bei dem anscheinend Veränderungen anstehen, also muss er den Mund aufmachen."

„Wie soll ich in nächster Zeit mit ihm zusammenleben?"

„Jana, das hat er offenbar für sich bereits entschieden. Er zieht es schließlich vor, in seiner Wohnung zu übernachten."

„Das stimmt, ich hatte allerdings gehofft, diese Phase würde bald vorübergehen."

„Das wage ich, zu bezweifeln. Achim hat sich seit einiger Zeit in diese Lage ohne das Zutun anderer hineinmanövriert. Aus der wird er kaum mit einem Schlag herauskommen. Macht ihm die Arbeit nach wie vor Spaß?"

„Ich denke schon."

„Puh, du denkst. Sicher bist du dir demnach nicht. Hat er eventuell Probleme mit seiner Rolle als Vorgesetzter? Oder mit seiner Rolle als Vorgesetzter, der sein Team nach oben vertreten muss?"

„Bille, ich kann dir nur sagen, dass er sich Philipp, Georg und dem Doc gegenüber ebenso seltsam benimmt, wie mir gegenüber. Wie bereits gesagt."

„Das ist bedenklich. Jana, ich fürchte, da ist bereits einiges an Porzellan zerschlagen worden. Was nur von Achim wieder gekittet werden kann."

„Zerbrochen wäre es dann trotz Kleber dennoch."

„Da hast du recht."

„Ich danke dir, Bille. Ich bin gespannt, wie er sich morgen im Dienst verhalten wird. Ich vermute, er wird weiter herumgrummeln. Mit zu einer Karnevalsveranstaltung möchte er auch nicht. Hättest du vielleicht Lust mit mir auf eine Prunksitzung zu gehen?"

„Gerne. Lass mich raten. Du hattest an die von den *Grün-Weißen* gedacht."

„Du bist eine Hellseherin", kicherte Jana.

„Wann ist die Sitzung?"

„Wenn sie stattfindet, nächsten Samstag."

„Sollte es noch Karten geben, kauf welche, ich bin dabei."

„Super, Bille, das ist ein Wort. Die Veranstaltung ist in der *Rhein-Mosel-Halle*, da gibt es bestimmt noch Eintrittskarten. Ich freue mich."

Die folgende Viertelstunde verging mit der Frage, in welche Kostüme die Damen schlüpfen würden, wie im Fluge. Man einigte sich schließlich auf eine Verkleidung im Partnerlook.

„Herr Kommissar", Bernd nickte gottergeben mit dem Kopf, „was können wir denn noch für Sie tun?"

Philipp schaute die Männer nacheinander an. „Ich denke, ich ernte keinen Widerspruch, wenn ich bemerke, dass es momentan nicht gerade prall bei Ihnen läuft."

Ausdrucksvoll hängende Mundwinkel bestätigten die Meinung des Oberkommissars. „Ich kam nicht umhin", fuhr Philipp fort, „einen Teil Ihrer Unterhaltung mitzuverfolgen. Die Verlobte des Verstorbenen", er musterte Helmut eindringlich, „scheint Sie zu verdächtigen, Dominik umgebracht zu haben, Herr Günther. Meine Herren, der Grund, warum ich zu Ihnen zurückgekommen bin, liegt darin, dass unser Rechtsmediziner den Todeszeitpunkt zwischen sechzehn und neunzehn Uhr annimmt"

„Annimmt? Wie darf ich das denn verstehen? Kann er sich nicht etwas präziser ausdrücken, Ihr Professor Doktor Börne?" Beim Prinzen lagen die Nerven blitzeblank. Die aufgescheuerten Enden begannen in dieser Sekunde, Funken zu sprühen.

„Herr Günther, aufgrund der Todesumstände geht es leider nicht genauer. Glauben Sie mir, dass unser Pathologe in dieser Beziehung hervorragende Arbeit leistet. Deshalb würde ich diesen Raum nach Möglichkeit gerne zur Überprüfung Ihrer Alibis nutzen. Sie alle scheinen im Verlauf der Session mit Dominik mehr oder weniger zusammengearbeitet zu haben. Gerne können Sie sich Ihre Vorladung ins Polizeipräsidium ersparen. Herr Präsident, ich überlasse Ihnen die Reihenfolge der Befragung, vorausgesetzt, Sie sind mit dieser Vorgehensweise überhaupt einverstanden."

„Das bin ich", bejahte Bernd.

„Aber ich nicht!“, blaffte Horst. „Wir werden behandelt wie Verbrecher. In was für einem Polizeistaat leben wir eigentlich? Unschuldige Menschen festhalten. Das ist Freiheitsberaubung.“

„Es steht Ihnen frei zu gehen“, entgegnete Philipp, der sich im Verlauf seiner Karriere daran gewöhnt hatte, Cholerikern zu begegnen, ruhig. Anfangs war ihm der Umgang mit diesen Charakteren schwergefallen, mittlerweile schafften sie es nicht mehr, seine Ermittlungen zu beeinflussen. Er nestelte sein Notizbuch hervor und schrieb neben Horsts Namen eine Bemerkung. „Sie werden von uns eine Vorladung erhalten“, wandte er sich an den Feldmarschall der Artillerie. „Nun dürfen Sie gehen. Ihre Anwesenheit wird nicht weiter benötigt.“

„Ich denke gar nicht daran“, brauste Horst auf. „Bilden Sie sich bloß nicht ein, mir vorschreiben zu können, was ich tue oder was ich lasse.“

„Da muss ich Sie korrigieren. Ich führe Ermittlungen in einem Mordfall. Ihr Präsident hat mir erlaubt, dies hier zu tun. Entweder, Sie sprechen in diesem Zusammenhang mit mir oder Sie verlassen diesen Raum und dieses Haus.“

Der Generalfeldmarschall schob die Unterzähne über die Oberzähne, was ihm das Aussehen eines überforderten Schimpansen verlieh. „Ich bleibe“, verkündete er dann. „Aber nur, solange ich will“, fügte er eilig hinzu.

„Herr Günther“, Philipp ignorierte Horsts Einwurf, „mit Ihnen fange ich an. Nehmen Sie bitte Platz. Die anderen darf ich ersuchen, im Nebenzimmer zu warten. Sprechen Sie während dieser Zeit nicht über den Fall.“

Horst grinste überheblich. Damit hatte der Oberkommissar gerechnet. „Gesellschaft leisten wird Ihnen dabei mein Kollege. Wenn ich vorstellen darf, Polizeianwärter Salik Elmas.“ Das Lächeln des Generalfeldmarschalls gefror, als ein weiterer junger Mann den Raum betrat. „Ein Anwärter“, höhnte er. „Noch nicht mal von hier. Wo kommt der denn her? Ehemaliges Jugoslawien? Dann soll er mal schön auf uns aufpassen. Der ist hoffentlich des Deutschen mächtig.“

„Das bin ich und das werde ich“, erklärte Philipps Arbeitskollege gelassen. „Geboren bin ich übrigens im Kosovo. Seit vielen Jahren bin ich deutscher Staatsbürger. Ich hoffe, das beruhigt Sie. Wenn ich bitten darf.“ Salik wies auf die offene Tür.

„Danke.“ Nun war es an Philipp, sein breitestes Grinsen aufzusetzen. „Ich freue mich, dass du endlich wieder da bist, Kumpel.“

„Ich mich auch, ich wünsche dir Erfolg.“

„Bis nachher.“ Der Oberkommissar widmete sich Helmut Günther, der auf seinem Stuhl unruhig hin und her rutschte. „Sie machen einen ausgesprochen nervösen Eindruck“, begann er das Gespräch. „Gibt es dafür einen bestimmten Grund?“

„Herr Kirchner, ich muss in zwei Stunden in voller Montur auf der Bühne in der *Rhein-Mosel-Halle* stehen. Der Hofnarr wurde in meinem Lager ermordet aufgefunden, meine Confluentia ist spurlos verschwunden. Für mich sind das Gründe genug, nervös zu sein.“

„Da haben Sie natürlich recht. Zurück zu meiner Kernfrage: Wo waren Sie gestern zwischen sechzehn und neunzehn Uhr? Zufällig in Ihrem Lager?“

„Selbstverständlich nicht. Gegen vier habe ich begonnen, mich für unseren Auftritt fertigzumachen. Um halb sechs hat mein Fahrer mich abgeholt.“

„Sie brauchen eineinhalb Stunden, um sich in Prinz Karneval zu verwandeln?“, hakte Philipp erstaunt nach. „Kann jemand bestätigen, dass Sie sich umgezogen haben? Ihre Frau vielleicht?“

„Nein, leider nicht.“ Helmuts Rutschen endete abrupt. Erschrocken schaute er den Kommissar an. „Hilde war unterwegs. Zum Fertigmachen gehört für mich duschen, rasieren, ankleiden und in Ruhe eine Tasse Kaffee zu trinken. Dann schaue ich mir noch einmal meine Notizen an. Ob es Besonderheiten bei den bevorstehenden Veranstaltungen gibt. Ehrungen, Jubiläen, die erwähnt werden müssen, irgendetwas aus der Geschichte des Gastgebers, herausragende Ereignisse.“

„Um was geht es dabei beispielsweise?“ Philipp musste zugeben, dass er darüber staunte, wie viel Zeit und Mühe ein Prinz offensichtlich in die Vorbereitung seiner Auftritte steckte.

„Wenn zum Beispiel eine Garde, ein Tanzpaar oder ein Solomariechen eine Platzierung in den entsprechenden Wettbewerben vorweisen kann. Jahrzehntelange Mitgliedschaft in einer Gesellschaft. Auszeichnung von Rednern und so weiter und so weiter. In diesem Bereich sind wir auf die Auskunftsfreude unserer Gastgeber angewiesen. Wenn uns gesagt wird, auf was wir eingehen sollen, machen wir das normalerweise." Helmut schaute auf die Uhr. Anschließend drehte er sie an seinem Handgelenk hin und her. „Entschuldigung", stammelte er, „langsam müsste ich mich auf die Sitzung des Sozialwerkes vorbereiten."

„Nur noch eine Frage, Herr Günther, dann sind Sie entlassen. Zumindest vorerst. Wie lange brauchen Sie von sich zu Hause mit dem Auto bis zu Ihrer Firma?"

„Ungefähr eine Viertelstunde." Es klang mehr nach einer halben Frage als nach einer klaren Auskunft.

„Danke. Wir melden uns, wenn wir Weiteres wissen möchten."

Helmut sprang von seinem Stuhl auf, erkennbar erleichtert, und war im Nullkommanichts verschwunden.

Der Prinz hat für neunzig Minuten kein Alibi, dachte Philipp. Sorgfältig notierte er diese Erkenntnis. Außerdem scheint er sich unsicher zu sein, wie lange sein Arbeitsweg tatsächlich dauert.

„Vermaledeit noch eins", vor der Tür gab es einen Tumult. „Ich bin jetzt dran, geh mir aus dem Weg, Bernd."

Der Ermittler seufzte. In was für einen Kindergarten war er da bloß hineingeraten. Glücklicherweise saß Salik nicht nur im Raum nebenan, sondern stand an seiner Seite.

Achim zappte von einem Fernsehprogramm zum nächsten und wieder zurück. Keine der angebotenen Sendungen vermochte es, ihn zu fesseln. Sonntags liefen anscheinend vor allem Liebesschnulzen, die konnte er im Moment am allerwenigsten gebrauchen. Er schlurfte zum Kühlschrank. Nahezu gähnende Leere. Wofür sollte er einkaufen, wenn er die meiste Zeit bei Jana verbrachte? Das rächte sich jetzt. Eine Packung Quark fristete neben einigen Scheiben Salami und dem Endstück einer Fleischwurst ein trauriges Dasein. Achim griff nach der Fleischwurst und versuchte, ein altbackenes Brötchen durch Auftoasten wieder zum Leben zu erwecken. Es gelang leidlich.

Aus einer Tube Senf quetschte er mit reichlichem Kraftaufwand den letzten Rest heraus. Mittelscharf, blöd, etwas stärker wäre ihm lieber gewesen. Halb auf seiner Couch sitzend, halb auf ihr liegend, begann er zu kauen. Es schmeckte nach – nicht mehr ganz taufrischen Nahrungsmitteln. Achim tröstete sich damit, dass bei dieser Mahlzeit die Aufrechterhaltung der Vitalfunktionen im Vordergrund stand, nicht der Genuss. Er zwang Brötchen, Wurst und das bisschen Senf in sich hinein. Was mochte Jana gerade machen? Ob sie zu Hause war? Oder ob sie sich dazu entschlossen hatte, etwas Leckeres essen zu gehen?

Womöglich zu ihrem Lieblingsitaliener? Vor dem geistigen Auge des Hauptkommissars tauchte frisch zubereitete Lasagne auf, noch brodelnd, direkt aus dem Ofen. Daneben ein Teller mit knuspriger Pizza, die mit einem dünnen Boden und einem dicken Belag den Genießer erfreute. Saftiger Schinken, Pilze, Zwiebeln, Tomaten, Käse. Ein Gedicht. Serviert mit einem bunten Salat. Der kulinarische Tagtraum half Achim wenig bis gar nicht weiter. Er begab sich auf die Suche nach einer süßen Leckerei. Der Kommissar war ein Schokoladen-Junkie. Außerdem liebte er jegliche Sorte Gebäck, ob Kuchen, Plätzchen, Teilchen, aus dieser Abteilung wurde alles genommen.

Er fand ein in Plastik eingepacktes Rosinenbrötchen. Super! Wenigstens etwas. Achim nagte daran, ohne die sonst übliche Freude bei dem Verzehr von Backwerk zu empfinden. Sein Zustand bot in der Tat genügend Veranlassung zur Sorge. Die Ausstattung seiner Bar offerierte ebenfalls wenig Grund für Glücksgefühle. Spärliche zwei Fingerbreit Whiskey in einer verstaubten Flasche. Egal. Er schenkte die goldbraune Flüssigkeit in ein Wasserglas und streckte den hochprozentigen Alkohol mit drei großen Eiswürfeln.

Jana trank keinen Whiskey. Niemals. Seit sie auf einer Irlandreise zu viel davon abbekommen hatte. *Tullamore Dew* mit Limonade vermischt hatte zum Verhängnis geführt. Sie hatte nicht gemerkt, wie viel Whiskey sie tatsächlich zu sich genommen hatte. Seine Partnerin hatte während der Rückfahrt zu ihrem Hotel Nadelbäume über die Straße laufen sehen. Was ihr in diesem Moment, in einem Land, in dem unter jedem Stein und unter jedem Busch Kobolde wohnten, absolut nachvollziehbar erschienen war. Achim musste lachen. Jana konnte diese Geschichte herrlich selbstironisch erzählen. Die folgenden drei Tage hatte sie in der Hauptsache mit dröhnendem Schädel und einem rebellierenden Magen in einem Bett darniedergelegen, das sich ständig um sie herum gedreht hatte.

In der Zeit, die sie woanders verbracht hatte, befand sie sich in der Gesellschaft sanitärer Anlagen. Diese Erfahrung hatte sie niemals vergessen. Sie würde sich nie wieder auch nur einen Tag ihres Lebens von rasenden Kopfschmerzen und einem verkorksten Magen versauen lassen, weil sie zu sehr dem Alkohol zugesprochen hatte. Sie hatte sich daran gehalten. Jana trank gerne ein Glas Wein oder Sekt, auch zwei. Eine Flasche Bier, auch zwei. Ein Schnapsgläschen Obstler nach einem üppigen Essen, aber dann war Schluss. Eine Welle Traurigkeit schwappte über Achim hinweg. So konnte es nicht weitergehen. Er wollte unbedingt mit ihr nach einem üppigen Pasta-Gericht einen Grappa zu sich nehmen.

Denn natürlich hatte Jana ein Recht darauf zu erfahren, was es mit seinem merkwürdigen Verhalten auf sich hatte. Wer, wenn nicht sie? Sie war eine kluge Frau, voller Humor und Fantasie. An vielem interessiert und absolut verlässlich. Das galt sowohl für ihr Privat- als auch für ihr Berufsleben. Wenn sie ein Versprechen gab, dann hielt sie es auch. Sie war ein offener Mensch. Trotzdem konnte man ihr jedes Geheimnis anvertrauen. Es war bei ihr sicher wie in Abrahams Schoß. Warum nur hatte er sie nicht von Anfang an ins Vertrauen gezogen, schalt sich Achim. Von vorneherein war klar gewesen, dass sie sich sein Benehmen nicht lange gefallen lassen würde.

Und was tat er? So langfristig schweigen, bis sie ihn mitten in den Winninger Weinbergen stehen ließ. Ja, verdammt, er war es selber schuld. Er hatte förmlich darum gebettelt. Er leerte sein Glas in einem Zug. Die Flüssigkeit schmeckte vor allem nach kaltem Wasser. Pfui. Sollte er sie anrufen? Nein. Achim spürte, dass er Jana trotz der alles andere als neuen Erkenntnisse der letzten zehn Minuten nicht in seine Überlegungen einweihen konnte. Oder wollte? Fehlte ihm der Mut, sich zu entscheiden? Oder fehlte ihm der Mut zur Wahrheit?

Eine Problematik, mit der er durchaus öfter in seinem Leben Bekanntschaft geschlossen hatte. Was ihn am meisten ärgerte, war die Tatsache, dass er beständig in die Fallen tappte, die er sich selbst stellte. Es kam äußerst selten vor, aber Achim wünschte sich in diesem Augenblick sehnlichst, in einer fremden Haut zu stecken. Stattdessen würde er in den nächsten Tagen in seiner Muschel hocken und den Deckel von innen zuhalten, sobald jemand anklopfen würde. Gleichzeitig musste er die Ermittlungen in einer Morduntersuchung leiten.

Auf der anderen Seite: Was hieß überhaupt leiten? Philipp war seit Kurzem Oberkommissar. Jana bekleidete seit Langem diesen Rang. Georg bestimmte, was in der Spurensicherung geschah, erfüllte freilich gerne Wünsche, die die Abteilung Mord und Totschlag an ihn richtete. Für den Doc galt das Gleiche. Beide waren sie Meister ihres Fachs. Sowohl Philipp als auch Jana waren jederzeit in der Lage, die Führung in einer laufenden Ermittlung zu übernehmen. Diese Erkenntnis hatte, schleichend und hinterhältig, zu einer Unzufriedenheit geführt, die irgendwann nach außen sichtbar wurde. Nachfragen verstärkten seine Übellaunigkeit zu allem Überfluss.

Apropos Überfluss: Zu allem Übel war Salik wieder da. Dunkelhaarig, braunäugig, charmant, immer gut gelaunt. Er konnte ohne Probleme als älterer Bruder von Philipp durchgehen. Gute Laune konnte Achim im Moment im Übrigen am wenigsten leiden. Sich selbst zu allem Unglück auch nicht. Jana würde begeistert sein, dass der anziehende gebürtige Kosovare wieder zu ihrem Team gehören würde. Diese Tatsache hatte er ihr ebenfalls verschwiegen, bis heute. Er wusste es bereits seit mehreren Wochen von den Personalverantwortlichen. Manchmal war Schweigen eben doch alles andere als Gold, noch nicht einmal Silber.

„Puh, geschafft.“ Die Tür zur Geschäftsstelle der *Grün-Weißen* fiel hinter Philipp ins Schloss. „Das war ein hartes Stück Arbeit. Ich finde, wir haben uns eine Belohnung verdient. Komm mit zu mir nach Hause. Sabine wird entzückt sein, wenn du mit uns einen Kaffee trinkst. Danke, Salik, dass du heute dabei warst.“

„Das war selbstverständlich. Ich freue mich, dass ich dir helfen konnte. Überhaupt freue ich mich auf meine künftigen Aufgaben in der Mordkommission.“

„Ab morgen bist du kein Anwärter mehr, mein Freund, sondern Kommissar. Wie fühlst du dich damit?“

„Großartig.“ Salik strahlte wie ein Honigkuchenpferd. „Ich habe die drittbeste Prüfung hingelegt. Um acht Uhr morgen früh ist die Ernennung.“

„Glückwunsch!“ Philipp schlug seinem Kollegen anerkennend auf die Schulter. „Du wirst einen Superkommissar abgeben. Toll, dass wir ab sofort eng zusammenarbeiten dürfen.“

„Wie geht es Sabine?“

„Es geht ihr prächtig.“ Nun war es an Philipp, zu strahlen.

„Und was noch?“

„Wie? Was noch?“ Der junge Oberkommissar spielte den Unwissenden.

„Komm, da ist doch was.“ Salik kniff das rechte Auge zu.

„Ist das tatsächlich derart offensichtlich?“

„Für mich schon. Mensch, Junge, Freunde merken, wenn sich was Besonderes anbahnt. Sonst wären es schließlich keine Freunde.“

Nach dieser Ansprache hielt Philipp es nicht mehr aus. „Ich werde Vater“, posaunte er über die Straße.

„Gratulation.“ Sein Kollege umarmte ihn fest. „Das freut mich für euch.“

„Ich kann mir das zwar schwer vorstellen, aber ich bin, seitdem ich es weiß, im siebten Himmel unterwegs.“

„Das wird sich ändern, ich verspreche es dir. Am schlimmsten sind die Teenagerjahre von dreizehn bis sechzehn. Glaube mir, du wirst dir wünschen, es wären die Kinder anderer bedauernswerter

Leute. Ersatzweise bist du kurz davor, dem Nachwuchs den Hals umzudrehen."

„Du liebst deine Kinder über alles."

„Oh ja, das tue ich. Wann ist es denn so weit?"

„In knapp sechs Monaten. Also Ende Juli. Sabine ist im vierten Monat. Deshalb darf ich es auch erzählen. Wir haben extra gewartet, bis wir Familie und Freunde eingeweiht haben. Die angehenden Großeltern sind völlig aus dem Häuschen. Meine Frau hat ein entzückendes Bäuchlein. Unsere kleine Möhre entwickelt sich prächtig."

„Ihr werdet wunderbare Eltern", sagte Salik warm. „Lass uns endlich ins Auto einsteigen und losfahren. Ich kann es kaum erwarten, die zukünftige Mutter zu umarmen."

Kurze Zeit später ging sein Wunsch in Erfüllung. „Meinen Glückwunsch", flüsterte der Kollege ihres Mannes Sabine ins Ohr.

„Es ist eine aufregende Zeit." Sabines Augen leuchteten. Sie knuffte Salik in die Seite. „Kommt rein ins Esszimmer, es gibt Kaffee und Käsekuchen mit Mandarinen."

„Hervorragend." Philipp rieb sich die Hände und gab seiner Frau einen zärtlichen Kuss. „Soll ich dir einen Tee kochen?"

„Nein, danke, mein süßer Polizist, den koche ich mir selber. Schließlich bin ich nicht krank, sondern lediglich schwanger. Ich bin sofort bei euch."

Kapitel 7

Am nächsten Morgen war das Wochenende, das für das Team von Hauptkommissar Achim Tippel nur sehr begrenzt erholsam gewesen war, vorbei. Jana erschien trotzdem gutgelaunt in Begleitung ihres Dackels. Philipp platzte fast vor Mitteilungsbedürfnis und Achim schien genervt zu sein. Bis zu dem Augenblick, in dem die Tür zu seinem Büro sich zum vierten Mal öffnete und Salik eintrat. Unter seinem Arm die Ernennungsurkunde zum Kommissar. Danach wirkte der Leiter der Mordkommission mehr als genervt. Das hielt Jana aber nicht davon ab, in die Arme des Neuankömmlings zu fliegen. Henry tat es ihr nach und sprang an Saliks Beinen hoch.

„Salik, was machst du denn hier?“

„Ähm, arbeiten? Ich verstärke eure Mannschaft. Hat der Boss nichts gesagt?“

Janas fragende Blicke bohrten sich in die Stirn des Kommissariatsleiters. „Seit wann weißt du das, Achim?“

„Seit …, ähm einiger Zeit.“

Die Oberkommissarin schnappte erst hörbar nach Luft, dann ihren Hund, mit dem sie im selben Augenblick fluchtartig das Büro verließ.

„Was sollte das?“ Philipp stand im Raum wie vom Donner gerührt. „Wieso hast du sie nicht eingeweiht? Salik war übrigens gestern schon im Dienst, weil er uns seitdem zugeteilt ist. Er hat mich vorgestern angerufen und mir die frohe Botschaft mitgeteilt. Du dagegen hättest deine Mitarbeiter dumm sterben lassen. Was um Himmels willen ist los mit dir?“

„Nichts, wie oft muss ich das eigentlich noch wiederholen. Hallo Salik, willkommen im Team.“ Der Hauptkommissar vermied es, seinem neuen Arbeitskollegen die Hand zu schütteln. Sie waren keinesfalls beste Freunde und würden es aller Wahrscheinlichkeit nach niemals werden. Seine Begeisterung über die Rückkehr des gebürtigen Kosovaren hielt sich von daher in engen Grenzen. Die Beweggründe der Personalabteilung des Präsidiums waren durchaus nachvollziehbar. Beamte, die über einen Migrationshintergrund verfügten, waren heiß begehrt, kannten sie doch Sprache und Kultur ihrer ehemaligen Landsleute. Das bedeutete aber mitnichten, dass er sich zu freuen hatte.

Zudem war Salik Moslem und beherrschte neben Bosnisch weitere Sprachen, die auf dem Balkan beheimatet sind. Ein Glücksfall, den sich die Kollegen von der Personalwirtschaft auf keinen Fall entgehen lassen wollten. Pech für Achim, dass Saliks Karriere bei der Polizei auf seinem Rücken beginnen würde. Der Hauptkommissar schnaubte. Vom Fliesenleger zum Mitglied der Koblenzer Mordkommission. Ein Wahnsinn.

„Danke“, sagte Salik höflich, aber mit kalter Stimme. „Über eure neuesten Ermittlungen weiß ich Bescheid. Weil ich vorgestern zufällig mit Philipp telefoniert habe. Ich habe mich nämlich gewundert, dass sich keiner von euch bei mir meldet. Jetzt ist mir klar, warum. Schade, ich hätte mir meinen ersten offiziellen Tag bei euch etwas anders vorgestellt. Aber gut, so ist das Leben. Wie geht es weiter?"

„Als Erstes hole ich Jana und Henry zurück", erklärte Philipp.

„Super Idee, ich begleite dich", pflichtete Salik ihm spontan bei. Die beiden verschwanden durch die Tür.

Zurück blieb Achim, einsam und allein und mit der Erkenntnis kämpfend, dass er zunehmende Probleme mit sich selbst hatte. Da saß er nun verlassen an seinem Schreibtisch. Schuld daran war ausschließlich er. Wie kam er aus diesem Schlamassel wieder heraus? Teambesprechung mit einem Imbiss? Essenseinladung abends? Frühstück mit Büfett? Brunch mit Mittagessen? Das Blöde an diesen Überlegungen war, dass er zu nichts von alldem Lust hatte. An einer Wahrheit kam er trotzdem nicht vorbei: Die Zeit der Sprachlosigkeit, respektive der Ausflüchte hatte sich erledigt. Er musste die Karten auf den Tisch legen.

„Super Anfang." Salik grinste schief. „Der ist ja noch schräger drauf als sonst. Ich bin das ja gewohnt, aber zu Jana und dir war er doch immer einigermaßen nett. Also, zu Jana sowieso."

„Wir machen uns alle Sorgen um ihn", antwortete Philipp. „Jeder merkt, dass irgendwas ganz gewaltig schiefläuft. Jeder von uns hat ihn gefragt, aber Achim sagt nichts. Wobei, wenn er sich so benimmt wie gerade eben, hält sich das mit dem Sorgenmachen in engen Grenzen."

„Vielleicht hat er Probleme mit dem Älterwerden", mutmaßte Salik.

„Glaube ich nicht." Philipp runzelte die Stirn. „Es läuft doch alles klasse bei ihm. Warum sich dann Gedanken über den kommenden Geburtstag machen? Herren mit Mitte Fünfzig sind angeblich im besten Alter."

„Weißt du was? Ist auch völlig egal. Da hinten biegt gerade Jana um die Ecke. Auf, Kollege, Kurzsprint."

Die beiden jungen Männer spurteten los und hatten die Oberkommissarin nach etwas längerer Zeit erreicht. „Von wegen Kurzsprint", japste Philipp. „Jana, bleib stehen, bitte. Wir wollen dich wieder zurück ins Büro bringen."

„Das ist zwar lieb, aber leider total vergeblich. Ich habe keine Ahnung, was Achim im Moment reitet. Allmählich ist es mir auch ganz egal. Zum Glück weiß ich selber gut genug, wie eine Mordermittlung vor sich zu gehen hat. Ich bin gerade auf dem Weg zur Arbeitsstelle unseres Opfers. Ich bin gespannt, ob man dort bereits von Dominiks tragischem Ableben Kenntnis hat. Wenn mich einer von euch dorthin begleiten möchte, sehr gerne."

„Ich bin dabei."

„Super, Salik, dann lass uns schauen, ob wir bei der Versicherung Hinweise auf ein Motiv für den Giftmord finden."

„Viel Spaß, ihr zwei." Philipp drehte sich um. Ein Lächeln umspielte seine Lippen. Wenn Achim eines stinken würde, dann, dass seine Partnerin mit dem „Neuen" im Team Ermittlungen aufnahm. Bereits als Salik vor drei Jahren überraschend eine Ausbildung bei der Polizei begonnen hatte, hatte der sonst so souveräne Leiter der Mordkommission mit Schwierigkeiten zu kämpfen gehabt. Einen solch attraktiven und charmanten Mann wie Salik hatten manche Geschlechtsgenossen ausgesprochen ungern in ihrer Nähe. Wohingegen die Damen im Präsidium von seinem Auftauchen höchst entzückt gewesen waren und zukünftig sein würden.

Philipp schlich unauffällig an Achims Büro vorbei. Er würde sich still an seinen Schreibtisch setzen und die Berichte vom Vortag schreiben. Wahrscheinlich tat es seinem Vorgesetzten gut, wenn er sich ein wenig mit sich selbst und seiner miesepetrigen Stimmung beschäftigen musste.

Das Gebäude von Dominiks Arbeitgeberin, der *Mehrwertinvest*, präsentierte sich als hellgrauer Zweckbau inmitten anderer in verschiedenen Grautönen gehaltenen Zweckbauten. Der Versicherungs- und Finanzdienstleister verteilte sich über mehrere Stockwerke.

„Nach dir", Salik hielt Jana und ihrem Hund höflich die Tür auf.

„Danke.“ Die Oberkommissarin steuerte sofort den Aufzug an. In der Kabine drückte sie auf den Knopf für die sechste Etage. Einfach deshalb, weil sich nach ihrer Erfahrung die Personalabteilungen meistens ganz oben befanden. Sie hatte richtig vermutet. Als sie ausstiegen, wies ein Pfeil nach links auf eine Durchgangstür. Auf dieser stand unübersehbar: Abteilung für Personal und Gestaltung. Wieder hielt ihr junger Kollege ihr die Tür auf. Diesmal kam der Dank gebellterweise von Henry. Einen Empfang, an dem ihnen jemand Auskunft hätte erteilen können, suchten Jana und Salik vergebens.

Aus einem Raum am Ende des Flurs, dessen Tür lediglich angelehnt war, drang Gemurmel. Prima, demzufolge waren Mitarbeiter anwesend. Nach einem kurzen, lauten Klopfen traten die beiden Ermittler ein, ohne die Aufforderung hierzu abzuwarten. Schlagartig verstummten die Gespräche. Etwa ein Dutzend Männer und Frauen saßen um einen ovalen Tisch, vor jeder und jedem stand ein aufgeklappter Laptop. Kaffeekannen und kleine Fläschchen mit Wasser waren vor den Sitzplätzen verteilt. Ein einziger Platz am unteren Tischende war frei.

„Guten Tag“, grüßte Salik in die Runde. „Wir sind von der Kripo.“

Jana schmunzelte. Ihr Kollege war eindeutig der Alte geblieben. Offen, direkt, geradeheraus. Bloß kein überflüssiges Geplänkel. Das, was man zu sagen hatte, musste man nicht hinter irgendwelchen Floskeln verstecken.

„Aha.“ Eine junge blonde Frau mit einem frechen Kurzhaarschnitt war aufgestanden. Ihre feinen Gesichtszüge wirkten entspannt. Die Mitteilung schien sie kaltzulassen. Sie trug eine weiße Bluse und einen blauen Rock. Ihren Beinen war deutlich anzusehen, dass sie einen Sport betrieb, bei dem Beinarbeit eine entscheidende Rolle spielte. Ihrer Figur kam das sehr zugute. Alle Frauen in diesem Raum trugen eine weiße Bluse und wahrscheinlich einen blauen Rock, überlegte Salik. Denn die Oberbekleidung der Männer bestand aus einem weißen Hemd samt blauer Krawatte. Die *Mehrwertinvest* legte offensichtlich Wert auf ein wiedererkennbares Äußeres, sprich auf das Anlegen von Dienstkleidung. Oder, wie es so hübsch auf Neudeutsch hieß, auf eine Corporate Identity.

Diese manifestierte sich auch in einem riesigen Logo, das sich über die hintere hell gestrichene Wand erstreckte. Ein großes blaues M, ein W und ein I, die Buchstaben ohne Schnörkel miteinander verbunden. Durch die Fensterfront schaute man auf die vordere Seite des gegenüberliegenden *Löhr-Centers*. Die Abgase der fahrenden und vor den Ampelanlagen wartenden Fahrzeuge stiegen und stanken zum Himmel. Ein Problem, dass die Stadt einfach nicht in den Griff bekam. Viel zu viele Autos, viel zu wenige attraktive Angebote im Personennahverkehr. Gleiches galt für die Radwege, die, wenn es sie überhaupt gab, häufig gefährlich waren.

„Wie können wir Ihnen behilflich sein?“, fragte die junge blonde Frau. Dienstleisterin vom Scheitel bis zur Sohle.

„In welche Sitzung sind wir denn hineingeraten?“, fragte Salik zurück.

„In die montagmorgendliche Teamsitzung unserer Abteilung.“

„Personal und Gestaltung?“

„Richtig, Herr Kommissar.“

„Sie sind die Leiterin dieser Abteilung? Frau …?“

„Vogt, Bettina Vogt. Wieder richtig, Herr Kommissar.“

„Dann würden wir Sie gerne sprechen. Alleine.“

„Okay, bitte folgen Sie mir in mein Büro.“ Die junge Frau stöckelte auf blauen Schuhen mit hohen Absätzen davon, die Ermittler und Henry im Schlepptau. Sie öffnete gleich die Tür des ersten Büros auf der linken Seite. Auch in diesem Raum prangte das Logo des Unternehmens auf der Wand, allerdings erheblich kleiner als im Besprechungsraum.

„Sie waren nicht vollzählig eben. Wer hat denn gefehlt?“, erkundigte sich Salik.

„Ihnen kann man tatsächlich nichts vormachen, Herr Kommissar. Wir haben heute einen unserer IT-Spezialisten eingeladen. Das machen wir regelmäßig, denn gerade auf diesem Gebiet gibt es immer viele neue Ideen und Änderungen. Auf den haben wir gewartet.“

„Sein Name?“

„Dominik Geiermann."
„Auf den werden Sie verzichten müssen."
„Warum? Was hat er schon wieder angestellt, unser Karnevalsgeck?" Frau Vogt lachte.
„Er hat sich umbringen lassen."
„Was?" Die junge Frau sank mit ihrem verlängerten Rücken gegen ihre Schreibtischplatte. „Wie ist denn das passiert?"
„Was haben Sie eben gemeint, als Sie gefragt haben, was Herr Geiermann schon wieder angestellt hat?" Jana stellte ihre erste Frage.
„Ein Scherz. Ein missglückter, wie ich im Nachhinein feststellen muss."
„Eine solche Bemerkung kommt meiner Erfahrung nach nicht aus dem luftleeren Raum", widersprach die Oberkommissarin. „Nun?"
„Er hatte letztes Jahr seinen Führerschein verloren. Ziemlich schlecht für jemanden in unserer Branche. Er musste oft zu unserer Hauptstelle, aber auch immer wieder zu unseren Agenten nach Hause, wenn dort das Internet nicht mehr funktioniert hat."
„Warum musste er seinen Führerschein abgeben?"
„Ganz genau kann ich Ihnen das nicht sagen. Ich weiß nur, dass er gerast sein muss. Mit nahezu hundert Sachen durch die Stadt, über mindestens eine rote Ampel."
„Alkohol im Spiel?"
„Soweit mir bekannt ist nicht."
„Wie gut kannten Sie Herrn Geiermann?"
„Kennen ist fast zu viel gesagt. Wir haben uns bei Betriebsfeiern und -ausflügen gesehen. Ansonsten sind wir uns selten über den Weg gelaufen."
„Hatte er Schwierigkeiten mit jemandem aus Ihrer Abteilung?"
„Sie sehen mich da wirklich überfragt. Ich kann Ihnen noch nicht einmal sagen, ob er zu jemandem von meinem Team näheren Kontakt hatte."
„Sind alle Ihre Mitarbeiter fest angestellt?"

„Ja, für uns eine Frage der Fairness. Selbstverständlich entsteht dadurch aber auch eine Bindung an unser Unternehmen. Unsere Agenten zum Beispiel erhalten ein Grundgehalt plus Prämien für jeden Versicherungsabschluss. Wer eifrig Abschlüsse vorweist, kann bei uns richtig tolles Geld verdienen. Die übrigen Bediensteten, die nicht an der Front, wie wir es nennen, arbeiten, bekommen eine Provision über die Gesamtbilanz. Da ist jeder daran interessiert, dass die Sache läuft. Dominik sowieso, er war bienenfleißig."

„Es lief demnach gut mit ihm?"

„Oh ja, das kann man durchaus sagen."

„Hat Herr Geiermann einen Chef? Wenn ja, wo finden wir den?"

Salik bemerkte ein Zucken um die Augen der jungen Frau. „Winfried Wagner", antwortete sie nach einem kurzen, für den Ermittler sehr beredten Schweigen. Körpersprache konnte oftmals so viel mehr ausdrücken als die Worte, die aus den Mündern flossen. „Er hat sein Büro im dritten Stock. Er leitet die Abteilung für Informationstechnologie und EDV."

„Herr Geiermanns Büro finden wir dort ebenfalls?"

„So ist es."

„Danke, Frau Vogt, das war es fürs Erste", verabschiedete sich Salik. Hartnäckig nagte die Frage an ihm, ob Winfried Wagner und Bettina Vogt ein Geheimnis verband. Natürlich tat es das. Er hätte ohne Zögern sein erstes Gehalt als Kommissar darauf verwettet. Aber um was mochte es gehen? Er war bester Dinge, dass er es herausfinden würde.

Helmut Günther hatte eine unruhige Nacht hinter sich. Die Sitzung beim Eisenbahnsozialwerk hatte er mehr schlecht als recht hinter sich gebracht. Die dargebrachten Ovationen hatten sich in Grenzen gehalten. Nach einem hastigen Kaffee blätterte er ungeduldig die Zeitung durch. Schließlich fand er das Gesuchte.

Hofnarr tot! Umstände mysteriös

In einer Lagerhalle im Koblenzer Industriegebiet wurde am Samstag am frühen Abend Dominik G., der Hofnarr der prinzen-

stellenden Gesellschaft von zwei Mitarbeitern eines Wachdienstes tot aufgefunden. Ich habe noch nie einen Toten gesehen, gestand Murat A., der einen Tag später nach wie vor völlig geschockt von dem schrecklichen Fund ist. Sein Kollege Herbert K. stand leider nicht für ein Interview zur Verfügung. Nach unseren Informationen hat die Koblenzer Kriminalpolizei Ermittlungen aufgenommen, denn offensichtlich handelt es sich um einen unnatürlichen Todesfall. Besonders pikant: Die Lagerhalle, in der Dominik G. leblos entdeckt wurde, steht im Besitz von Helmut dem Ersten von der Sicheren Seite, dem Prinzen der diesjährigen Session. Welcher Zusammenhang mag hier bestehen? Nicht nur diese Frage stellt sich ganz Koblenz, sondern natürlich auch die, wie es mit der diesjährigen Session weitergehen soll. Wie man hört, sollen sich einige Mitglieder des Hofstaates alles andere als gut verstehen. Auch Dominik G., der im normalen Leben außerhalb der fünften Jahreszeit als Spezialist für EDV in einem Versicherungsunternehmen tätig war, war als Hofnarr alles andere als unumstritten. Uns wurde berichtet, dass der Generalfeldmarschall der Artillerie, Horst L. und Hofnarr Dominik G. häufig andere Meinungen vertreten haben als Prinz Helmut. Da wird manchem Narren ein fröhliches Olau schwer über die Lippen kommen. Außerdem ist die Confluentia, ihre Lieblichkeit Corinna die Erste, seit ein paar Tagen spurlos verschwunden. Niemand hat momentan Kontakt zu ihr. Alleine diese Tatsache trägt genug Stoff für einen Krimi in sich. Ob zwischen dem Verschwinden der Confluentia und dem Tod des jungen Hofnarren ein Zusammenhang besteht? Die Polizei tappt im Augenblick vollends im Dunkeln. Allerdings sind die Ermittlungen kaum sechsunddreißig Stunden alt, ein wenig Zeit wollen wir der Kriminalpolizei von daher gerne zugestehen. Vergleichbares ist in Koblenz während der fünften Jahreszeit jedenfalls nicht vorgekommen. Wer weiß, vielleicht muss die Geschichte des Karnevals nach der Aufklärung des Verbrechens neu geschrieben werden.

Au Backe, was hatte er da in seiner Wut bloß angerichtet? Helmut presste die Hände auf seine Schläfen und die Lippen aufeinander.

Wie hatte ihm das passieren können? Er hatte mit seiner Geschwätzigkeit dafür gesorgt, dass ihn die Koblenzer für einen Mörder halten würden. Eine wahrhaft tolle Idee, die sein wirrer Verstand vorgestern ausgebrütet hatte. Auf die er zu allem Überfluss unendlich stolz gewesen war. Die einzige Entschuldigung, die ihm einfiel, war die, dass er sich in einem Ausnahmezustand befunden hatte. Ob seine flatternden Nerven sich jemals wieder beruhigen würden? Zu allem Überfluss begann auch noch das Telefon, zu läuten.

Es war zum Verzweifeln. Wenn er in Zukunft an diese fürchterliche Zeit denken würde, dann würde er sich vor allen Dingen an ein Telefon erinnern, das ohne Unterlass klingelte. Hoffentlich schmorte der Erfinder dieses teuflischen Apparates da, wo er hingehörte. In der tiefsten Hölle. Helmut nahm das Gespräch zähneknirschend an.

„Kannst du mir vielleicht sagen, wer der Zeitung diesen Humbug erzählt hat?“ Bernds sich überschlagende Stimme sprudelte, mit jedem Wort heller werdend, aus dem Hörer.

Helmut begriff. Natürlich! Auf ihn würde kein Verdacht fallen. Niemand würde ihn für derart dämlich halten, der Presse zu erzählen, dass der Tote in seiner Halle gefunden worden war. „Bernd, beruhige dich erst einmal. Was ist denn geschehen?“

„Dann schau mal ganz entspannt in die heutige Zeitung, mein Freund.“

„Das wollte ich tatsächlich gerade tun.“

Der Prinz raschelte mit den Zeitungsblättern. „Nein, das ist ja eine Katastrophe“, schauspielerte er nach einiger Zeit. „Hast du eine Idee, wer das gewesen sein mag?“

„Na ja, Horst war es wahrscheinlich nicht. Er steht jetzt in einem ziemlich schlechten Licht da. So blöd kann selbst der nicht sein.“ Ha-ha, wenn du wüsstest, dachte Helmut selbstironisch, wie doof man sein kann.

„Ich hab's“, schrie Bernd plötzlich, „das war diese Yvonne, diese Verlobte. Oh warte, wenn ich die erwische, die kann was erleben.“

„Nein“, unterbrach der Prinz seinen aufgebrachten Präsidenten, „du machst natürlich gar nichts. Sonst hat sie ja sofort wieder einen Grund, zur Presse zu rennen und über unsere Gesellschaft herzuziehen."

„Da hast du völlig recht, Helmut. Wie gut, dass du einen klaren Kopf bewahrt hast. Danke. Trotzdem habe ich das Gefühl, dass die nächste Woche nicht allzu gemütlich wird. Wie war es denn gestern auf der Sitzung?"

„Die Narren dort hatten zum Glück von den Ereignissen nichts mitbekommen. Ich habe es sogar geschafft, pünktlich auf der Veranstaltung zu erscheinen. Corinna habe ich mit einer schlimmen Erkältung entschuldigt. Dass der Hofnarr fehlt, hat niemanden interessiert."

„Hervorragend."

„Ja, trotzdem war es für das Publikum nicht das Gelbe vom Ei und ich alles andere als in Bestform."

„Nicht zu ändern. Lass uns weiterhin versuchen, das Beste aus der Situation zu machen. Ich wünsche dir einen schönen, erfolgreichen Tag."

„Ebenso." Erfolgreicher Tag. Irgendetwas klingelte in Helmuts Hirn. Da war doch noch was. Ah ja. Er musste sich in der Firma blicken lassen. An die hatte er überhaupt keinen Gedanken mehr verschwendet. Da steppten im Moment wahrscheinlich schon zahllose Bären. Der Prinz fuhr mit den Händen über seine Stirn. Im Augenblick war er tatsächlich keinen Schuss Pulver wert.

„Die Polizei. Treten Sie ein. Frau Vogt hat Sie bereits angekündigt."

Wie jetzt? Sie hatten doch nur ungefähr neunzig Sekunden vom sechsten in den dritten Stock gebraucht. Und Herr Wagner war schon bestens informiert? Salik sah sich in seinem Verdacht, dass zwischen der Leiterin der Abteilung Personal und Gestaltung und dem Verantwortlichen für die Sparte elektronische Datenverarbeitung eine Spur mehr war als reine Kollegialität, bestätigt.

„Schrecklich, was Dominik Geiermann zugestoßen ist. Ich bin fassungslos. Er war mein begabtester Mitarbeiter. Er genoss das Vertrauen von uns allen."

„Wir müssen Sie das trotzdem fragen, Herr Wagner: Hatte Herr Geiermann Schwierigkeiten in seinem beruflichen Umfeld?“, begann Jana die Unterhaltung.

„Aber nein. Dominik war äußerst beliebt.“

„Sie wissen von seinem Hobby, also von seinem Engagement im Karneval?“

„Durchaus. Wir waren meistens mit ein paar Kollegen auf der Prunksitzung der *Grün-Weißen*. Bei der Firmenfastnacht war Dominik unser Spaßmacher. Wir hatten viel Vergnügen dabei. Mit ihm hatte man stets was zu lachen.“ Winfried Wagner kicherte unnatürlich, was bei Jana ein Stirnrunzeln hervorrief.

„Sein Hofnarren-Job war für Sie in Ordnung? Wahrscheinlich musste er doch seine berufliche Aktivität zugunsten des Karnevals erheblich einschränken.“

„Richtig, Frau Kommissarin. Dafür stehen bei allen Veranstaltungen unsere Werbeschilder im Eingang, liegen unsere Flyer auf den Tischen, ist unsere Anzeige im Sessionsheft zu lesen. In der Rhein-Mosel-Halle hängt ein Riesenbanner von uns von der Decke. Eine Hand wäscht die andere. Dominik genoss einige Freiheiten, was seine Anwesenheit in der Firma betraf. Wir versprechen uns durch seine Präsenz und, wenn ich es so formulieren darf“, er kicherte ein weiteres Mal, ebenso unecht wie zuvor, „Prominenz, einen gewissen Werbeeffekt. Die Konkurrenz in unserer Branche ist hart und schläft selten.“

„Ja, ja“, murmelte Jana, „wer nichts wird, wird Wirt, wer gar nichts wird, Finanzfachwirt oder so.“

„Wie bitte?“ Auf Winfried Wagners Gesicht breitete sich vollständiges Unverständnis aus. „Wer ist verwirrt?“

„Niemand. Alles in Ordnung“, beruhigte die Oberkommissarin Dominiks Chef. „Wo finden wir seinen Arbeitsplatz?“

„Dort.“ Winfried Wagner wies auf einen verwaisten Stuhl im hinteren Bereich eines mittelgroßen Büros. Ungefähr zehn Schreibtische, davon die allermeisten unbesetzt. Eine Dame und ein Herr, beide um die dreißig, sprachen in ihre Head-Sets.

„Wenn alle Plätze besetzt sind“, bemerkte Jana, „muss hier doch ein unerträglicher Lärm herrschen.“

„Hier sind niemals alle Tische belegt. Diese Arbeitsplätze dienen vor allen Dingen Terminabsprachen und dem Vor- und Nacharbeiten dieser Termine. Die meisten unserer Außendienstler haben bei sich daheim noch ein Büro. Wir haben unsere EDV-Leute mit Absicht hierhin platziert, damit sie automatisch Kontakt zu unseren Mitarbeitern im Außendienst haben. Das macht es einfacher, bestimmte Fragen zu klären. Bei uns soll jeder seinen Platz haben, ohne lange suchen zu müssen. Für uns ist das wichtig, dass jeder und jede sich auch im Betrieb zu Hause fühlt.“

Na, dachte Jana, das hört sich wunderbar an. In Zeiten, in denen man in einigen Unternehmen vor Arbeitsbeginn seinen Rollwagen zu einem beliebigen freien Schreibtisch schob, das Trinken eines Schluckes Kaffee oder Wasser am Platz streng verboten war, das reinste Paradies. Sprich: Fast zu schön, um wahr zu sein. „Wie viele Kunden hat Herr Geiermann betreut?“, nahm die Oberkommissarin den Faden wieder auf.

„Grundsätzlich gesehen alle. Dominik war für die technische Abwicklung der Vertragsabschlüsse zuständig. Wenn ein solcher erfolgreich ins System übertragen worden ist, mit eigenem Account, ohne Fehlermeldungen hervorzurufen, war seine Arbeit erst einmal getan. Bei Änderungen wurde er informiert. Er hat Serienbriefe verschickt, Werbung gestaltet, allgemeine Informationen per E-Mail unter die Leute gebracht, seine Kolleginnen und Kollegen mit Tipps und Tricks rund um die EDV versorgt. An was er aktuell gearbeitet hat, weiß ich allerdings nicht.“

„Das lässt sich doch sicher mit Hilfe seines Rechners oder seines Terminkalenders klären“, hakte Jana nach.

„Terminkalender“, lachte Herr Wagner höhnisch. „Gute Frau, in welcher Welt leben Sie? Bei uns werden die komplette Korrespondenz, die Termine und so weiter und so weiter, papierlos abgewickelt.“

Wenn die Oberkommissarin eines hasste, dann „Gute Frau“ genannt zu werden. Außerdem lebte sie in der Welt einer Behörde, die zwar auch ständig von papierloser Verwaltung faselte, diese aber wahrscheinlich in hundert Jahren nicht hinbekommen würde. „Guter Mann“, erwiderte sie kühl, „wir nehmen Herrn Geiermanns Rechner mit zu unseren Spezialisten ins Präsidium. Dort werden wir ihn auswerten.“ Sie zückte ihr Handy und informierte die Kollegen der Spurensicherung. „Unser Spurensicherungsteam wird jeden Augenblick hier sein“, ließ sie Winfried Wagner wissen, während sie den Schreibtisch genau unter die Lupe nahm.

Tatsächlich gab es auf der blankgeputzten Platte kein Fitzelchen Papier, keinen Kalender, keinen Notizblock. Ein kleines Teeservice mit Gingko-Muster, bestehend aus Kännchen, Stövchen und zwei Tassen, sorgte für ein wenig Gemütlichkeit. Daneben eine Fotografie von Yvonne. Im DIN A 4-Format. Ziemlich riesig, fand Jana. Kugelschreiber und Füller glänzten ebenso durch Abwesenheit wie Schubladen unter der Tischplatte. Das war gut, denn dann brauchte man keine zu durchsuchen. Zum Ablegen von Mantel, Jacke, Tasche und Co stand neben jedem Arbeitsplatz ein stummer Diener. Vorbildlich. „Was passiert mit Ihren Daten, wenn plötzlich der Strom ausfällt?“

„Wir haben Absicherungen, die unser System in einem solchen Fall schützen. Unser Datenmaterial wird permanent gespeichert. Wir haben stets die aktuellen Bestände. Ebenfalls eines von Dominiks Aufgabengebieten.“

Jana konnte sich nicht helfen, in ihren Ohren klangen die Ausführungen von Dominiks Chef ihr gegenüber irgendwie mitleidig. „Wie bei uns“, erklärte sie. „Das dürfte heutzutage normaler Standard sein.“

„Sie sagen es. Warum fragen Sie dann?“

„Reine Routine. Ah, da sind ja schon unsere Spusis.“ Was kein Wunder war, selbst zu Fuß war der kurze Weg vom Präsidium zur *Mehrwertinvest* in fünf Minuten zu bewältigen. „Seid gegrüßt. Packt bitte den Rechner ein.“

Geübt verstauten die Kollegen Dominiks EDV-technische Ausrüstung in einer passenden Box. „Schaut euch den Arbeitsplatz genau an", bat die Oberkommissarin die Spusis. „Wo bewahrte Herr Geiermann seinen Tee auf?", wandte sie sich an Winfried Wagner.

„In unserer Mitarbeiterküche."

„Wunderbar. Hätten Sie dort einen Schluck Wasser für meinen Hund?"

„Natürlich. Wir sind ein Dienstleistungsunternehmen. In jedem Bereich." Dominiks Chef unternahm keinen Versuch, seine Genervtheit zu verstecken. Trotzdem übernahm er die Führung. Was blieb ihm sonst auch übrig?

„Schöne Küche", bemerkte Jana, während Winfried Wagner bereits ein Schälchen hervorholte. Henry stürzte sich auf das Wasser, als hätte er einen Marathon ohne einen einzigen Getränkestand in der Wüste hinter sich. Einige Sekunden war bloß das Schlabbern des Dackels zu hören.

„Unser Tee- und Kaffeevorrat." Der Leiter der Abteilung Elektronische Datenverarbeitung öffnete mehrere Türen der Küchenoberzeile. Dahinter verbarg sich ein unglaubliches Sammelsurium an Dosen und Schachteln. Gut, in einem solchen Unternehmen floss unter Garantie der eine oder andere Schluck Heißgetränke in durstige Kehlen. „Bei uns bedient sich jeder an allem. Dafür bringt auch jeder mal etwas mit."

„Das funktioniert?" Jana staunte. Dieses System würde im Präsidium ohne Zweifel zu Mord und Totschlag führen.

„Völlig problemlos."

„Das heißt, Sie wissen nicht, welche Sorte Tee Dominik Geiermann hauptsächlich getrunken hat?"

„Doch. Earl Grey."

„Okay." Die Oberkommissarin machte sich auf die Suche nach der Teesorte, die die Teeliebhaber auf der ganzen Welt in zwei Lager spaltete. Diejenigen, die das edle Getränk innig liebten und diejenigen, die es ebenso innig hassten. Sie fand sie nicht. Nicht ein einziges kleines Beutelchen. Wahrscheinlich war die Sorte ausgetrunken. Sie drehte sich zu Dominiks Abteilungsleiter um, der gerade dabei war, eine Tasse aus dem Schrank zu holen.

„Herr Wagner", Salik schlenderte in die Küche. „Kennen Sie eigentlich Yvonne, die Verlobte von Dominik Geiermann, persönlich?"

Kapitel 8

Philipp beschäftigte sich im Präsidium mit etwas, was er am zweitliebsten tat: mit der Internetrecherche. Am liebsten begab er sich draußen auf die Suche nach Verbrechern. In der freien Wildbahn. Allerdings musste er zugeben, dass die Pirsch im World-Wide-Web ihm auch Vergnügen bereitete. Er betrachtete diese Form der Ermittlungen als eine Art Schnitzeljagd. Hatte man einen Schnipsel gefunden, führte dies automatisch zum nächsten beziehungsweise zu vielen nächsten Schnipseln.

Diese Tatsache stellte für den jungen Oberkommissar die größte Schwäche des Internets dar. Man kam, ob man wollte oder nicht, vom Hölzchen aufs Stöckchen. Das machte es spannend, ohne Zweifel. Aber man musste konzentriert bei der Sache bleiben, sonst verstrickte man sich hoffnungslos im unsichtbaren weltweiten Netz. Philipp gab den Namen des Mordopfers in die Suchmaske ein. Es ploppten jede Menge Treffer auf. Aha, Dominik Geiermann war auf Facebook unterwegs. Ansonsten natürlich Hinweise auf seine Aktivitäten im Karneval, samt Zeitungsartikeln, und auf seine Tätigkeit bei der *Mehrwertinvest*. Philipp meldete sich auf Facebook an und rief Dominiks Seite auf. Ein Foto des Ermordeten im Hofnarren-Kostüm sprang ihn als Profilbild an. Jede Menge Berichte über seine Fastnachts-Auftritte. Videos, in denen er seine Reden aufgezeichnet hatte. Der Oberkommissar ließ ein Video abspielen, in dem Dominik wie ein Wilder auf einer Bühne herumhüpfte und Gereimtes von sich gab.

„Ihr lieben Kowelenzer Narren, schallte es aus den Lautsprechern, ich zieh alleine hier den Karren, stets kräftig vom Fleck und oft aus dem Dreck. Denn Prinz Helmut von der Sicheren Seite sucht oftmals furchtbar schnell das Weite. Dann ist Verlass, das ist doch klar, auf mich, Dominik, den Narr. Mit eurer Hilfe, vielleicht gelingt's, werd ich eines schönen Tages Prinz. Bis dahin, das tut mir sehr leid, müsst ihr leben mit *Helmut von der Sicheren Seit.* Ich rat euch, trinkt bis ihr seid blau, dann ist, ihr müsst mich nur fragen, der Prinz einigermaßen zu ertragen. Kowelenz Olau!"

Au Backe, starker Tobak, ein Dichterfürst war an Dominik definitiv nicht verloren gegangen. Trotzdem gefiel die Rede über hundert Mal. Etwas mehr als ein Dutzend Mal war der Beitrag geteilt worden. Einige waren demnach mit seiner Sicht auf den diesjährigen Prinzen durchaus einverstanden. Wenn der Hofnarr diese Sprüche regelmäßig auf der Bühne von sich gegeben hatte, konnte man Helmuts Zorn auf ihn gut nachvollziehen. Der junge Mann gab ihn öffentlich der Lächerlichkeit preis, das durfte man sich als Tollität nicht bieten lassen. Aber reichte diese Form der Diffamierung aus, um zum Giftcocktail zu greifen und ihn dem Respektlosen einzuflößen? Ja, beantwortete Philipp sich seine Frage selbst, selbstverständlich. In der eigenen Lagerhalle? Eher nicht. Taktik, damit die Ermittler glaubten, dass man so dumm kaum sein konnte? Vielleicht.

Philipp arbeitete sich weiter durch die Facebook-Seite des Toten. Ungefähr dreihundert Freunde nannte Dominik auf der sozialen Plattform sein Eigen. Das war überschaubar. Zumal für jemanden, der der größten Karnevalsgesellschaft der Stadt angehörte. Verfügte Helmut auch über einen Facebook-Account? Ja, das tat er. Der Prinz hatte über zweitausend sogenannte Freunde. Wow. Das waren fast sieben Mal so viele wie bei seinem Hofnarren. Hunderte von Gefällt-mir-Daumen, die nach oben wiesen. Das musste Dominik mächtig gewurmt haben. Zeigten die Reaktionen der Facebook-Nutzer schließlich mehr als deutlich, wem ihre Unterstützung galt. Das hatte der Hofnarr mit Sicherheit beobachtet. Und wahrscheinlich für sich seine Schlüsse gezogen.

Philipp sprang zurück zu Dominiks Facebook-Einträgen. EDV-Leute wie er betrachteten das Internet oftmals als ihren persönlichen Spielplatz, auf dem man wunderbar herumtollen konnte. Es gab kein einziges Foto von dem jungen Mann mit seiner Verlobten Yvonne, fiel dem Ermittler auf. Auf den meisten strahlte der Hofnarr inmitten der Mitglieder des Hofstaates mit hocherhobenem Zepter in eine Kamera. Ausschließlich auf diese Rolle schien er den Fokus zu legen. Bemerkenswert. Hinweise zu seinem schulischen und beruflichen Werdegang fehlten ebenso wie solche zu musikalischen oder sonstigen kulturellen Vorlieben oder Angaben zu seiner Familie. Apropos Familie. Wie sah wohl der familiäre Hintergrund des Toten aus? Philipp befragte die dazugehörige Datenbank.

Dominik war in Nassau an der Lahn geboren. Beide Eltern lebten noch, außerdem hatte er einen Bruder. Es gab keine Auffälligkeiten. Ob Yvonne Mutter und Vater des Verstorbenen informiert hatte? Laut der Einwohnermeldedaten wohnten die zwei nach wie vor in Nassau. Kurzentschlossen schlüpfte der junge Oberkommissar in seine Winterjacke und machte sich auf den Weg in den Taunus. Er verzichtete darauf, Achim Bescheid zu geben.

Winfried Wagners Hand, die nach einer Tasse hatte greifen wollen, hing einige Sekunden unbeweglich in der Luft. Schließlich sank seine Hand im Schneckentempo nach unten, gleichzeitig drehte er sich zu Salik herum. „Was?“

„Ob Sie Dominik Geiermanns Verlobte kannten? Also in Person. Durch direkten Kontakt.“

„Warum fragen Sie das?“

„Weil ich von der Polizei bin. Wenn ich widerfragen darf: Warum bleiben Sie die Antwort schuldig?“

„Bleibe ich überhaupt nicht.“ Winfried Wagner reagierte barsch. „Ja, ich kenne Yvonne.“

„Näher?“ Salik strich mit dem Zeigefinger über die Arbeitsplatte der Küchenzeile.

„Sie war Dominiks Verlobte. Wenn bei einer Firmenveranstaltung die Partner mit eingeladen waren, war sie dabei. Von daher kenne ich sie. Tut mir leid, dass ich Ihnen nichts Aufregenderes bieten kann.“

„Ach, das ist schon in Ordnung“, teilte Salik leichthin mit. „Irgendwann passiert im Verlauf von Ermittlungen immer etwas Aufregendes. Aber selten am Anfang, das gebe ich zu. Weil zu diesem Zeitpunkt viele Beteiligte versuchen, in Lügengeschichten ihr Heil zu finden.“

„Ich habe Yvonne vier oder fünf Mal gesehen. Das war es.“ Winfried Wagner war kurz davor, aus der Haut zu fahren.

„Bleiben Sie ruhig. Wenn Sie das behaupten, wird das schon stimmen.“ Salik war deutlich anzuhören, dass er das Gegenteil von dem meinte, was er sagte.

„Frau Vogt hat uns berichtet, dass Herr Geiermann eine Zeit lang auf seinen Führerschein verzichten musste. Das stellte ihn nach ihrer Aussage wohl vor gewisse Probleme. Wie sind Sie damit umgegangen?“ Jana hatte noch eine Frage, die unbedingt beantwortet werden wollte.

„Er ist für diese Zeit in den Innendienst versetzt worden.“

„Lockerer Umgang mit einem Verkehrssünder. Ist das in Ihrem Unternehmen üblich?“

„Dominik hatte Glück. Eine unserer Mitarbeiterinnen befand sich im Erziehungsurlaub. Wir konnten ihn mit seinen Kenntnissen gut an ihrer Stelle gebrauchen und einsetzen, Frau Kommissarin. Schließlich kannte er sich als IT-Fachmann auf jedem Gebiet aus.“

„Wenn es diesen erfreulichen Umstand nicht gegeben hätte, was wäre dann passiert, Herr Wagner?“

„Ich hätte ihm einen Auflösungsvertrag angeboten. Wenn jemand, der in seinem Job oft unterwegs sein muss, dies nicht mehr kann, weil er für länger als einen Monat seinen Führerschein verloren hat, könnte ihm theoretisch fristlos gekündigt werden. Auf der anderen Seite sind Verkehrsdelikte schnell begangen. Wenn wir eine alternative Lösung sehen, ergreifen wir sie.“

„Sie sind wirklich ein Heiliger, Herr Wagner.“

„Ihr ironisches Lob steht mir nicht zu. Es handelt sich um eine Firmenphilosophie.“

„Finden wir die höchste Vorgesetztenebene dieses Unternehmens in Koblenz?“

„Nein, unser Hauptstandort ist in Köln. Es kommt regelmäßig jemand in die Niederlassungen der kleineren Standorte, um sich mit uns zu unterhalten, zu schauen, was gut funktioniert und was nicht so gut.“

„Wann steht der nächste Besuch an?“

„Übernächste Woche.“

„Was gibt es aus Ihrer Sicht zu berichten?“

„Dass alles bestens läuft.“

„Sehr interessant, Herr Wagner.“ Salik mischte sich süffisant in die Debatte ein. „Einer Ihrer Mitarbeiter ist ermordet worden und Sie vertreten die Auffassung, dass alles bestens läuft. Das nenne ich erstaunlich.“

„Sie drehen mir die Worte im Mund herum.“ Winfried Wagner geriet endgültig in Harnisch. „Ein solches Verhalten unserer Ordnungshüter lasse ich mir nicht gefallen.“

„Verzeihung, aber genau das haben Sie gesagt“, sprang Jana ihrem Kollegen bei.

„Bezogen auf die Entwicklung unseres Standortes, nicht in Bezug auf Dominiks Ableben.“ Der Vorgesetzte des Toten schäumte vor Wut. Ein derartiges Benehmen gefiel Jana außerordentlich gut, bewies es doch, dass eine gewisse Nervosität herrschte. Was weiter bedeutete, dass man unaufmerksam wurde und Fehler machte. Vorausgesetzt, man pflegte einen eher kreativen Umgang mit der Wahrheit. Was die Oberkommissarin dem Abteilungsleiter durchaus zutraute.

„Zunächst einmal sind wir hier fertig“, teilte Salik mit. „Bitte halten Sie sich zu unserer Verfügung.“

Winfried Wagner brummelte etwas in seinen dunklen, kurzgeschorenen Vollbart, Henry gab ein kurzes Abschiedsbellen von sich.

Als Jana die Tür öffnete, rannte jemand, der aufgeregt „Winfried“ schrie, fast in sie hinein. „Sie?“, entfuhr es der Oberkommissarin, „was wollen Sie denn hier?“

Philipp genoss die Fahrt, die ihn an der Lahn entlang Richtung Nassau führte. Es herrschte ruhiges Winterwetter, der kleine Fluss führte zwar verhältnismäßig viel Wasser, trotzdem hatte er es sich in seinem Bett gemütlich gemacht. Lediglich an den Staustufen ging es wenig beschaulich zu. Dort prasselte das Wasser mit unbändiger Macht nach unten, wo es sich rasch wieder beruhigte. Ein Fuß- und Radweg direkt am Gewässer lud zu einem Spaziergang oder einem Ausflug mit dem Drahtesel ein. Philipp kannte die Strecke gut. Ab und an wanderte er mit Sabine an der Lahn entlang und kehrte in Bad Ems oder in Lahnstein in ein Lokal ein. Bald würde er hier mit einem Kinderwagen spazieren gehen.

Wie mochte sich das anfühlen? Er leugnete es nicht, er war nervös. Aufgeregt. Vor allen Dingen aber war er voller Vorfreude. Ihm war egal, ob es ein Sohn werden würde oder eine Tochter. Hauptsache, das Kind kam gesund auf die Welt und Sabine überstand die Geburt problemlos. Wobei jedoch mit hoher Wahrscheinlichkeit der Vater aus den Latschen kippen würde. Philipp konnte den Anblick von Blut nur schwer ertragen. Aber er wollte tapfer bleiben. Nicht, dass sein Kind von seinem Papa als Erstes dessen nach oben ragende Schuhsohlen zu sehen bekäme. Das wäre mehr als peinlich. Eines stand auch bereits fest. Gleichgültig, ob es ein Junge sein würde oder ein Mädchen, er würde mit seinem Sprössling kicken gehen.

Gutgelaunt pfiff der junge Oberkommissar *Alle meine Entchen* vor sich hin. Er würde sich ein größeres Kinderliederrepertoire zulegen müssen. Mit diesem einzigen Liedchen würde er selbst Janas Hund hinter keinem Ofen hervorlocken können, geschweige denn ein Kind. Er überlegte ernsthaft, Elternzeit in Anspruch zu nehmen, damit er seinen Schatz aufwachsen sehen konnte. Sein Beruf war leider unberechenbar, freie Zeit kaum planbar. Er wollte sich später nicht den Vorwurf machen müssen, die schönsten Augenblicke mit seinem Nachwuchs verpasst zu haben.

Ehe er sich versah, hatte er die Adresse von Dominiks Eltern erreicht. Ein unauffälliges Wohnhaus mit kleinen Balkonen zur Straße hin. Philipp quetschte den Dienstwagen in eine enge Parklücke. Eine mittelalte Frau stand auf einem der Balkone und rauchte eine Zigarette. Der Oberkommissar presste seinen Finger auf die Klingel mit dem Namen Geiermann. Die rauchende Frau drückte ihre Zigarette aus und ging in die Wohnung. Kurz darauf öffnete sich die Haustür mit einem dumpfen Summen. Philipp nahm zwei Stufen auf einmal und hatte das Zuhause der Geiermanns schnell erreicht.

„Bitte?“

„Frau Geiermann?“

„Ja. Und wer sind Sie?“

Der junge Oberkommissar stellte sich vor.

„Wie kann ich Ihnen helfen?“ Dominiks Mutter, Philipp schätzte sie auf Ende fünfzig, machte einen äußerst gelangweilten Eindruck.

„Hatten Sie gestern bereits Besuch von der Polizei?“

„Nein, das liegt wahrscheinlich daran, dass wir vor ungefähr zehn Minuten erst von einem Wochenendurlaub zurückgekommen sind.“

„Ah, wo ist Ihr Mann?“

„Ein wenig frisches Gemüse kaufen.“

„Frau Geiermann, es tut mir sehr leid“, mit diesen Worten schob Philipp sich nach und nach in den Flur, „Ihr Sohn ist tot.“

„Was? Was ist mit Florian passiert?“ Jede Gleichgültigkeit war aus Frau Geiermanns Stimme gewichen. Sie starrte Philipp mit schreckgeweiteten Augen an.

„Nein, nein. Dominik ist tot. Entschuldigen Sie bitte meine Ungenauigkeit, wenn es Ihnen möglich ist.“ Der Oberkommissar biss sich auf die Lippen. Konzentrier dich gefälligst, schimpfte er stumm mit sich selbst.

„Dominik? Oh, nein, wie fürchterlich.“ Die Mutter des Ermordeten legte beide Hände übereinander auf ihr Herz. „Was ist mit meinem Baby geschehen?“

Philipp fasste sie unter den Ellenbogen und sah sich nach einer Sitzgelegenheit um. Er wurde im Wohnzimmer fündig und drückte die schockierte Frau in einen ausladenden Sessel.

„Mein herzliches Beileid“, antwortete der junge Ermittler. „Ich darf Ihnen versichern, ich fühle mit Ihnen. Dominik ist leider keines natürlichen Todes gestorben, er wurde ermordet. Warum haben Sie zuerst gedacht, es geht um Florian?“

„Weil mein ältester Sohn als Soldat in Afghanistan stationiert ist. Ich mache mir jeden Tag unendliche Sorgen um ihn. Von wem wurde Dominik umgebracht?“

„Das wüssten wir auch gerne. Gibt es Menschen, die Ihrem Sohn feindlich gesonnen sind?“

„Yvonne, was machst du denn hier?“, Winfried Wagner war erkennbar peinlich berührt.

„Das würde mich ebenfalls brennend interessieren“, ergänzte Jana. „Uns beide, nicht wahr, Salik?“

Ihr Kollege nickte.

„Was wollen die denn von dir, Winfried?“ Dominiks Verlobte ruckte mit dem Kopf in Richtung der Beamten wie ein Huhn auf Futtersuche.

„Die Wahrheit suchen und hoffentlich finden“, erläuterte die Oberkommissarin.

„Dann sind wir schon zwei, ach nein, drei.“ Yvonne atmete schwer.

„Entschuldigung. Vier“, warf Winfried Wagner ein.

„Wir haben uns ein wenig am Arbeitsplatz Ihres Verlobten umgesehen“, fügte Salik hinzu. „Ganz normale Polizeiroutine.“

„Winfried, was hast du Dominik …“

„Stopp.“ Jana schnitt der jungen Frau das Wort ab. „Offensichtlich kennen Sie und Herr Wagner sich relativ gut. Wir werden Sie nun voneinander trennen und Sie einzeln befragen. Ich habe das Gefühl, das wird ausgesprochen aufschlussreich. Herr Wagner, haben Sie zwei freie Büros, die wir nutzen können?“

„Nein.“ Dominiks Abteilungsleiter zerrte die Jacke seines durchgehend blauen Anzugs gerade, während er Rücken und Beine durchstreckte. Je mehr Blau das Outfit aufzuweisen hatte, umso höher war man offenbar auf der Karriereleiter nach oben geklettert, überlegte sich Salik.

„Schade, dann müssen wir dieses nette Beisammensein ins Präsidium verlegen.“

„Das geht nicht. Ich werde auf meiner Arbeit gebraucht. Ich habe gleich einen wichtigen Termin mit einem Großkunden“, wehrte sich Winfried Wagner halsstarrig.

„Herr Wagner“, Janas Stimme klang süß wie Ahornsirup, „wir sind die Polizei. Wer das Vergnügen hat, mit uns einen Termin zu haben, der hat keinen anderen mehr, das versichere ich Ihnen. Wenn ich bitten darf.“ Sie öffnete die Tür zum Treppenhaus. „Salik, du begleitest die junge Dame und ich den jungen Herrn.“ Sie orderte per Handy zwei Streifenwagen. „Die Kollegen sind bereits unterwegs“, teilte sie mit.

„Sie können mich doch nicht in einem Streifenwagen abtransportieren lassen“, schnappte Winfried Wagner. „Danach ist mein Ruf ruiniert.“

„Tut mir leid, Sie wollten es nicht anders. Nach Ihnen.“ Jana wies in den Aufzug.

Yvonne, die seit ihrer fehlgeschlagenen Frage kein Wort mehr gesagt hatte, betrat schicksalsergeben den Fahrstuhl. Dominiks Abteilungsleiter tat es ihr nach. Als sie zu viert das Gebäude der *Mehrwertinvest* verließen, fuhren zeitgleich die Streifenwagen vor.

„Bis nachher im Präsidium.“ Salik winkte Jana zu.

„Bis gleich.“

Achim tigerte durch die Büros der Mordkommission. Nirgendwo war irgendwer. Verdammt, wo trieben die sich denn alle herum? Vor allen Dingen: Wie kamen seine Leute dazu, sich herumzutreiben, ohne ihn vorher darüber zu informieren, wo, mit wem und warum sie das taten? Es war zum Haareraufen. Er würde sich entschuldigen müssen. Leider, leider, war das eine der Sachen, die er am wenigsten gut konnte. Nicht nur, dass er stets mehrere Anläufe benötigte, um das Unvermeidliche hinter sich zu bringen, nein, hinzu kam, dass ihm um Verzeihung bitten überhaupt nicht lag. Deshalb misslangen ihm solche Aktionen meistens kläglich.

Da seine Mannschaft wusste, was für eine große Überwindung ihn Abbitten jeglicher Art kosteten, sahen sie ihm seine Stammeleien irgendwann nach und vergaben ihm großherzig. Zumindest war es bislang so gewesen. Allerdings hatte er bisher auch nicht alle seine Leute gegen sich aufgebracht. Jana war wütend auf ihn, Philipp enttäuscht von ihm und Salik sah sich in seiner bisherigen Meinung über ihn bestätigt. Nämlich der, dass Achim als Vorgesetzter eine Fehlbesetzung war. Prima. Gerade als er wieder in seinem eigenen Büro verschwinden wollte, bogen besagter Salik und Jana um die Ecke. An der Seite seines neuen Mitarbeiters marschierte Yvonne, an der seiner Oberkommissarin ihr Dackel und ein ihm unbekannter Mann.

Achim stürzte auf seine Kollegen zu. „Wen bringt ihr da mit?"

„Dominiks Verlobte", antwortete Jana kühl und ignorierte den Chef der Mordkommission weitestgehend. „An die wirst du dich ja wohl noch erinnern können. Ach ja, und seinen Abteilungsleiter. Ich gehe mit Herrn Wagner in mein Büro. Gehst du mit Yvonne in unseren Vernehmungsraum?"

„Ja klar." Schon waren Salik und Dominiks Verlobte hinter der Tür verschwunden, und die Ermittlerin schob Winfried Wagner in ihr Dienstzimmer.

Verdattert blieb Achim auf dem Flur zurück. Alleine. Wieder einmal. Womöglich wurde dieser Zustand bald zum Alltag. Die Frage, die sich stellte, lautete: Wollte er das?

„Feindlich gesonnen?" Frau Geiermann wirkte fast verträumt, als sie Philipps Worte wiederholte. „Er hat erzählt, dass der Prinz, mit dem er im Karneval zusammenarbeiten muss, ein Depp ist. Alternativ ein Vollpfosten, ein blöder Kasper, ein Hanswurst. Dominik vertrat die Meinung, dass dieser Helmut – so heißt er, glaube ich – einen wesentlich realistischeren Hofnarren abgegeben hätte als er selber. Das hat er wörtlich und immer wieder genau so gesagt."

„War Ihr Sohn eifersüchtig auf den Prinzen?"

„Das halte ich für ausgeschlossen. Er hat seine Rolle als Hofnarr sehr ernst genommen und nach seinen eigenen Vorstellungen gestaltet. Kennen Sie seine Wortbeiträge? Die sind unglaublich witzig. Brillant formuliert."

Es sei denn, man heißt Helmut Günther. Wenn man derjenige ist, der die Prinzenuniform trägt, hat sich der Spaß ziemlich schnell erledigt, dachte Philipp. Aber als Mutter musste man auf der Seite des Sohnes stehen, das war ihr Job. Selbst wenn an dem Nachwuchs keinesfalls ein begnadeter Dichter verloren gegangen war. Und schon gar kein begnadeter Denker. „Auf seiner Arbeitsstelle war auch alles in Ordnung?", schob er nach.

„Ja, soweit mir das bekannt ist. Sein Beruf hat ihm Freude gemacht."

„In seiner Beziehung? Gab es vielleicht dort Grund zur Beschwerde?" Bereits als er die Frage stellte, rechnete Philipp mit einem klaren Nein. Stattdessen füllten sich die Augen von Dominiks Mutter mit Tränen.

„Ach herrje", schluchzte sie, „die Sache mit Yvonne ist ein einziges fürchterliches Unheil, ein schreckliches Verhängnis."

„Warum? Was ist passiert?"

„Ach, Herr Kommissar. Sie müssen eines wissen. Unser Dominik ist eine Seele von Mensch. Gutmütig, hilfsbereit, stets für seine Familie und seine Freunde da. Ein Anruf genügt und er kümmert sich und erfüllt alle möglichen und unmöglichen Bitten." Frau Geiermann lächelte, während ihr dicke Tränen die Wangen hinunterkullerten. „Ein solcher Junge, sollte man denken, gibt einen Traumpartner ab. Ebenso selten zu bekommen wie ein Sechser im Lotto." Die Mutter des Ermordeten verstummte.

„Ich entnehme Ihren Worten, dass es anders abgelaufen ist. Erzählen Sie, was geschehen ist", half Philipp behutsam nach.

„Ihm fehlt es an Vertrauen. Jeder seiner Freundinnen hat er hinterhergeschnüffelt. Ihre Kalender durchsucht, ihre Handys. Es war entsetzlich. Es waren so nette Mädchen, mit denen er zusammen war. Er hat sie alle vergrault. Mit seinen grundlosen Verdächtigungen. Mehr als eine hat sich bei mir ausgeheult. Dabei war ich die Falsche, ich konnte keinen Trost spenden. Immerhin ist Dominik mein Sohn. Mein eigen Fleisch und Blut kann ich doch nicht verraten, das muss ich verteidigen. Ich habe es als meine verdammte Pflicht angesehen. Trotz des Wissens, das seine Partnerinnen recht hatten. Eine grauenvolle Situation." Frau Geiermann wischte mit den Handrücken die Tränen weg. „Grauenvoll", wiederholte sie flüsternd.

„Glauben Sie, dass seine Verlobte Yvonne etwas mit dem Tod Ihres Sohnes zu tun haben könnte?"

„Verlobte! Pah! Wenn ich das schon höre. Yvonne war das einzige von Dominiks Mädchen, das mir von Anfang an ein Dorn im Auge war. Ausgerechnet die bleibt an ihm kleben. Seit Jahren. Ausgerechnet die möchte er heiraten. Ich war fassungslos, als ich von den Plänen der beiden erfahren habe. Dabei hat unser Sohn sie genauso bespitzelt wie alle anderen."

„Nun. Könnte es sein, dass sie ihn schlicht und einfach geliebt hat? Den gutmütigen, hilfsbereiten Dominik hinter seiner eifersüchtigen Fassade erkannt hat?"

„Ich gebe Ihnen ungern recht, aber so könnte es gewesen sein."

„Wusste Dominik um seine Schwäche?"

„Yvonne hat ihn gezwungen, sich mit diesem negativen Teil seines Charakters auseinanderzusetzen. Er war verrückt nach ihr. Als er ihr vorgeschlagen hat zusammenzuziehen, hat sie ihn dazu gebracht, eine Therapie zu beginnen. Die er sehr ernst genommen hat."

„Das spricht doch sehr für die junge Frau."

„Ja, Herr Kommissar, in der Tat. Etwas anderes allerdings ganz und gar nicht."

Kapitel 9

„Helmut, hallo." Die Stimme des Anrufers klang gedämpft und dunkel aus dem Hörer. Mit dem Versprechen versehen, alsbald ein Geheimnis ausplaudern zu wollen. „Wie schön, dass ich dich erreiche in diesem Tohuwabohu, das bei euch herrscht."

„Sven." Klasse, dachte der Prinz, der hat mir gerade noch gefehlt. „Was kann ich für dich tun?"

„Du für mich?“ Aus dem Hörer erklang heiseres Lachen. „Wohl eher ich für dich. Du hast mich beauftragt, die Wahrheit über die älteste Karnevalsgesellschaft der Stadt Koblenz herauszufinden, erinnerst du dich?“

Oh ja, Helmut erinnerte sich. Mittlerweile befand er die Idee, die er anfangs für schlichtweg genial gehalten hatte, für schlichtweg dämlich. Aber inzwischen, da die Sache so weit gediehen war, war ein Stopp praktisch undenkbar.

„Ich habe sensationelle Neuigkeiten“, berichtete Sven. „Es sieht so aus, als gebe es Beweise, dass die angebliche älteste Gesellschaft der Stadt, die *Närrischen Flößer*, nur aus folgendem Grund dieses Privileg genießt: Weil auf alten Unterlagen aus einer 3, also dem Monat März, eine 8 gemacht wurde, also der Monat August. Dadurch hat man fünf Monate unterschlagen. Oder besser gesagt: Die *Grün-Weißen* als jünger ausgegeben, als sie in Wirklichkeit sind.“

Noch vor drei Tagen hätte Helmuts Herz ob dieser aufsehenerregenden Neuigkeiten vor Freude einen Satz bis in den Hals vollführt. Aber jetzt? Passierte … rein gar nichts. „Sven, das ist in der Tat toll, aber könnten wir uns darüber zu einem späteren Zeitpunkt unterhalten?“

„Ich dachte, du wolltest die Sensation feierlich bei der Prunksitzung der *Grün-Weißen* verkünden. Die in relativ naher Zukunft auf dem Programm steht, wenn ich dich daran erinnern darf.“

„Ich weiß, wann unsere Prunksitzung ist“, presste Helmut zwischen zusammengebissenen Zähnen hervor. „Wenn sie überhaupt stattfindet.“

„Ach komm, du wirst doch die Sitzung nicht schmeißen, du bist schließlich viel zu froh, dass Dominik ins Gras gebissen hat.“

„Sag mal spinnst du, Sven? Der hat nicht einfach nur ins Gras gebissen, nein, er ist umgebracht worden. Es wird dich vielleicht wundern, aber die Polizei will unbedingt herausfinden, warum und vor allen Dingen von wem. Die sind sogar bei uns in der Geschäftsstelle aufgekreuzt. Der Rechtsmediziner hat mich zu mir nach Hause begleitet. Die Spurensicherer haben meine Firma auf den Kopf gestellt. Glaubst du, das macht Spaß? Ich kann dir versichern, macht es keinesfalls."

„Meine Güte, was bist du empfindlich. Wundert mich, dass dich dein toter, von dir wenig geschätzter, Hofnarr dermaßen aus den Latschen haut. Manchmal muss man über solche Ereignisse höhere Interessen stellen. Zum Beispiel den wichtigen Belang des Gründungstages gewisser närrischer Gesellschaften."

„Du bist ekelhaft, Sven."

„Ich bin realistisch. Wenn du in eurer Prinzensession nicht mit diesem Knaller herausrückst, dann brauchst du es gar nicht mehr zu machen. Also, überleg es dir. Ich kann dir die Beweise sofort liefern. Gegen das Honorar, das du mir versprochen hast, versteht sich. Sag mir Bescheid, meine Nummer kennst du ja." Wieder dieses heisere, fast unheimliche Lachen. „Das Honorar wird selbstverständlich auch fällig, wenn du darauf verzichtest, meine Enthüllungen preiszugeben. Schließlich hatte ich eine Menge Aufwand. Wir sehen uns, Helmut."

Piep-piep-piep. Aufgelegt. Es war zum An-die-Decke-gehen. Er hatte doch lediglich seine Liebe zum Karneval mit einer unvergesslichen Prinzen-Session krönen wollen. Stattdessen steckte er nun metertief in der Tinte. Unvergesslich würde es zwar werden, allerdings in einem völlig anderen Sinn als von ihm erwartet. Er hatte gedacht, er könnte danach mit einem netten Album mit seinen Auftritten aufwarten und bei passenden Gelegenheiten damit angeben. Als Nebeneffekt hatte er sich neue und wichtige Kontakte für sein Geschäft versprochen.

Wenn man im Rampenlicht stand, blieb man immer einigen Menschen im Gedächtnis, die sich gerne mit Berühmtheiten schmückten. Selbst wenn es sich bei ihnen um Lokalgrößen handelte, deren Stern zeitlich eng begrenzt strahlte. Demgegenüber verlangten die Kosten, die man bewältigen musste, Beachtung. Alleine die Prinzenuniform schlug mit rund 3.700 Euro zu Buche. Ohne Mütze und Fasanenfedern! Aber inklusive Zepter. Immerhin. Für eine anständige Prinzenmütze musste man ungefähr fünfhundert Euro auf den Tisch blättern, für die Federn dreißig bis fünfzig Euro pro Stück. Je nach Länge. Da es keinesfalls zu popelig aussehen durfte, war man schnell mit viereinhalbtausend Mäusen dabei. Nur für die Uniform samt Mütze mit Federn. Die beide anschließend als Spende im Fastnachtsmuseum landeten.

Helmut schnaufte. Außerdem wurde natürlich vom Prinzen erwartet, dass er den Mitgliedern seines Hofstaates und seiner reizenden Confluentia die eine oder andere Runde ausgab. Was er gerne tat. Wenn es sich im Rahmen hielt. Apropos Confluentia. Wo mochte Corinna sein? Wie mochte es ihr gehen? Sollte er ihren Mann anrufen? Nein, Charlie würde ihm ohnehin freiwillig gar nichts sagen. Stattdessen würde er wahrscheinlich erneut damit anfangen, ihn zu beschimpfen. Sollte er sich auf die Suche nach ihr machen? Ja, warum eigentlich nicht? Die Frage war bloß: Wo sollte er damit beginnen?

„Herr Wagner, erzählen Sie mal frei von der Leber weg. Wie gut kennen Sie Yvonne, die Verlobte Ihres Mitarbeiters Dominik?"

„Ich sage gar nichts", verkündete der Chef des Toten dickköpfig.

„Gut", Jana wandte sich Richtung Tür. „Dann koche ich mir erst einmal einen Kaffee. Ich schaue irgendwann nach Ihnen. Ich habe nämlich viel Zeit."

„Wir leben in einem Rechtsstaat, da muss sich selbst die Polizei an gewisse Regeln halten." Winfried Wagners Miene verfinsterte sich zusehends. „Oder hat sich daran seit gestern was geändert? Ich glaube kaum, dass Sie das, was Sie gerade abziehen, dürfen."

„Selbstverständlich darf ich das. Ich erkläre Ihnen gerne warum. Offensichtlich haben Sie zu der Freundin eines Mordopfers eine engere Beziehung, als Sie bisher zuzugeben bereit waren. Wir wissen, dass Herr Geiermann extrem eifersüchtig war. Wir könnten es demnach mit einem klassischen Mordmotiv zu tun haben. Ob dem so ist, müssen wir natürlich sorgfältig überprüfen. Deshalb gibt es uns. Bis gleich, Herr Wagner."

„Frau Reber."

„Bitte?"

„Könnte ich auch einen Kaffee bekommen?" Es klang fast ein wenig kläglich.

„Erzählen Sie mir dann, was zwischen Ihnen und Dominiks Verlobter gelaufen ist?"

„Ja." Das klang ganz eindeutig kläglich.

Wenige Minuten später tauchte die Oberkommissarin mit zwei Tassen duftenden Kaffees wieder auf. „Zucker? Milch?", fragte sie ihren unfreiwilligen Gast.

„Zucker."

Jana schob Winfried Wagner die Dose mit den Zuckerwürfeln hin, und er bediente sich ausgiebig.

„Ich höre." Die Ermittlerin nippte an dem Gebräu, das sie schwarz bevorzugte. Die heiße Flüssigkeit tat gut.

„Es ist mir peinlich."

„Das muss es keineswegs. Uns ist nichts Menschliches fremd, glauben Sie mir. Seit wann läuft das zwischen Ihnen und Yvonne?"

„Es läuft gar nicht mehr."

„Auch gut. Wann ist etwas gelaufen und wie lange?"

„Ungefähr vor einem Jahr, für etwa zwei Monate."

„Na also, war doch ganz leicht. Ich nehme an, wir sprechen über eine richtige Affäre? Wie kam es dazu?"

„Ja, wir hatten eine Affäre. Wir haben Dominik damit aufgezogen, dass seine Freundin wohl furchtbar hässlich sein muss, weil er sie niemals zu irgendwelchen Firmenfesten mitbringt. Dann hat er sie zu unserer Neujahrsfeier tatsächlich mitgebracht. Sie hat mich sofort interessiert. Ich sie offensichtlich auch. Am Tag nach der Feier hat sie mich angerufen. Wir haben uns verabredet, auf eine Tasse Kaffee. Und dann, na ja, ist eben mehr passiert. Muss ich das wirklich in allen Einzelheiten erzählen?"

„Nein, vorerst reicht mir Ihre Erklärung. Warum endete Ihre Beziehung?"

„Dominik kam dahinter. Yvonne und ich hätten es uns denken müssen. Eines Tages hat er uns verfolgt. Im Auto. Wir hatten gehofft, er hätte Yvonne nicht erkannt. Bei der Jagd auf uns ist er in eine Polizeikontrolle geraten, weil er in seiner Wut über eine rote Ampel gerast ist. Die Folgen sind bekannt."

„Sein Führerscheinentzug?"

„Exakt. Leider hatte er unsere Mails gelesen und unsere Nachrichten auf den Handys. Die Beweise für Yvonnes Untreue waren erdrückend. Jeder Versuch, sich herauszureden, war zum Scheitern verurteilt. Deshalb haben wir es irgendwann gelassen. Dominik hat daraufhin verlangt, dass ich zum einen dafür sorge, dass er in der Firma bleiben kann und zum anderen, dass ich ihn zu seinen Terminen fahre. Ansonsten wollte er dafür sorgen, dass alle Kollegen erfahren, dass ich an den Frauen unserer Mitarbeiter herumfummele." Während seiner Beichte hatte Winfried Wagner sowohl unbewegt, als auch unentwegt in seine Tasse gestiert.

„Das muss eine unangenehme Situation für Sie gewesen sein. Trotzdem. Herr Geiermann hat sie letzten Endes erpresst. Warum haben Sie sich darauf eingelassen?"

„Er hätte ohne darüber nachzudenken meinen Ruf ruiniert. Wäre ich nicht auf seine Forderungen eingegangen, wären wir am Schluss beide aus dem Unternehmen geflogen. Er war blind vor Rachegelüsten. Wem hätte das nutzen sollen? Halten Sie mich ruhig für feige, das ist mit Sicherheit der passende Ausdruck für mein Verhalten, aber damals erschien mir diese Lösung die beste zu sein."

„Haben Sie eine Ahnung, warum Ihr Mitarbeiter mit Yvonne Hartkorn zusammengeblieben ist, sich sogar mit ihr verlobt hat?"

„Ha-ha, ja das ist eine irre Geschichte, was? Die Wahrheit ist, dass ihm Yvonnes Untreue die Augen geöffnet hat. Es war das erste Mal, dass seine Befürchtungen wahr geworden sind. Sie hat gesagt, dass sein Misstrauen sie zu einem anderen Mann getrieben hat. Das hat ihn tief getroffen. Er kam ins Grübeln. Dominik hat eine Therapie gemacht, wissen Sie das?"

„Ja. Nicht nur das. Sie scheint sogar etwas gebracht zu haben. Hätten Sie es gerne gesehen, wenn Frau Hartkorn sich für Sie entschieden hätte, Herr Wagner?"

„Nein, Frau Reber, ich bin keinesfalls in sie verliebt. Wir hatten unseren Spaß. Ende. Wir hätten es früher beenden sollen, das war unser Fehler. Wir haben uns damit allesamt in eine schwierige Situation gebracht."

„Mmh." Jana hatte sich von der Unterhaltung mit Dominiks Chef ein wenig mehr versprochen. Aber einen Pfeil hatte sie noch im Köcher. „Gab es Anlass, mit Herrn Geiermanns Leistungen unzufrieden zu sein? Beschwerden aus der Zentrale oder aus der Niederlassung bei Ihnen in Koblenz?"

„Nicht, dass ich wüsste. Dominik war ausgesprochen sorgfältig in der Erledigung seiner Arbeit."

Natürlich, was habe ich denn sonst erwartet, fragte sich die Kommissarin. Alles in Butter in diesem Vorzeigebetrieb. Außer der Tatsache, dass eine Führungskraft fremdgefingert hatte. Aber das kam in den besten Firmen vor. In diesem Moment flackerte hell ein Geistesblitz auf. „Eins noch, Herr Wagner. In welcher Beziehung stehen Sie zu der Leiterin der Abteilung Personal und Gestaltung, Frau Vogt?"

Winfried Wagner seufzte vernehmlich. „Ihnen entgeht offenbar wenig, Frau Kommissarin."

Die drei Ermittler konnten es zwar nicht ahnen, aber Jana, Salik und Philipp wurde zur selben Zeit dieselbe Geschichte erzählt, nämlich die vom eifersüchtigen Dominik und Yvonne, die ihm jeden Anlass dazu geboten hatte. Wobei die Schwerpunkte variierten. Yvonne gab an, verzweifelt gewesen zu sein und sich nicht mehr anders zu helfen gewusst zu haben. Sie bestand darauf, dass ihr Verhältnis zu Winfried Wagner letztendlich eine Änderung bei ihrem Verlobten bewirkt habe.

Dominiks Mutter dagegen vermutete hinter dem Verhalten ihrer Fast-Schwiegertochter einen zutiefst verlogenen und verdorbenen Charakter. Frau Geiermann war sich sicher. Die größte Feindin ihres Sohnes hatte mit ihm das Bett geteilt. Sie habe sich in ihre Familie schleichen wollen, hatte Philipp zu hören bekommen. Warum, hatte der Ermittler erstaunt gefragt. Ob bei den Geiermanns etwas zu holen sei, Geld, Schmuck, Vermögen zum Beispiel. Das Zuhause der Eltern ließ Derartiges jedenfalls nicht vermuten. Es hatte eine Zeit lang gedauert bis Dominiks Mutter mit der Wahrheit herausrückte. Durch eine große Erbschaft waren sie vor mehreren Jahren reiche Leute geworden.

Eine uralte Tante ihres Mannes war gestorben. Es hatte nur einen Erben gegeben, nämlich Herrn Geiermann. Dass dem so war, hatten sie gewusst, aber die tatsächlichen Schätze der Verwandten hatten sie in ungläubiges Erstaunen versetzt. Die alte Frau hatte immer ausgesprochen bescheiden gelebt, oft war sie bei ihnen zu Gast gewesen und hatte sich verwöhnen lassen. Wohl gefühlt hatte sie sich bei der Familie ihres Neffen. Vielleicht hatte sie deshalb darauf verzichtet, ein Testament zugunsten der Tierhilfe oder anderer gesellschaftlich wichtiger Gruppen zu verfassen, die sie stets unterstützt hatte. Stattdessen hatte sie die gesetzliche Erbfolge greifen lassen. Die Geiermanns waren von einer erfreulichen Überraschung in die nächste gestürzt. Eines passte allerdings nicht zu ihnen: Von einem Tag auf den anderen ein luxuriöses Leben zu führen.

Nur eines hatten sie sich mit immensem Vergnügen geleistet: ein Wohnmobil, mit allem Drum und Dran. Zu Ehren der Tante hing eine Schwarz-Weiß-Fotografie von ihr im Wohnbereich des Campers. Das war alles. Sie würden in ihrer Wohnung bleiben und genau so weitermachen wie bisher. Arbeiten gehen, sich um die Söhne kümmern, ab und zu garniert mit kleinen Annehmlichkeiten. Zum Beispiel einem Kinobesuch mit einer großen Tüte Popcorn oder einem Theaterstück mit einem Fläschchen Pikkolo in der Pause.

„Sie haben Frau Hartkorn, was die Erbschaft betrifft, eingeweiht?“, erkundigte sich Philipp.

„Natürlich.“

„Ist Dominik von seiner Verlobten jemals um Geld gebeten worden?“

„Keine Ahnung. Wenn wir einmal mit ihr zusammen waren, hat sie stets mit ihrem tollen Job und ihrem Supergehalt geprahlt. Unter diesen Voraussetzungen sollte man eigentlich finanziell zurechtkommen, oder?“

„Normalerweise ja“, stimmte Philipp der Mutter des Ermordeten zu. Was würde er tun, fuhr es ihm plötzlich durch den Kopf, wenn eines Tages die Polizei in seinem Wohnzimmer stehen und ihm mitteilen würde, dass sein Kind tot sei. Umgebracht noch dazu. Den jungen Ermittler schauderte es. Er sah sich und Sabine Jahrzehnte später auf dem Sofa sitzen und die Kommissare anstarren. Hörte die Worte, die er selbst schon einige Male gesprochen hatte. Nämlich, dass es ihm leidtäte und jede denkbare Anstrengung unternommen werden würde, um den Mörder ausfindig zu machen.

Sein Magen krampfte sich zusammen. Wie lange mochte es dauern, bis die Eltern oder die nahen Angehörigen eines Mordopfers begriffen, was passiert war? Philipp wusste, dass einige sich in Verdrängungsmethoden flüchteten, andere in eine unbändige Wut oder tiefe Verzweiflung gerieten. Die nächsten mussten die ganze Welt am Geschehen teilhaben lassen. Hoffentlich würde er dergleichen nie im Leben erleben müssen. Zum ersten Mal konnte er nachvollziehen, warum es Väter und Mütter gab, die ihren Nachwuchs am liebsten jede Sekunde im Auge behalten wollten. Obwohl sein Kind noch geboren werden musste.

Für den Moment war es an der Zeit, sich zu verabschieden. „Frau Geiermann, danke für Ihre Antworten. Melden Sie sich, falls Ihnen noch etwas einfällt. Ich werde Sie auf dem Laufenden halten."

„Herr Kommissar, Sie werden den finden, der meinem Sohn das angetan hat, darauf kann ich mich doch verlassen?"

„Wir werden alles unternehmen, um den Täter oder die Täterin zu ermitteln, ich verspreche es Ihnen." Die Worte kamen Philipp leicht über die Lippen. Weil er sie völlig ernst meinte. Er hätte nicht sagen können aus welchem Grund, aber diese Tatsache schenkte ihm ein warmes, beruhigendes Gefühl.

Kapitel 10

„Bettina Vogt ist meine Schwester, Frau Kommissarin, vielmehr meine Halbschwester. Wir haben dieselbe Mutter, die sich zunächst mit einem Herrn Wagner und dann mit einem Herrn Vogt verheiratet hat."

„Ihre Halbschwester." Jana fiel es schwer ihre Enttäuschung zu verbergen, sie hatte mit spektakuläreren Enthüllungen gerechnet. „Sie verstehen sich gut?"

„Wir sind ein Herz und eine Seele."

„Wusste Ihre Schwester über Ihre Beziehung zu Frau Hartkorn Bescheid?"

„Ja, ich hatte sie eingeweiht. Mit irgendjemandem muss man über so etwas reden."

„Tatsächlich, Herr Wagner?" Die Augenbrauen der Kommissarin hoben sich. „Obwohl es sich um eine reine Spaßveranstaltung gehandelt hat? Entschuldigen Sie bitte, aber hier offenbart sich ein gewisser Widerspruch."

Der Kopf von Dominiks Chef ruckte in die Höhe. Aha, dachte Jana, er kommt sich ertappt vor. Bei der wunderbaren alten Eifersucht handelte es sich um ein Motiv, das in Mordermittlungen stets gerne genommen wurde. Insbesondere wenn sie, wie in diesem Fall, sozusagen eine doppelte Rolle spielte. Die Kommissarin bedachte ihr Gegenüber mit einem intensiven Blick, aber er blieb stumm. Nun gut, wenn es etwas zu entdecken gab, würden sie es herausfinden. Am besten, man schenkte Winfried Wagner ein bisschen Zeit zum Nachdenken.

Passend zu dieser gedanklichen Zäsur wurde hinter Jana die Tür aufgerissen. „Wäre es zu viel verlangt, wenn mich jemand über die augenblicklichen Ermittlungen, denen ich im Übrigen vorgesetzt bin, aufklären würde?" Achims mühsam beherrschte Stimme füllte den Raum. „Seit wann sagt mir keiner mehr Bescheid über die Dinge, die passieren?"

„Seit du damit angefangen hast", konterte Jana kühl.

„Ich bin der Abteilungsleiter."

„Ich weiß." Es folgte eine sekundenlang andauernde Kunstpause. „Chef." Das Wort badete in Sarkasmus wie eine Ente am ersten sonnigen Frühlingstag in ihrem Teich. Die einzelnen Buchstaben flogen durch das Zimmer wie die schillernden Wassertropfen aus dem Vogelgefieder.

„Jana, muss das sein?"

„Sag du es mir. Außerdem darf ich dich bitten, meine Unterhaltung mit Herrn Wagner nicht weiter zu stören.“

Achims Zähne mahlten aufeinander. Leider blieben seine Schwierigkeiten davon unbeeindruckt und genau so groß wie vorher. Wortlos verließ er das Zimmer. Als er die Tür schloss, achtete er darauf, dies möglichst lautlos zu tun. Er ärgerte sich über sich selbst. Wie hatte ihm das passieren können? In eine Vernehmung hineinzuplatzen und sich zu beschweren. Wie ein beleidigtes Kleinkind, das mit dem Fuß aufstampfte. Ein wahres Vorbild an Souveränität und Führungsstärke. Bravo, gratulierte er sich spöttisch. Kein Wunder, dass sein Team sich von ihm abwandte und sich sozusagen zu einer neuen Einheit zusammenfand. Ohne ihn.

Im Moment erschien ihm diese Entwicklung nicht sonderlich schlimm. Sie eröffnete Chancen. Er musste sich lediglich dazu entscheiden, sie zu ergreifen. Achim fuhr sich mit der Hand über die Stirn. Womit er mal wieder angekommen war. Bei seinem Problem, an dessen Anhänglichkeit er sich fast gewöhnt hatte und das offensichtlich an ihm kleben bleiben und ihn weiter begleiten wollte. Der Hauptkommissar sah auf die Uhr. Kurz vor zwei.

Er ging in sein Büro zurück und griff zum Telefon. Vielleicht würde ein Telefonat dazu beitragen, den Nebel in seinem Hirn zu lichten. Sein Gesprächspartner auf der anderen Seite der Leitung meldete sich zum Glück sofort. Dem Himmel sei es gedankt. Wer wusste es schon, ob er später noch einmal einen zweiten Versuch gestartet hätte.

„Okay.“ Jana war mit der Ausbeute des Vormittags leidlich zufrieden. Gerade hatten sich Philipp, Salik und sie über ihre jeweiligen Ergebnisse ausgetauscht. Sie hatten eine Menge erfahren, aber eine wirklich heiße Spur hatte sich nicht aufgetan. Kein Grund zum Jubeln, aber zum jetzigen Zeitpunkt der Ermittlungen wahrlich auch keiner zum Trübsalblasen.

„Gehen wir was essen?“, fragte Philipp.

Die Oberkommissarin schüttelte den Kopf. „Geht ihr zwei nur, ich habe keinen Hunger.“

„DU hast keinen Hunger?“ Salik konnte es nicht glauben. Janas gesunder Appetit war im Präsidium ebenso legendär wie ihr Unvermögen, Auto fahren zu können, beziehungsweise zu wollen. Wenn es eine Tatsache gab, die unumstößlich feststand, dann die, dass die Oberkommissarin unbedingt von den Dienstwagen ferngehalten werden musste. Zumindest, wenn sie plante, sich ans Steuer eines solchen zu setzen. Jana mochte keine Autos und die fahrbaren Untersätze schienen diese Abneigung zu spüren, und persönlich zu nehmen. Jana verkrampfte völlig, wenn sie fuhr und die Automobile machten in der Folge, was sie wollten. Springen, hüpfen, stehenbleiben, sich verweigern und sich querstellen.

Die wenigen Male, die sie gezwungen war, zum Steuer zu greifen, begleiteten sie die Gebete und warmherzigen Wünsche der Kollegen. Wobei es ohne Frage nicht nur um sie und die übrigen Verkehrsteilnehmer, sondern auch um die beteiligten Autos ging. Polizeiwagen kosteten eine Menge Geld. Ärgerlich und teuer, wenn jemand ein solches Gefährt zu Schrott fuhr.

„Okay, ich habe keinen wirklichen Appetit. Hunger hätte ich durchaus, aber ich vermute, es schmeckt mir nichts. Geht ihr in aller Ruhe etwas essen.“ Die Kommissarin erhob sich. „Ich gehe mit Henry spazieren.“

„Sollen wir danach dem unterlegenen Hofnarren einen Besuch abstatten?“

„Das ist eine gute Idee. Macht das.“

„Sollen wir, ähem“, Philipp hüstelte, „Achim Bescheid sagen?“

„Das überlasse ich euch.“ Jana war mit ihrem Hund bereits auf dem Weg nach draußen. „Und ja“, sie hatte offenbar die bohrenden Blicke ihrer Kollegen in ihrem Rücken gespürt. „Das Ganze nimmt mich ziemlich mit. Ich bin froh, dass es euch beide gibt.“

„Bis später“, sagte Salik leise.

„Bis später, ihr zwei. Guten Appetit.“

Nach einem kurzen Abstecher in die Kantine machten sich Kommissar und Oberkommissar auf den Weg zu Jens Schmitz, der gerne Hofnarr geworden wäre. Durch den Mord an Dominik waren seine Chancen auf den Posten in den letzten Tagen des diesjährigen Karnevals unglaublich gestiegen. Nach wenigen Fahrminuten standen sie vor einem Mehrfamilienhaus in Kesselheim, dessen Balkone zum Rhein hin blickten und damit eine nette Aussicht boten. Der im Moment noch verhinderte Hofnarr wohnte laut Klingelschild im dritten Stock.

„Herr Schmitz, ich grüße Sie."

Der junge Mann um die fünfundzwanzig, der Philipp und Salik auf ihr ausgesprochen hartnäckiges Klingeln die Tür geöffnet hatte, machte den Eindruck als wäre er gerade aus dem Bett gefallen. Die roten Haare standen in alle Himmelsrichtungen ab und den Rasierapparat schien er vor einiger Zeit verlegt und nicht weiter nach ihm gesucht zu haben. Wobei der wuchernde Bart eher orange aussah als rot. Ein interessanter Kontrast. Allerdings einer, der sich farblich biss. Was neben Haar und Bart ebenfalls für T-Shirt und Boxershorts galt. Ersteres präsentierte sich in schreiendem Pink und zweitere in kräftigem Violett. Auf beidem prangte Snoopy. Auf den Shorts zog der pfiffige Beagle seinen Hut. Vor was oder wem auch immer. Auf dem T-Shirt legte er mit fliegenden Ohren eine flotte Sohle auf den Stoff.

„Bitte?" Jens Schmitz' Stimme klang rau. Irgendwie, als hätte er zu viel getrunken.

„Sind Sie einigermaßen nüchtern?", erkundigte sich Salik vorsichtshalber, nachdem er einen gut sichtbaren Blick auf seine Armbanduhr geworfen hatte.

„Sehe ich so aus? Wer sind Sie überhaupt?"

Na schön, jemand, der auf eine ihm gestellte Frage auf diese Art antwortete, war anscheinend nicht so betrunken, wie es auf den ersten Blick den Anschein hatte.

„Kripo Koblenz." Der frischgebackene Kommissar zückte mit unverhohlenem Stolz seinen Dienstausweis. „Elmas mein Name. Ich befinde mich in Gesellschaft meines Kollegen Kirchner. Dürfen wir eintreten?"

„Wenn es unbedingt sein muss.“ Jens Schmitz gab zögernd den Weg frei. „Falls Sie erlauben, verschwinde ich für ein paar Minuten im Bad. Wenn Sie in der Küche auf mich warten wollen.“

„Danke, das wollen wir.“ Salik und Philipp bogen nach rechts, der Wohnungsinhaber nach links ab. Kurz darauf rauschte die Toilettenspülung, danach brauste eine Dusche. Kaum war von Jens Schmitz nichts mehr zu sehen, nutzten die beiden Ermittler den unbeobachteten Augenblick, um den Flur etwas intensiver unter die Lupe zu nehmen.

Leider war der junge Mann ein schneller Duscher. Knappe drei Minuten später tauchte er wieder auf. Gewaschen und gekämmt und in einen samtigen dunkelgrünen Morgenrock gehüllt. „Sie sind wegen Dominik da?“

„Genau“, bestätigte Philipp. „Wir haben gehört, dass Sie an dem Posten des Hofnarren interessiert waren.“

„Was heißt hier waren? Ich bin es immer noch. Und meine Chancen sind, wenn ich es einmal so formulieren darf, seit dem vergangenen Samstag gehörig gestiegen.“

„Ja, durchaus, ähnliche Gedanken sind uns auch schon durch die Köpfe gegangen. Ihren Worten entnehme ich, dass Sie Dominik nicht sonderlich mochten?“

„Pfff.“ Die Reaktion des Narrenzepterträgers in spe zeigte deutlich seine Verachtung. „Dominik war ein Selbstdarsteller. Um diese bei ihm ausgesprochen ausgeprägte Qualität geht es aber bei diesem Job nicht. Ein Hofnarr ist dafür da, Prinz und Confluentia den Weg zu ebnen, nicht sich selbst. Er soll die Närrinnen und Narren auf den Auftritt der Tollitäten vorbereiten. Diese Weisheit ist in seinem Hirn ums Verrecken nicht angekommen.“

„Wir kennen einige der Reden, die Ihr Konkurrent zum Besten gegeben hat. Sie sind aus meiner Sicht weder staatstragend, noch förderlich für Ihre Gesellschaft“, warf Philipp ein.

„Absolut richtig.“

„Wo haben Sie sich am Samstag zwischen sechzehn Uhr und neunzehn Uhr aufgehalten, Herr Schmitz? Bei den Auftritten der *Grün-Weißen* haben Sie jedenfalls durch Abwesenheit geglänzt.“

„Das stimmt. Verhaften Sie mich." Der junge Mann streckte dramatisch seine Hände nach vorne. „Legen Sie mich in Handschellen. Ich kann nämlich mit keinem Alibi dienen. Weil ich keine Lust auf Dominiks aufgeblasenes Getue hatte, wenn Sie es genau wissen wollen."

„Waren sie neidisch auf ihn?"

„Mehr verwundert als neidisch. Die Entscheidung zugunsten Dominiks hat mich erstaunt. Aber so war es nun mal. Ich habe sie akzeptiert. Und mich in den Dienst der Sache gestellt, also der Fastnacht. Und nun werde ich Hofnarr."

„Was macht Sie da so sicher?", fragte Philipp nach.

„Unser Präsident hat es mir mitgeteilt."

„Wann?"

„Gestern, per SMS."

„Dieses Ereignis haben Sie dann gebührend gefeiert?"

Während sein Kollege dem designierten Hofnarren auf den Zahn fühlte, schaute sich Salik in der kleinen Küche um. In der Spüle warteten zwei Sektgläser, zwei Speiseteller und dieselbe Anzahl Gabeln auf den Abwasch. Unter einem der Stühle lag ein Damenschal. Der junge Mann hatte zumindest den gestrigen Abend, vielleicht auch die ganze Nacht, in weiblicher Begleitung verbracht.

„Sind Sie berufstätig, Herr Schmitz?", fragte Salik harmlos.

„Ich bin Student."

„Ah, beneidenswert. Was studieren Sie denn genau? Heute keine Vorlesung?"

„Ich studiere Mathematik an der Uni Koblenz. Und nein, heute habe ich keine Vorlesung."

Salik spitzte die Ohren. In einem der anderen Zimmer begann es, zu rumoren. Wahrscheinlich im Schlafgemach. Jens Schmitz sprang auf, aber es war bereits zu spät. In der Küchentüre erschien eine hochgewachsene, schlanke Dame. Nackt, wie Gott sie erschaffen hatte. Schlagartig glich sich die Gesichtsfarbe des prädestinierten Hofnarren der seiner Haare an.

„Was für ein wundervoller Beruf." Während Philipp seinen Kollegen gegen das Schienbein trat, lehnte Salik sich zurück und genoss den Anblick. Den von Jens und den der attraktiven Frau.

Helmut Günther lief auf dem Gelände seiner Firma hin und her. Er schaute hier und schaute dort, sortierte hier etwas um und stapelte dort etwas auf. Verwickelte hier einen seiner Monteure in ein Gespräch und polierte dort an einem der Firmenfahrzeuge herum. Er fühlte sich wie Falschgeld. Was nebenbei bemerkt eine hübsche Verkleidung für die Fußtruppe der *Grün-Weißen* für den nächstjährigen Rosenmontagszug wäre. Dieses Jahr waren sie als Möhren unterwegs. In kuscheligen Anzügen in knackigem Orange und mit Stoffstreifen auf den Köpfen, die frisches Grün darstellen sollten. Sah nett aus. Und witzig. Die grünen Büschel hüpften beim Gehen oder Tanzen fröhlich auf und ab und brachten Bewegung in die Truppe.

Helmut sehnte sich nach seinem Sofa. Leider war Hilde, die zunehmend aufbrausend auf die Geschehnisse reagierte, zu Hause. Sie hatte ihren Gatten mehr oder weniger hinausgeworfen. Egal, wo er war, sie war mit dem Staubsauger um ihn herumgewuselt. Helmut konnte sich des Eindrucks, dass sie ihn gerne mit eingesaugt hätte, nicht erwehren. Irgendwann hatte er sich ihrem stummen Wunsch, er möge verschwinden, gefügt. Schließlich hatte er ohnehin in seine Firma fahren wollen. Oder Corinna suchen wollen? Oder sich mit Sven treffen wollen? In was war er da bloß hineingeraten? Seine Verwirrung war im Grunde nicht mehr zu steigern, er aber andererseits dazu verdammt, seine Gedanken zusammenzuhalten.

Fastnachtssamstag stand vor der Tür, bis dahin waren es gerade noch fünf Tage. Es wurde dicke Zeit, sich mit dem Präsidenten und dem Geschäftsführer zusammenzusetzen, um die letzten Einzelheiten abzustimmen. Am Freitag war Generalprobe, da musste der Ablauf sitzen. Die Sponsoren erwarteten Dank und Anerkennung, ins Auge fallende Banner und sowohl die präsidiale, als auch die prinzliche Aufmerksamkeit. Es galt, die Prinzenorden zu verteilen und für die Sitzung seiner eigenen Gesellschaft eine Rede mit Witz und Esprit zu entwerfen. Die Akteure mussten gelobt, die Pflege des heimischen Brauchtums gewürdigt und die Presse hofiert werden.

Mit Schwerdonnerstag hatte er zum Glück nicht viel zu tun, das war der Tag der Weiber. Natürlich würde er auf den Möhnen-Sitzungen unterwegs sein. Er würde sich, von mutigen Männern unterstützt, dagegen wehren, dass die Frauen die Herrschaft über die Stadt an sich reißen würden. Letztendlich würden die närrischen Weiber obsiegen und das war ihm mehr als recht. Danach konnte er sich an das halten, was ihm von den holden Damen vorgegeben wurde, ohne sein eigenes Hirn allzu sehr strapazieren zu müssen. Dann die Prunksitzung. Anschließend musste der Rosenmontag über die Bühne gebracht werden. Der Höhepunkt der Straßenfastnacht mit den eigens für ihn gefertigten Keksen und anderem Wurfmaterial. Er auf seinem Wagen und seine Confluentia auf ihrem. Seine Gedanken flogen zurück zu Corinna.

Verflixt, er musste in Erfahrung bringen, wo sie sich aufhielt und ob es ihr gutging. Außerdem gab es noch etwas, worum er sich kümmern musste. Vielleicht konnte man die Dinge miteinander verbinden. Er fasste den Entschluss, zu Fuß zu gehen. Ein bisschen frische Luft würde ihm guttun.

Ganz Kavalier der alten Schule hatte Jens Schmitz dafür gesorgt, dass die weiblichen Reize der gutaussehenden Dame den Blicken der Kommissare entzogen wurden. Kurzentschlossen hatte er ihr seinen Morgenmantel übergeworfen. Jetzt stand er im Adamskostüm da, was die Sache nicht wirklich besser machte.

„Was für ein schrecklicher Beruf“, stöhnte Salik leise, während Philipp nicht anders konnte, er musste seinen Kollegen angrinsen.

„Ich ziehe mir mal was über“, stammelte Jens.

„Eine wunderbare Idee“, bestätigte Salik. „Darf ich fragen, wer Sie sind, gnädige Frau? Wir sind übrigens von der Polizei.“

Philipp beobachtete die Dame, die ihm irgendwie bekannt vorkam, genau.

„Ich bin Corinna Köpke.“ Verlegen trat sie von einem Fuß auf den anderen.

„Ach was", platzte es aus Philipp heraus. „Die verschwundene Confluentia. Sie steht leibhaftig vor uns. Wie schön, dass es Ihnen offensichtlich an nichts mangelt. Verzeihen Sie meine Neugier, aber seit wann halten Sie sich bei Herrn Schmitz auf?"

Ein Klingeln an der Tür verhinderte vorerst die Beantwortung der Frage.

„Ich gehe öffnen", teilte Salik mit. Kurz darauf erschien er in Begleitung eines Mannes wieder in der Küche.

„Corinna", rief der Mann erstaunt aus.

„Helmut", schallte es nicht weniger erstaunt zurück.

„Herr Kirchner."

„Herr Günther."

„Jens!"

„Helmut."

„Philipp", Salik gab seinem Drang, unbedingt mitmischen zu müssen, nach.

„Salik!" Sein Kollege machte zu gerne mit.

Was für eine herrliche komödiantische Einlage, Slapstick pur, dachte der gebürtige Kosovare, der sich köstlich amüsierte.

„Corinna, was machst du in Jens' Wohnung?", stotterte Prinz Helmut der Erste von der Sicheren Seite, der sich in diesem Moment besser in „Helmut der Erste von der Unsicheren Seite" umbenannt hätte.

„Dasselbe könnte ich dich fragen" warf die Confluentia den Ball ohne zu zögern zurück.

„Ich bin hier, um Jens mitzuteilen, dass er für den Rest der Session Hofnarr wird, wenn er will. So, jetzt du."

„Mensch, Helmut, erstens weiß ich das bereits von Bernd und nach was sieht das denn zweitens aus?" Jens Schmitz schüttelte den Kopf.

„Du und Corinna? Also … ihr zwei? Das gibt es doch nicht. Corinna, du könntest seine Mu…"

„Helmut, wenn ich dich bitten darf, dich zu beherrschen", giftete die Confluentia aufgebracht. „Auf dumme Sprüche kann ich im Moment wunderbar verzichten. Ich könnte durchaus nicht seine Mutter sein. So alt bin ich nun auch wieder nicht."

„Da bin ich aber mal gespannt, was Charlie zu dieser Allianz sagt. Er hat mich im Verdacht, etwas mit dir zu haben", teilte Helmut mit.

„Mit dir?" Das Entsetzen auf Corinnas Gesicht war unübersehbar.

„Ja, und dermaßen abwegig finde ich diesen Gedanken nun auch wieder nicht." Helmut reagierte beleidigt. „Naheliegender als eine Affäre mit diesem Milchbubi wäre es durchaus."

Jens besaß die Nerven, diese Feststellung unkommentiert durch den Raum schweben zu lassen. Salik machte dem jungen Mann im Stillen ein Kompliment.

„Was fällt dir ein, du eifersüchtiger Gockel? Wir haben keine Affäre." Nun verlor jedoch die Confluentia die Fassung.

„Oh, es ist also was Ernstes", ätzte ihr Prinz.

„Herrschaften, bitte." Philipps Tonfall ließ keinen Zweifel daran, dass er dem Geplänkel ein Ende bereiten wollte. „Zurück zu meiner Frage. Seit wann halten Sie sich bei Herrn Schmitz auf, Frau Köpke?"

„Seit Freitagabend."

„Herr Schmitz? Haben Sie dem etwas hinzuzufügen? Im Lichte Ihrer ersten Aussage?"

„Ja, was Corinna sagt, stimmt. Wir sind seitdem zusammen in meiner Wohnung."

„Nur, damit ich das richtig verstehe. Ununterbrochen?"

„Ja, ich war nur mal kurz einkaufen. Ich hatte schließlich nicht mit Besuch gerechnet."

„Wann war das?"

„Am Samstag gegen eins, oder?" Jens sah fragend in Richtung Confluentia.

„Genau. Etwa eine halbe Stunde später warst du zurück."

„Weil ihr miteinander rummachen müsst, stehe ich alleine auf der Bühne rum? Ich fasse es nicht. Was habt ihr euch dabei gedacht? Hat Horst wohl doch recht mit seiner Meinung, dass du als Confluentia eine totale Fehlbesetzung bist“, polterte Helmut. „Und das, meine liebe Corinna, ist für mich wirklich schlimmer als alles andere, was in den letzten Tagen geschehen ist.“

„Dass ich dich am Samstag und danach im Stich gelassen habe, hat mit Jens nicht das Geringste zu tun.“ Die Stimme der Confluentia hatte ihren vollen Ton verloren. „Es geht um etwas gänzlich anderes.“

„Ach nein. Um was denn?“

„Das würde uns auch brennend interessieren, Frau Köpke.“ Philipp und Salik bestanden im Grunde nur noch aus ihren weit aufgesperrten Ohren.

Achim stand an dem schmutzigen Fenster seines Büros. Durch den Dreck hindurch betrachtete er die Mosel. Die Aussicht war getrübt. Galt das auch für seine Sicht auf die Dinge? Er hatte ein langes Telefonat geführt. Das Gespräch hatte ihn aufgewühlt. Vor allem hatte ihn die andere Seite bedrängt, endlich eine Entscheidung zu treffen. Unter dem Hinweis, dass das verlockende Angebot sonst einem zweiten Kandidaten unterbreitet werden würde. Sein Gesprächspartner hatte sich nicht verkneifen können den Hauptkommissar darauf hinzuweisen, dass eine solche Chance, verbunden mit einem derartigen Karrieresprung, für Männer in seinem Alter durchaus selten sei. Ganz abgesehen davon, dass er wesentlich mehr Geld nach Hause bringen würde. Für was und mit wem würde er den finanziellen Segen ausgeben? In welches Zuhause würde er es tragen, hatte Achim sich gefragt.

Wo war das im Moment überhaupt? Bei sich in der Beatus- oder doch eher bei Jana in der Kurfürstenstraße? Sollte er die Offerte des Bundeskriminalamtes annehmen, würde er ohnehin nach Wiesbaden umziehen müssen. Er war nicht der Typ, der sich stundenlang auf verstopften Autobahnen herumtrieb, um zur Arbeit und wieder von ihr weg zu kommen. Diese neue Tätigkeit würde sich in der Abteilung für Schwere und Organisierte Kriminalität abspielen. Dort beschäftigte man sich mit Cyber-, Gewalt-, Schwer- und Eigentumskriminalität. Außerdem mit Verbrechen, bei denen Rauschgift eine Rolle spielte und Straftaten im Bereich der Wirtschafts- und Finanzwelt.

Ohne Zweifel abwechslungsreich und spannend. Denn von einem war er überzeugt: Um der Energie und der schier endlosen Fantasie der glänzend organisierten Kriminellen etwas entgegenzusetzen, mussten neue Wege gegangen werden. Insbesondere auf dem weiten Feld des Internets waren die Verbrecher ihren Verfolgern meilenweit voraus. Da arbeitete die Polizei im Gegensatz zu ihren Herausforderern oftmals ohne Netz und doppelten Boden. Das musste unbedingt geändert werden und er würde gerne seinen Teil zur Verbesserung beitragen. Netzwerken war eines der Zauberwörter.

Dazu kamen die ständige, auch direkte, Zusammenarbeit und der Austausch mit ausländischen Diensten, eine Aufgabe, die Achim besonders reizte. Bloß: Es würde alles ändern. Wenn es gut lief, benötigte man für den Weg mit dem Auto über die A 3 eine Stunde und zehn Minuten. Oft genug lief es allerdings schlecht. Dann verbrachte man wertvolle Zeit im stehenden Wagen. Außerdem handelte es sich bei diesem Job um keinen, der von neun bis fünf zu erledigen war. Achim machte sich in dieser Hinsicht keine Illusionen. Einen geregelten Feierabend mit dem Ablegen des Kulis pünktlich um siebzehn Uhr von Montag bis Donnerstag, Freitags um dreizehn Uhr, würde es im BKA nicht geben.

Es war zum Verzweifeln. In einer Sekunde war der Hauptkommissar fest entschlossen, die Stelle anzutreten, in der nächsten, sie abzulehnen. Bis heute war ihm unklar, was ihn dazu getrieben hatte, sich auf den Job zu bewerben. Wahrscheinlich wollte er herausfinden, wie hoch sein Marktwert noch war. Erfreulicherweise rangierte er am oberen Wert der Skala. Nach seinem Vorstellungsgespräch hatte man ihm sofort zu verstehen gegeben, dass man an ihm hochinteressiert sei. Darüber hatte Achim sich ehrlich gefreut. Wenn er Ja sagen würde, könnte er am ersten Mai seine neue Arbeitsstelle antreten. Das BKA erwartete seine Antwort.

Die Frist, die ihm von Wiesbaden gesetzt worden war, lief allmählich ab. Eines wollte Achim auf keinen Fall: Sie durch sein Schweigen verstreichen lassen. Er hatte sich in diese Lage hineinmanövriert, nun musste er sehen, wie er die offenen Fragen klärte und mit den sich dann ergebenden Konsequenzen fertig wurde. Gerade schlug das Pendel wieder deutlich in Richtung des Stellungswechsels aus. Wenn er noch einmal etwas Neues anfangen wollte, dann jetzt. Wann sonst? In zwei oder drei Jahren brauchte er sich darüber keine Gedanken mehr zu machen. Wie würde er sich fühlen, wenn er diese Riesenchance ausschlug? Wie von selbst griff seine rechte Hand zum Telefon. Dieser Moment der Entschlossenheit schrie danach, ausgenutzt zu werden. Wieder meldete sich die Stimme am anderen Ende der Leitung in Sekundenschnelle.

„Ich mache es, ich komme zu euch", sagte Achim rasch, ehe ihn der Mut wieder verließ.

„Was machst du und wohin gehst du?"

Der Hauptkommissar ließ vor Schreck den Hörer fallen. Er hatte überhaupt nicht mitbekommen, dass jemand das Zimmer betreten hatte.

Kapitel 11

Confluentia Corinna hatte indessen ihre Hände tief in den Taschen des flauschigen Morgenmantels ihres jungen Liebhabers vergraben. Ihre Lippen waren verkrampft, den Kopf hielt sie gesenkt. Ein Bild des Jammers.

„Sag es endlich." Jens strich seiner Freundin zärtlich über die Haare. „Danach geht es dir bestimmt besser."

„Ja. Lieber Helmut", Corinna wandte sich direkt dem Prinzen zu.

„Du hast Dominik umgebracht", stammelte Helmut ungläubig.

„Was?" Die Confluentia schrie erschreckt auf. „Nein was für ein Quatsch. Natürlich bin ich völlig unschuldig."

„Menschenskinder, was denn dann?" Man sah Helmut an, dass er den Ort des Geschehens am liebsten im Galopp verlassen hätte.

„Ich bin pleite." Corinnas Stimme klang mitleiderregend.

„Äh, bitte wie?" Philipp verstand nur Bahnhof. Das sollte jetzt eine sensationelle Enthüllung sein?

„Du meine Güte. Das ist ja verheerend." Der Prinz sank schreckensbleich auf einen Stuhl. Offenbar besaß das Geständnis eine Brisanz, die den Kommissaren momentan verborgen blieb. „Sag. Wie blank bist du? Wie schlimm steht es um dich?"

„Total blank. Ich habe keinen einzigen müden Cent mehr. Ich kann meinen finanziellen Verpflichtungen als Confluentia nicht mehr nachkommen. Es tut mir sehr, sehr leid."

„Verzeihung, Ihre Geldnöte sind der Grund für Ihr Verschwinden?" Für Philipp blieben die Zusammenhänge nach wie vor geheimnisvoll.

„Zum Teil. Ich habe die monetären Ausmaße vollkommen unterschätzt. Alleine die Kleider kosten ein Vermögen. Haben dir Bernd oder Matthias nicht mitgeteilt, dass ich mit den Zahlungen enorm im Rückstand bin?"

„Nein." Der Prinz schüttelte den Kopf.

„Das wundert mich. In der letzten Woche haben sie sich mit Anrufen bei mir abgewechselt. Von den E-Mails ganz abgesehen. Ich habe mich geschämt. Ich wollte den beiden keinesfalls irgendwo begegnen. Ich wollte weder dir noch unserer Gesellschaft schaden, Helmut, aber mir ist der Spaß gründlich vergangen. Ich war gezwungen, die Notbremse zu ziehen. Außerdem war ich fest davon überzeugt, du wüsstest Bescheid."

„Warum hast du dich mir nicht anvertraut? Ich hätte dir helfen können. Du weißt, ich hätte es gerne getan."

„Siehst du. Genau darauf möchte ich verzichten. Schließlich ist es meine Schuld. Ich habe mir eingebildet, Prinzessinnen bekämen alles bezahlt. Dass exakt das Gegenteil der Fall ist, habe ich zu spät verstanden."

„Jetzt sind wir vollständig der Lächerlichkeit preisgegeben. Diese Session ist ein einziger Albtraum. Warum dein Mann dir nicht unter die Arme greifen wollte, brauche ich ja nicht mehr zu fragen." Helmut warf einen eindeutigen Blick in Richtung Jens.

„Ha-ha." Die Confluentia lachte lauthals. „Wenn Charlie erfährt, dass ich ihn wegen Jens verlasse, wäre er froh, ich hätte etwas mit dir angefangen, glaub mir. Aber ja, du hast völlig recht, mein Mann hat es genossen, dass ich knietief im Verhängnis stecke."

„Er hat sich Sorgen um dich gemacht, Corinna."

„Quatsch, Helmut. Er hat das gesagt, was du von ihm erwartet hast. Hätte er dir mitteilen sollen, dass er freudvoll bemerkt hat, dass ich aus unserem Haus verschwunden bin?"

„Wie kannst du so etwas behaupten?" Der Prinz wirkte konsterniert. Überfordert. Ratlos.

„Ich bin ihm zu anstrengend. Ihm fehlt der Spaß am Ausgehen, am Tanzen, ihm fehlt die Lust, Neues zu erleben. Ein schöner Tag bedeutet für ihn, auf dem Sofa zu sitzen und die Bundesliga im Bezahlfernsehen zu schauen. Dafür, mein lieber Helmut, fühle ich mich zu jung."

„Ja, dann bist du bei diesem Gigolo natürlich bestens aufgehoben."

„Komisch, ich hatte immer den Eindruck, dass du Jens magst."

„Ach Gott, Corinna, das ist auch so. Ich muss einfach mit dieser Überraschung fertigwerden. Wenn du mir erlauben würdest, dir Geld zur Verfügung zu stellen, könnten wir den Rest der Session vielleicht noch einigermaßen retten. Jens wäre als Hofnarr dabei. Bitte überlegt es euch. Es wäre wichtig für mich. Wir können ohnehin nur noch Schadensbegrenzung betreiben."

Die Confluentia und der zukünftige Hofnarr bewegten unentschlossen die Köpfe. Aus der Geste waren weder Zustimmung noch Ablehnung herauszulesen.

„Das ist wirklich hochinteressant", mischte sich Salik ein, der wie Philipp stumm zugehört hatte. „Aber eines möchten wir gerne noch erfahren. Wusste Dominik von Ihren Geldnöten und welche Konsequenzen aus ihnen erwachsen würden, Frau Köpke?"

„Einen Augenblick meine Herren."

„Achim! Was für ein mieses Spiel treibst du hinter unser aller Rücken?" Jana und ihr Dackel hatten vor dem Schreibtisch des Hauptkommissars Stellung bezogen. Die Ermittlerin hatte eine Papiertüte mit Mandelhörnchen auf die Platte geknallt. Sie hatte das süße Gebäck als Friedensangebot mitgebracht. Wie dumm konnte man eigentlich sein, fragte sie sich, wütend auf sich selbst. Während ihr Gesicht sich allmählich mit Zornesröte überzog, fletschte Henry empört die Zähne.

„Jana bitte, könnten wir das später …“

„Oh nein, Freundchen, oh nein. Hier wird gar nichts später geklärt, jetzt wird alles sofort erledigt. Eine einzige Ausrede, mein Lieber, und sei sie noch so klein, und es gnade dir Gott.“

Die Oberkommissarin meinte es ernst. Achim presste seine Kiefer aufeinander. Das Versteckspiel war vorbei. Er atmete tief ein. „Lass uns wenigstens einen Kaffee trinken gehen.“

„Du trinkst keinen Kaffee.“

„Normalerweise hast du recht, aber ist das gerade eine normale Situation?“

„Für die letzten Wochen sehr wohl“, erwiderte Jana eisig. „Ich warte.“

„Ich habe mich dazu entschlossen,“ Achim räusperte sich, „eine neue Herausforderung anzunehmen.“

„So, so.“ Der hämische Einwurf seines Frauchens wurde von Henrys tiefem Bellen unterlegt. „Darf man erfahren, wo diese neue Herausforderung beheimatet ist?“

Der Hauptkommissar zog seine Oberlippe unter die Schneidezähne, ein kläglicher Versuch, der Antwort zu entgehen. „In Wiesbaden“, gab er schließlich zu. „Beim BKA.“

„Meinen herzlichsten Glückwunsch. Wieso war es nötig, daraus ein derartiges Versteckspiel zu machen?“

„Weil es alles ändert, auch für uns.“

„Für uns? Für uns hat sich bereits jede Menge geändert, seit du dich dazu entschlossen hast, unter die Geheimniskrämer zu gehen. Ich hatte wirklich gedacht du hättest dieses dämliche Verhalten endlich abgelegt. Den einsamen Wolf, der heulend durch die Wälder streift und sämtliche Entscheidungen alleine trifft.“

„Ich wollte dich nicht damit belasten.“

„Was für ein Schwachsinn, du wolltest dich nicht belasten. Dir geht schlicht jegliches Talent für eine vernünftige Konfliktbewältigung ab. Ich hoffe du bist angemessen zufrieden mit deiner Leistung. Wann erwartet man dich denn in Wiesbaden?“

„Am ersten Mai.“ Achim fühlte sich zusehends schlechter. Ihm schwante, dass in Koblenz mehrere Türen gleichzeitig ins Schloss fallen würden. Vor ihm und hinter ihm.

„Wie gedenkt unsere entscheidungsfreudige Personalabteilung, deine Nachfolge zu regeln?“

„Wau-wau.“ Der Dackel konnte anscheinend die Antwort ebenfalls kaum erwarten.

„Das stimmt völlig, Henry, schlechter als Achim würdest du die Abteilung auch nicht führen.“ Jana beugte sich zu ihrem Hund hinunter und streichelte ihn hinter den Ohren.

„Ich denke, sie werden die Stelle ausschreiben.“

Es klopfte an der Tür, was die Oberkommissarin ignorierte. „Gut. Wie stellst du dir bis zu deinem Abgang die Arbeit innerhalb unseres Teams vor?“

„Was heißt denn Abgang?“ Philipps erstaunte Stimme eroberte den Raum. Hinter ihm tauchte Salik auf, nicht minder verblüfft.

„Unser Abteilungsleiter verlässt uns“, klärte Jana ihre Kollegen auf. „Er wechselt nach Wiesbaden ins Bundeskriminalamt. In ungefähr drei Monaten sind wir ihn los. Vielleicht auch früher, wenn er noch ein wenig Urlaub nimmt. Immerhin hatte er schon seit Ewigkeiten keinen mehr. Ich bin zwar gerade ausgiebig an der frischen Luft spazieren gegangen, aber ich befürchte, ich brauche noch eine Schippe mehr davon.“ Henrys zustimmendes Kläffen war zu hören, bis die Tür des Aufzugs sich hinter ihm und seinem Frauchen geschlossen hatte, danach senkte sich unheilvolle Stille über Achims Schreibtisch.

„Alles Gute“, war der einzige Kommentar, den Philipp ihm an den Kopf warf, bevor er verschwand.

Salik schwieg, aber auf seinem Gesicht war deutlich zu lesen, für was er den Hauptkommissar hielt, nämlich für einen ausgemachten Idioten. Und das durchaus seit Längerem. Ohne ein Wort lief er Philipp hinterher.

Achim ballte die Fäuste. Das hatte er nun von seiner Vermeidungsstrategie. Schlimmer konnte es kaum kommen. Diese Verwicklungen würden sich nicht durch ein einfaches Abendessen entwirren lassen. Er hatte eine Niederlage auf ganzer Linie erlitten. Am heftigsten traf ihn, dass er das Vertrauen seines Teams verloren hatte. Und das des Dackels wohl auch. Auf eine Aussöhnung mit Jana brauchte er in den nächsten Tage nicht zu hoffen. Wenn man es fertiggebracht hatte, es sich mit der Oberkommissarin zu verscherzen, ließ sich das nicht von jetzt auf gleich aus der Welt schaffen. Achim schielte zu der Tüte mit den Hörnchen.

Er öffnete sie und schnupperte. Wenn etwas vermochte ihn zu trösten, dann der Duft von süßem Blätterteig. Aber selbst die Aussicht auf das köstliche Backwerk verfehlte heute ihre Wirkung. Er verspürte keinerlei Lust, hineinzubeißen. Eine für ihn ungewohnte Erfahrung. Er fühlte sich schlecht, unglaublich schlecht. Ein Silberstreif am Horizont war meilenweit nicht in Sicht. Wie kam er aus dieser fürchterlichen Lage wieder heraus?

Auf seinem Rechner ploppte eine eingehende E-Mail auf. Als ob das Gerät seine stumme Frage wahrgenommen hätte. Das Bundeskriminalamt freute sich über seine Zusage und teilte mit, dass es die weiteren Details mit der personalverantwortlichen Abteilung des Polizeipräsidiums Koblenz klären werde. Wie schön. Achim fuhr seinen Computer herunter. Er steckte die an der Misere unschuldigen Mandelhörnchen ein. Es waren die leckeren, knusprigen mit den Ecken, die mit dunkler Schokolade überzogen waren. Eine derartige Köstlichkeit ließ man nicht zurück, so appetitlos man im Augenblick auch sein mochte. Anschließend verließ er seine Arbeitsstelle. Es wurde Zeit, dass dieser unvergessliche Tag zu Ende ging. Am besten in Begleitung mehrerer Liter Weizenbier. Die stellten wenigstens keine Fragen.

„Was für ein Vollhonk“, zürnte Philipp. „Wie konnte er uns das antun? Kein Wort zu seinen Plänen und kein Wort zu deiner Rückkehr. Was hat er sich dabei gedacht?“

„Dass die Angelegenheit sich irgendwie in Wohlgefallen auflösen wird, ohne dass er sich aus seiner stillen Ecke rausbewegen muss“, mutmaßte Salik.

„Aufgelöst hat sie sich, bloß das mit dem Wohlgefallen hat nicht funktioniert. Was hat den nur geritten?“ Der Oberkommissar war kaum zu beruhigen. „Was glaubt er denn, wer er ist? Und wer wir sind? Lauter Deppen anscheinend. Und was meint er, wie es nun weitergeht?“

„Ich finde, dass wir uns darüber Gedanken machen müssen und nicht Achim. Er verlässt uns, aber wir bleiben. Wir haben eine Aufgabe zu erledigen. Lass uns zur *Mehrwertinvest* gehen.“

„Du hast recht, mein Freund.“

Die beiden Kollegen marschierten schnellen Schrittes Richtung Hohenfelder Straße. Da Salik sich in dem Versicherungsunternehmen bereits auskannte, überraschten sie wenig später Winfried Wagner an seinem Schreibtisch.

„Oh nein, was wollen Sie schon wieder?“, stöhnte dieser.

„Wir haben eine Frage zu einem Versicherungsvertrag. Hier haben wir die Bevollmächtigung der Versicherungsnehmerin, dass wir uns bei Ihnen erkundigen dürfen.“ Philipp reichte Winfried Wagner die Einverständniserklärung Corinna Köpkes. „Wir würden gerne einen Blick in die Unterlagen werfen.“

„Warum?“

„Weil Ihr Unternehmen von Frau Köpke gebeten wurde, ihr ihre Lebensversicherung auszuzahlen. Ihr Mitarbeiter Dominik Geiermann scheint das verhindert zu haben.“

„Diese Entscheidung liegt außerhalb von Dominiks Zuständigkeit. Er ist für eine funktionierende EDV da, keinesfalls für irgendwelche Auszahlungen.“

„Offenbar hat er Einfluss genommen.“

„Aus welchem Grund sollte er das getan haben?“

„Herr Wagner, zeigen Sie uns einfach die Vorgänge. Oder ist das ein Problem für Sie?“

„Eigentlich schon." Der Abteilungsleiter gab etwas in seinen Computer ein und winkte die Ermittler auf seine Seite des Schreibtischs. „Aber weil Sie es sind. Bitte sehr."

„Danke schön." Philipp und Salik beugten sich über den Monitor.

„Ich ähm", Winfried Wagner führte einen kleinen Verlegenheitstanz auf. Die Situation schmeckte ihm keinesfalls. Er steppte eins nach links, zwei nach rechts, eins nach links. „Ich würde dann einen Kaffee trinken gehen."

„Wie Sie möchten. Nur damit wir uns richtig verstehen: Dies ist kein Versuch, Sie zu verscheuchen", stellte Salik klar.

„Um Himmels willen, das ist mir doch bewusst. Ich möchte Sie halt in Ruhe arbeiten lassen."

„Sehr freundlich von Ihnen."

Wie ein geölter Blitz verschwand Winfried Wagner aus seinem Büro. Philipp und Salik konnte das nur recht sein. Konzentriert klickten sie sich durch die Versicherungsakten von Corinna Köpke. Seit mehreren Jahren besaß sie eine Lebensversicherung, auf die sie bis dato fünftausend Euro angespart hatte. Dominik Geiermann hatte sie offensichtlich in Zusammenarbeit mit einem Kollegen aus der Fachsparte vor einem Jahr dazu gebracht, ihre monatliche Prämie deutlich zu erhöhen. Vor zwei Wochen hatte die Confluentia um die Auszahlung des bisher Gesparten plus der Zusatzleistungen gebeten. Die entsprechende Mitteilung war bei Dominik eingegangen, nicht bei seinem Kollegen. Allem Anschein nach, weil man sich kannte. Sie begann nämlich mit den Worten *Lieber Dominik.*

Der liebe Dominik hatte in der Folge mehrere Nachrichten an Corinna geschickt. Immer mit einem anderen Grund, warum die Überweisung der Versicherung auf ihr Konto leider, leider noch etwas Zeit in Anspruch nehmen würde. Bis schließlich die Information kam, dass eine Auszahlung im Moment unmöglich sei, weil: *die Versicherungsnehmerin seit der letzten Änderung des Vertrages nicht genug Prämien einbezahlt hat.* Was die wütende Confluentia zum Verfassen einiger zorniger Schreiben, gespickt mit etlichen Kraftausdrücken, trieb. Wobei der Begriff Hofnarr noch zu den harmloseren gehörte. Corinna hatte den Ermittlern gestanden, dass der IT-Spezialist um ihre finanzielle Notlage wusste und ihr anfangs versichert hatte, ihr helfen zu wollen und zu können.

„Dominik hat sich ziemlich angestrengt, Corinna ihr Amt als Confluentia gründlich zu verderben", stellte Philipp fest. „Sieht ganz nach Absicht aus. Aber warum hat sie sich, statt sich an eine höhere Stelle zu wenden, von Dominik immer wieder abwimmeln lassen?"

„Sie wird im Stress gewesen sein. Seit Wochen jagt eine Sitzung die andere."

„Das stimmt. Ich stelle fest, du kennst dich mit den närrischen Gepflogenheiten in dieser Gegend besser aus als ich, obwohl du im Kosovo geboren bist."

„Du weißt, es ist mir ein Bedürfnis, die Sitten meiner neuen Heimat möglichst genau kennenzulernen."

„Das gelingt dir ausgesprochen exzellent."

„Danke. Dir ist schon klar, dass uns ein Eins-a-Motiv auf einem Goldteller serviert worden ist?"

„Auf den ersten Blick magst du recht haben. Auf den zweiten bin ich der Meinung, dass ihr das bewusst gewesen sein muss, als sie uns davon erzählt hat. Ich glaube ihr, dass sie dem Karnevalsdurcheinander und ihrer Misere entkommen wollte. Dass sie sich einfach nicht mehr anders zu helfen wusste. Dass sie zu ihrem Freund geflüchtet ist, um sich mit ein paar Streicheleinheiten verwöhnen zu lassen. Ich finde, die zwei sehen hübsch zusammen aus."

„Ja, da ist was zwischen den beiden. Das habe ich auch gespürt. Eine deutliche emotionale Bindung. Es sei ihnen gegönnt."

„Unbedingt. Wie viele Jahre mag sie älter sein als er?"

„Zwanzig?", vermutete Salik. „Spielt aber keine Rolle, oder?"

„Nicht die geringste."

„Das hast du hervorragend gemeistert." Jens küsste behutsam Corinnas Fingerspitzen. Er freute sich, mit der Dame seines Herzens endlich, von Prinz und Polizei ungestört, alleine sein zu dürfen. „Geht es dir besser?"

„Auf alle Fälle. Es ist wunderbar, dich an meiner Seite zu haben. Außerdem ist es wunderbar, dass Helmut Bescheid weiß und dass er uns trotzdem unterstützen möchte. Wir können seine Hilfe im Moment gut gebrauchen. Deshalb sollten wir sie annehmen."

„Du willst wieder einsteigen ins laufende Karnevalsgeschäft? Beziehungsweise auf die Bühnen dieser Stadt steigen? Das wäre ja fantastisch. Wir zwei zusammen im Rampenlicht." Jens lachte unbeschwert.

„Ja, ich habe richtig Lust dazu. Vielleicht ergibt sich die Chance, meine vorübergehende Abwesenheit irgendwie zu erklären."

„Wenn das überhaupt nötig ist. Solange keiner fragt, hüllen wir uns in Schweigen."

Die beiden konnten es nicht ahnen, aber diese Strategie war bereits zum Zeitpunkt ihrer Unterhaltung Makulatur. Denn in diesem Moment fand die äußerst kurzfristig einberufene Pressekonferenz der *Grün-Weißen* statt. Auf dem Podium hatten Bernd, der Präsident, und Matthias, der Geschäftsführer, Platz genommen. Letzterer deutlich schlecht gelaunt. Sie trugen auf ihren grünen Jacken schwarze Schleifen als Zeichen der Trauer. Davor lauerten die versammelte Koblenzer Pressemeute sowie die überregionalen Bunten Blätter, ergänzt durch die ebenso bunten Gesellschaftsmagazine diverser Fernsehanstalten in gespannter Erwartung. Ein toter Hofnarr, da musste man dabei sein. Etwas derart Aufregendes gab es nicht alle Tage. Die Kameras waren aufgebaut, die Mikros ausgerichtet und die Tablets einsatzbereit.

„Meine Herrschaften", hob Bernd an, „ich freue mich über Ihr zahlreiches Erscheinen und danke Ihnen für Ihr Interesse. Wie mittlerweile bekannt sein dürfte, hat es in unserer prinzenstellenden Gesellschaft einen tragischen Zwischenfall gegeben. Unser Hofnarr, Dominik Geiermann, ist einem Anschlag auf sein Leben zum Opfer gefallen. An dieser Stelle gilt unser Mitgefühl zunächst seiner Verlobten und seiner Familie, denen gegenüber ich unser herzlichstes Beileid aussprechen möchte. Dominik hat in dieser Session ein wichtiges Amt übernommen. Als Schelm war er dafür verantwortlich, Frohsinn und Stimmung vor dem Auftritt des Prinzenpaares in die Narrhalla zu bringen. Diese Aufgabe hat er vorzüglich erledigt."

Die Ausführungen des Präsidenten wurden durch ein deutlich hörbares Räuspern des Geschäftsführers gestört. Bernd drehte irritiert den Kopf.

„Ja, also“, fuhr er fort, „wie gesagt vorzüglich erledigt.“ Mit einem kurzen Seitenblick auf Matthias versicherte er sich, dass von dort kein weiteres Störfeuer abgeschossen wurde. „Sie alle werden sich nun fragen, wie es mit der Karnevalssession, die sich mittlerweile auf der Zielgeraden befindet, weitergehen soll. Glauben Sie mir, diese Problematik hat auch uns, die Verantwortlichen der *Grün-Weißen Karnevalsgesellschaft*, beschäftigt. Wir sind der festen Überzeugung, dass Dominik sich gewünscht hätte, dass die Session weitergeht. Er hätte gewollt, dass die Menschen das Brauchtum und den Karneval feiern. Deshalb werden wir sämtliche Veranstaltungen über die Bühne gehen lassen. Genauso, wie wir sie geplant haben. Bei diesen Gelegenheiten ist es uns ein Anliegen, Dominik ein würdiges Andenken zu bereiten. Vielleicht interessieren Sie Details zu unserem diesjährigen, wirklich außergewöhnlichen Prinzenorden?“ Der Präsident setzte auf die Taktik der Ablenkung.

„Was sagt denn die Familie des Verstorbenen zu diesen Absichten?“, ertönte die erste Frage aus den Pressereihen. Womit die Konferenz einen gänzlich anderen Verlauf nahm, als Bernd es gehofft hatte.

„Bitte?“

„Wie steht die Familie des toten Hofnarren zu Ihren Plänen, Herr Präsident?“, wiederholte der Journalist. „Er wird doch wohl eine gehabt haben. Eine Familie meine ich.“

Hilfesuchend wandte Bernd sich an Matthias, der den Kopf zur Seite drehte. In die von ihm abgewandte Richtung. Mit Dominiks Eltern hatte kein Mensch gesprochen, ging dem Präsidenten ein Licht auf. Diese Unterredung wäre seine Aufgabe gewesen. Was die Verlobte betraf, das Geplänkel mit Yvonne konnte kaum als Unterhaltung gewertet werden. Wie blamabel.

„Wir haben Dominik … ausreichend genug … gekannt“, Bernd sprach stockend, „um zu wissen, dass wir das Richtige tun.“

„Was seid ihr für bedauernswerte Figuren." Horst trampelte voll aufgerödelt in seiner Artilleristenuniform durch den Gang nach vorne. „Meine Herren und meine Damen, ich bin der Generalfeldmarschall der Artillerie. Das, was der Präsident hier von sich gibt, ist mehr als peinlich. Ein junger Mann kam ums Leben und er verpasst es, sich mit den Eltern in Verbindung zu setzen. Das liegt daran, dass er, im Gegensatz zu dem, was er Ihnen gerade erzählt hat, nie zu Dominik gestanden hat. Unser Hofnarr wurde, wie von unserem Prinzen, auch von dem Präsidenten gemobbt."

„Na, na, ich finde, es war genau umgekehrt." Der Vertreter der *Rhein-Zeitung* machte aus seiner Überraschung keinen Hehl. „Dominik Geiermann hat das Prinzenpaar mehr als einmal der Lächerlichkeit preisgegeben. Warum hat diesem Treiben niemand Einhalt geboten?"

„Mein Herr", Horst stürmte auf den aufmüpfigen Pressemann zu, „Sie haben etwas Grundsätzliches missverstanden. Im Karneval geht es darum, frech und witzig zu sein."

„Durchaus, bei Ihrem Hofnarren endete es allerdings in ehrabschneidenden Äußerungen. Welche Meinung vertreten Sie dazu, Herr Präsident? Und warum sind Ihr Prinz und Ihre Confluentia nirgendwo zu sehen? Was bei Corinna Köpke mittlerweile ohnehin die Regel darstellt. Weiß man, was mit ihr geschehen ist?"

„Sie ist verschwunden", verkündete Horst triumphierend. „Spurlos. Seit letzten Freitag hat sie niemand mehr gesehen. Was meiner Ansicht nach auch besser ist."

„Könnte es sein, dass Sie mit beiden Fällen etwas zu tun haben, Herr Generalfeldmarschall?"

„Ich? Was für ein Quatsch. Ich bin einer der wenigen, die den Karneval ernst nehmen."

Oh ja, bestätigte der Präsident stumm, das war exakt Horsts Schwierigkeit. Die leider immer mehr zum Problem der Gesellschaft wurde.

„Besteht in dieser Angelegenheit ebenfalls der Verdacht eines Verbrechens?"

„Verbrechen? Wohl kaum. Sie ist einfach nur die heimliche Geliebte unseres Prinzen von der Sicheren Seite.“

Gleichzeitig mit den sich endgültig überschlagenden Ereignissen überschlugen sich die Finger der schreibenden Zunft auf den Tasten der Tablets und Notebooks. Das traf den Geschmack der Presseleute ziemlich genau.

Bernd stand vor lauter Schreck der Mund offen. Warum wusste er von alldem nichts? Nach ein paar Augenblicken hatte er die Konfusion überwunden. Aller Augen waren auf Horst gerichtet. Dachte er zumindest. Der Präsident nutzte den Moment und stahl sich vom Podium. Er wurde nicht mehr gebraucht. War ohnehin von Anfang an eine Schnapsidee gewesen, diese bescheuerte Pressekonferenz. Überflüssig wie ein Kropf.

Kapitel 12

Jana saß auf ihrer Couch. In ihrer uralten, braunen Jogginghose, die ewig keine Kordel zum Zubinden mehr ihr Eigen nannte. Ihre Fleecejacke stand der Hose, was das Alter anging, in nichts nach. An den Füßen trug sie ihre heißgeliebten Plüschhunde. Trotzdem fröstelte sie. Außerdem bebte sie vor Zorn. Henry hatte seinen Kopf in den Schoß der Oberkommissarin gelegt und hob ihn ab und zu, um seinem Frauchen einen besorgten Blick zuzuwerfen. „Ach, mein Süßer“, Jana grub ihre Finger in das Nackenfell des Dackels. „Was für ein Mist.“

Ihr Vierbeiner winselte leise, bevor er ihre Hände abschleckte. „Was machen wir denn jetzt?“ Die Kommissarin musste zugeben, dass die Ereignisse sie verwirrt und betrübt zurückließen. Henry, entschlossen, eine Antwort zu geben, erhob und schüttelte sich. Dann drehte er sich ein paarmal um die eigene Achse, um sich anschließend auf den Rücken zu werfen. Sein Frauchen lachte auf. Noch klang ein wenig Traurigkeit mit, aber ihr vierpfotiger Gefährte hatte es geschafft, dass sie sich deutlich entspannte.

„Du bist also der Meinung, wir sollten tanzen, uns amüsieren, die Gegend unsicher machen und das Leben genießen?“, erkundigte sich Jana, während sie ihrem Dackel den Bauch kraulte. Der Hund bellte kurz. Was man nur als ein eindeutiges Ja deuten konnte. „Weißt du was? Du hast völlig recht. Wir gehen aus. Mit einem ausführlichen Gassigehen fangen wir an und danach schauen wir weiter. Soll Achim tun was er will, wir schaukeln unser eigenes Ding. Danke, mein Süßer."

Henry hüpfte fröhlich vom Sofa. Hätte er reden können, dann hätte er mitgeteilt, dass ihm die Entwicklungen durchaus gefielen. Es hatte immer wieder Situationen gegeben, in denen ihm der Lebensgefährte seines Frauchens suspekt vorgekommen war. Dass die Begebenheiten sich außerdem in die Richtung zu bewegen schienen, dass er bald wieder alleine mit Jana das Bett teilen würde, konnte er nur begrüßen. Seine unterstützenden Pfoten waren ihr jedenfalls sicher. Mit wedelnder Rute lief er in den Flur, in dem sein Halsband auf der Kommode lag. Von der Oberkommissarin war weit und breit nichts zu sehen. Henry lugte ins Bad und tatsächlich, da stand sie vor dem Spiegel, das Telefon am Ohr, während sie sich gleichzeitig die Haare kämmte. Mit wem mochte sie sich unterhalten?

Eine Viertelstunde später wurde der tierische Vorwitz zu seinem vollsten Wohlbefinden befriedigt. Jana hatte sich mit ihrer Freundin Sybille verabredet. Schön! Der Hund kläffte vor Freude, als Sybille vor der Tür auf die Kommissarin und ihren Dackel wartete, um mit ihnen den Abend zu verbringen. Schließlich hatte sie immer ein paar Leckerlis für ihn dabei. Zusammen mit den beiden Frauen ging es in Sybilles Auto auf Tour. Wohin mochte der Ausflug sie führen? Es dunkelte bereits und Frost lag in der Luft. Trotzdem fuhr Janas Vertraute Richtung Remstecken, einem ausgedehnten Naherholungsgebiet mit viel Wald und aufregenden Düften aus den Wildgehegen.

Henry freute sich, als sie zu dritt zu ihrem Spaziergang aufbrachen. Jana und Sybille hatten einander untergehakt. Die beste Freundin seines Frauchens hörte konzentriert zu, was die Kommissarin ihr zu berichten hatte. Der Hund musste zugeben, dass er nicht sonderlich aufmerksam bei der Sache war. Die Gerüche nach Reh, Wildschwein und Hirsch lenkten ihn doch zu sehr ab.

Auf der anderen Seite wusste er Jana bei ihrer Kameradin in guten Händen. Da durfte er sich ruhig ein wenig Zerstreuung gönnen. Dort hinten quiekte und grunzte es verheißungsvoll. Das musste er sich unbedingt genauer anschauen. Eines der jungen Wildschweine schien das ähnlich zu sehen. Jedenfalls kam es neugierig an den Zaun gelaufen und schnupperte erwartungsvoll.

Corinna und Jens trauten ihren Augen kaum, als sie Horsts Auftritt in den täglichen Meldungen von *RLP.tv* folgten. Der regionale Fernsehsender hatte es sich zur Aufgabe gemacht, die Einwohner von Koblenz und der Umgebung über interessante lokale Geschehnisse zu informieren. Jeden Tag gab es eine Stunde brandneue Nachrichten. Wenn eine Angelegenheit im Moment brandheiß war, dann dieses Zusammentreffen der *Grün-Weißen* mit der Presse.

„Guck mal, wie sich Bernd zur Seite weg rausschleicht. Was für ein Feigling." Corinna spukte Gift und Galle. „Der hätte Horst bremsen müssen. Stattdessen stiehlt er sich davon. Wir müssen dringend etwas unternehmen." Kaum war der Bericht über den Bildschirm geflimmert, war die Confluentia aufgesprungen und in ihre Schuhe geschlüpft.

„An was denkst du?"

„An irgendwas."

„Sorry, Corinna, aber der Plan scheint mir keinesfalls ausgereift genug zu sein."

„Stimmt." Jens' Freundin setzte sich wieder neben ihn. „Ob Helmut Bescheid weiß?"

„Falls nicht, wird sich das in den nächsten Minuten ändern."

„Als Erstes müssen wir zu Charlie." Corinna hatte einen Entschluss gefasst.

„Okay."

„Du kommst mit?"

„Selbstverständlich."

Die Confluentia fiel ihrem Geliebten um den Hals. „Du bist toll."

„Ich weiß", bestätigte Jens mit einem Zwinkern in den Augen. „Lass uns gehen."

Niemand hätte erstaunter schauen können als Charlie Köpke, als seine Frau plötzlich im ehemals, wovon er noch nichts ahnte, gemeinsamem Wohnzimmer stand. Hand in Hand mit einem deutlich jüngeren Rotschopf störte sie ihn bei seiner Lieblingssendung Bares für Rares. „Hallo Charlie“ begrüßte sie ihn.

„Hallo“, erwiderte er zurückhaltend.

„Angeblich habe ich eine Affäre mit Helmut“, eröffnete Corinna das Gespräch.

„Hast du doch, oder?“, fragte ihr Mann unsicher zurück. „Zumindest hat Dominik Geiermann das behauptet.“

Ach ja, ganz klar, Dominik der kleine Widerling, dachte Corinna. „Nein, habe ich nicht und hatte ich nie. Damit du dich nicht in diese fixe Idee verrennst, habe ich beschlossen, dir meinen Freund vorzustellen. Voilà: Jens Schmitz. Bei ihm habe ich die letzten Tage verbracht und gedenke, dies viele weitere Male zu wiederholen.“

„Dass ich mir Sorgen gemacht habe, ist dir natürlich scheißegal.“

„Du hast kein einziges Mal versucht, mich zu erreichen. Kein Anruf, keine Nachricht auf meinem Handy. Deine Angst scheint sich demnach in engen Grenzen gehalten zu haben. Hör also auf, den besorgten Ehemann zu markieren. In Wirklichkeit dürftest du froh gewesen sein, mich los zu sein.“

„Dass du Bescheid weißt: Unterhalt wird es von mir keinen müden Cent geben. Bin mal gespannt, wie lange es dauert, bis du zu mir zurückgekrochen kommst. Weil dein Neuer – welche Klasse besucht er eigentlich? – dir dein gewohntes, verwöhntes Leben nicht bieten kann.“

„Spotte ruhig, mein Lieber. Um den Unterhalt mach dir keine Sorgen“, schnurrte Corinna. „Ich werde einen neuen Job annehmen. Einen außerordentlich gut bezahlten. Nach den Karnevalstagen werde ich meine Sachen zusammenpacken und abholen lassen. In exakt einem Jahr wirst du von meinem Anwalt hören. Die Kosten für meinen Rechtsbeistand übernehme selbstverständlich ich. Wenn dich noch einmal jemand fragt, mit wem ich etwas habe, ein zweites Mal zur Erinnerung: Er heißt Jens Schmitz. Merk dir bitte den Namen und gebe ihn bei Bedarf gerne weiter.

Ich wünsche dir weiterhin ein schönes Leben, Charlie. Und hör nicht auf jeden Blödsinn, den dir irgendjemand erzählt."

Corinnas Mann schaute seiner Frau und ihrem jugendlichen Liebhaber verdattert hinterher. Mit dieser Abschiedsvorstellung hatte sie ihn ziemlich überrumpelt. Zutiefst zufrieden und mit hocherhobenem Kopf verließ die Confluentia ihren Exmann und ihr Exheim. Das hatte Spaß gemacht. Mit Jens hatte sie einen Gefährten an ihrer Seite, der diese Bezeichnung verdiente. Einen, der selbstsicher agierte und ihr Selbstbewusstsein liebte, der stark sein konnte und sanft. Der zielstrebig seine Pläne verfolgte, aber auch einmal eine Fünf gerade sein lassen konnte. Der sie mit fantasievollen Ideen aber auch mit Ansichten, die man einem jungen Mann kaum zutraute, überraschte.

Sie freute sich auf die Zeit, die sie zusammen verbringen würden. Jens drückte ihre Hand, während sie auf dem Gehsteig ihrer gemeinsamen Zukunft entgegenschlenderten. Plötzlich begann er zu laufen, erst langsam, dann immer schneller, bis sie schließlich rannten. Lachend warf Corinna den Kopf in den Nacken. Sie hatte sich nicht getäuscht. Mit Jens würde ihr Leben rasant Fahrt aufnehmen.

„Herr Wagner, können Sie uns für diesen Vorgang eine Erläuterung liefern?" Philipp gab Dominiks Chef keine Gelegenheit, sich eine weitere Verschnaufpause zu gönnen. Der Abteilungsleiter war fast eine Viertelstunde verschwunden gewesen. Das musste reichen.

Winfried Wagner schaute sich die Unterlagen an, bevor er die Ermittler verständnislos ansah. „Nein, die Ablehnung der Auszahlung der angesparten Werte der Lebensversicherung hätte niemals geschrieben werden dürfen. Ich kann mir das nur so erklären, dass Dominik sich in diesem Sachgebiet nicht richtig auskannte. Aus diesem Grund hätte er diese Entscheidung überhaupt nicht treffen dürfen."

„Sie hatten keine Kenntnis von diesem Vorgang?"

„Nein", Dominiks Chef wirkte ehrlich verwundert.

„Könnte es sein, dass er Frau Köpke schikanieren wollte?"

„Warum hätte er das tun sollen?“

„Weil er sie nicht leiden konnte. Beziehungsweise ihr in ihrer Rolle als Confluentia schaden wollte. Beziehungsweise“, Philipp stockte kurz, „in diesem Zusammenhang dem Prinzen in die Suppe spucken wollte, weil er ihm diese Stellung nicht gegönnt hat. Sein Plan ist im Grunde aufgegangen. Die Confluentia“, er zögerte erneut einen Moment, „verschwand von einer Sekunde zur nächsten. Ihr Unternehmen war daran nicht ganz unschuldig und Helmut der Erste stand ziemlich blöd auf der Bühne herum. Ohne seine Prinzessin.“

„Entschuldigung, aber ich kann Ihnen nicht mehr folgen“, gestand Winfried Wagner. „Sie hätte schließlich einen anderen Weg wählen können, als unterzutauchen.“

„Offensichtlich gab es für sie keine Alternative. Ermittlungen entwickeln sich oftmals in Richtungen, die man selber nicht nachvollziehen kann“, gab Philipp zu. „Wenn zu viele Fäden entweder entwirrt oder zusammengeknotet werden müssen. Sie, Herr Wagner, haben ein starkes Motiv, daran wollen wir immer denken. Sie sind in Dominiks Verlobte verliebt, er hat Sie erwischt, er hat Sie erpresst, Sie wollten sich das nicht auf Dauer gefallen lassen. Wer weiß, was er sich noch alles ausgedacht hätte. Ihnen dürfte bekannt gewesen sein, dass Helmut eine Firma sein Eigen nennt. Schließlich war genug über seinen Beruf in der Zeitung zu lesen. Sie bringen Ihren Mitarbeiter um, schaffen ihn in die Firma von Herrn Günther, um den Verdacht auf ihn zu lenken. Kein schlechter Plan, aber wahrscheinlich nicht todsicher genug. Könnte es in etwa so abgelaufen sein, Herr Wagner?“

„Himmel Herrgott, was soll denn das?“ Helmut war ein einziges zitterndes Nervenbündel. Kurz vor seiner Haustür war ein unheimlicher Schatten aus dem Dunkel getreten. Der Schatten trug eine Baseballkappe, die er tief ins Gesicht gezogen hatte und einen schwarzen Schal über Mund und Nase.

„Helmut“, flüsterte eine Stimme, die geradewegs aus dem Grab zu kommen schien. Der Prinz fühlte, wie er von seinem Zuhause wegbugsiert wurde, beziehungsweise sich wegbugsieren ließ. Was war das für ein seltsamer Auftritt? Wer war der Schatten? Was wollte er von ihm?

„Lassen Sie mich gefälligst los", begehrte er auf. Zur Antwort erhielt er ein heiseres Lachen. Der Prinz spürte, wie eine Gänsehaut begann, sich langsam von oben nach unten über seinen Körper auszubreiten. Wahrscheinlich standen sämtliche seiner Haare gerade senkrecht nach oben.

„Herrje, Helmut", prustete der Schatten plötzlich los, „entspann dich, du bist ja total verkrampft."

„Sven", japste der Prinz. „Hör auf mit diesem kindischen Unfug."

„Gerne." Die finstere Gestalt, die in den letzten Momenten viel von ihrem Schrecken verloren hatte, zog ihren Schal nach unten. Danach kramte sie ausdauernd in der Innentasche ihrer Winterjacke.

„Der Beweis", teilte Sven mit, „die *Närrischen Flößer* sind nur deshalb die älteste Gesellschaft der Stadt, weil sie geschummelt haben. Schau dir die Sachen in aller Ruhe an, mein Bester. Meine Kontonummer hast du ja. Was du mit diesen Informationen anstellst, ist mir völlig gleichgültig. Solange du an unsere Verabredung denkst und mir meine Aufwendungen bezahlst." Nun klang die Stimme ein weiteres Mal eindeutig drohend. „Schönen Tag noch." So plötzlich, wie er aufgekreuzt war, wurde der dunkle Mann wieder von der Finsternis verschluckt.

Helmut betrat seine Wohnung mit einem mulmigen Gefühl. Wenn er daran dachte, wie sehr er sich diese Gelegenheit herbeigesehnt hatte, schämte er sich fast ein wenig. Andererseits: So war das Leben, des einen Freud, des anderen Leid. Wenn die *Närrischen Flößer* tatsächlich betrogen haben sollten, geschähe es ihnen nur recht, vor dem versammelten Publikum der Prunksitzung bloßgestellt zu werden. Eine solche Meldung würde die Schlagzeilen der nächsten Wochen und die Büttenreden des kommenden Jahres beherrschen. Wollte er das? Vor einigen Tagen hätte Helmut diese Frage mit einem eindeutigen Ja beantwortet. Gut, zumindest würde die Enthüllung von den übrigen unschönen Entwicklungen ablenken.

Der Prinz beschloss, sich zunächst ein Bild über die angeblichen Beweise zu verschaffen, die Sven ihm überlassen hatte. Er setzte sich an seinen Küchentisch und breitete die Papiere vor sich aus. Als Quelle war keine geringere Institution als das Stadtarchiv Koblenz angegeben. Eine Behörde, deren Glaubwürdigkeit außer Frage stand. Kurze Zeit später hatten ihn die Unterlagen vollständig gefangen genommen. Das war tatsächlich starker Tobak. Es gab eine uralte Notiz, eine Art Protokoll mit zwei Unterschriften, die besagte, dass am 20.07.1853 die karnevalistische Gesellschaft der *Närrischen Flößer* gegründet worden war.

Ein ähnliches, ihm bis dahin unbekanntes Dokument von der Gründungsversammlung der *Grün-Weißen* lag nun vor ihm auf dem Tischtuch. Angeblich hatten die sich am 13.03.1853 im Gasthaus *Zum Deutschen Kaiser* versammelt und sich dort der Fastnacht verschrieben. Demnach über vier Monate vor den *Närrischen Flößern.* Das Papier machte auf Helmut einen authentischen Eindruck. Das niedergeschriebene Datum schien unversehrt und unverändert zu sein. Zumindest gab es keinen Hinweis darauf, dass jemand zu einem Radierer gegriffen hatte. Allerdings musste er sich eingestehen, dass er das Schriftstück vorher noch nie zu Gesicht bekommen hatte. Seines Wissens begingen die *Grün-Weißen* ihren Gründungstag am 13.08.1853, bedauerlicherweise ungefähr drei Wochen nach den Flößern.

Konzentriert arbeitete er sich weiter durch die Beweise. Alle Dokumente, die danach kamen, trugen als Geburtsstunde der *Grün-Weißen* das Datum 13. August 1853. Da hatte sich jemand viel Arbeit und Mühe gemacht, aus einer Drei eine Acht zu malen. Den Zahlen war nicht anzusehen, dass sich jemand an ihnen zu schaffen gemacht hatte. Was für eine Sauerei. Allerdings vom künstlerischen Anspruch her zugegebenermaßen keine allzu schwierige Aufgabe. Wann mochte dies geschehen sein, fragte sich Helmut. Und wer hatte wohl zu Feder und Tinte gegriffen, um die *Grün-Weißen* jünger zu machen, als sie waren? Unglaublich, mit was sich einige Zeitgenossen, wie lange dies auch immer her sein mochte, beschäftigten.

Die Fälscherei machte nur Sinn, wenn man ein fanatisches Mitglied der *Närrischen Flößer* war und dafür sorgen wollte, dass diese in alle Ewigkeit das Siegel Älteste Gesellschaft der Stadt tragen würden. Oder wenn jemand den *Grün-Weißen* nachhaltig schaden wollte. Womit einmal mehr bewiesen war, dass Karneval und Spaß oftmals getrennte Wege gingen. Helmut geriet ins Grübeln. Der Betrüger war wahrscheinlich seit langer Zeit tot und zu Asche zerfallen.

Was würde es wem nutzen, wenn man die Schwindelei öffentlich machte? Wie würde man sie am besten unter die Leute bringen? Als Büttenrede? Gereimt oder in Prosa? Er machte sich ein paar Notizen. Was wäre der richtige Zeitpunkt? Am Anfang der Sitzung, in der Mitte oder am Ende? Erneut notierte er einige Überlegungen. Wer sollte die Bombe platzen lassen? Der Präsident, der Prinz oder jemand anderer? Das Schamgefühl hatte sich während seiner Beschäftigung mit den Unterlagen vollständig verflüchtigt. Deshalb konnte es nur einen geben, der die Enthüllung verkünden musste: ihn selbst. Daran bestand nicht der geringste Zweifel.

„Geht es dir besser?“, Sybille strich ihrer Freundin Jana behutsam über den Unterarm.

„Mir ging es eigentlich nie schlecht“, bekannte die Oberkommissarin, die ihren Dackel dabei beobachtete, wie er aus gebührender Entfernung mit dem jungen Schwarzkittel zarte Bande knüpfte. Das Wildschwein grunzte fröhlich, Henry winselte leise. „Nach wie vor ist das Gefühl, das am heftigsten ist, eine unbändige Wut.“

„Das ist super. Sei weiter wütend. Hauptsache du wirst nicht traurig.“

„Das ist irgendwie schrecklich“, widersprach Jana, „es zeigt doch, dass seit Langem etwas schiefgegangen ist und wir weggeschaut haben. Dass es nicht wichtig genug war, sich damit zu befassen. Achim hat offensichtlich nie hundertprozentiges Vertrauen zu mir gehabt. Das macht mich neben wütend durchaus auch traurig.“

„Ihm fehlt hauptsächlich das Vertrauen zu sich und in sich selbst. Er hat Angst vor Auseinandersetzungen, scheut den Konflikt.“

„Ja, aber nur im privaten Bereich. Im beruflichen nimmt er jede Herausforderung an."

„Gerade hast du dir die Frage, warum er nach Wiesbaden gehen möchte, beantwortet."

„Er möchte zeigen, wie viel er in seinem Alter noch leisten kann? Wie fit er ist? Körperlich und geistig?"

„Ich wollte zwar keinesfalls auf sein fortgeschrittenes Alter anspielen", lachte Sybille, „aber ja, das trifft des Pudels Kern ziemlich genau in der Mitte."

„Das hätte er doch mit mir besprechen können", beharrte Jana.

„Zu hohes Risiko bei gleichzeitig unbekanntem Ausgang. Da entscheidet man lieber allein und setzt sich anschließend der Gefahr eines Streits aus."

„Um dem aus dem Weg zu gehen, flüchtet man sich in die eigene Wohnung."

„Richtig. Schon ist alles wieder in Butter. Entscheidung gefällt. Dem Krach entkommen. Der Rest wird sich irgendwie einrenken. Einfacher geht es für ihn kaum."

„Sein Team ist sauer auf ihn. Das kann er nicht wollen."

„Ein klarer Schwachpunkt in seiner Planung. Ich wage zu bezweifeln, dass er diese mögliche Entwicklung bedacht hat. Von daher ist das sein Problem."

„Theoretisch hört sich das logisch an, in der Praxis ergeben sich daraus Hunderte von Schwierigkeiten. Was würdest du Philipp, Salik und mir raten, wie wir uns verhalten sollen?"

„Achim hat diese Situation verursacht. Er muss sie auflösen. Wartet ab, bis er auf euch zukommt und wie er sich benimmt. Ich gebe euch den Tipp, zu reagieren, nicht zu agieren. Ich weiß, das schmeckt dir wenig."

„Wenn es die Arbeit tangiert, dann dürfen wir aber Stellung beziehen, oder?"

„Ich darf meine Aussage relativieren. Kommuniziert mit ihm ausschließlich über die Arbeit. Lasst alles Private, alles Freundschaftliche beiseite. Ihr habt denselben Beruf, nicht dasselbe Zuhause. Jedenfalls mit einiger Wahrscheinlichkeit."

„Wie zutreffend“, kommentierte Jana. „Noch nicht einmal das haben wir hingekriegt. Wer weiß, falls wir in dieser Beziehung für Klarheit gesorgt hätten, dann hätte vielleicht auch der Rest auf Dauer funktioniert.“

„Das wage ich, zu bezweifeln. Achim möchte sich etwas beweisen, da ist es egal, wo er mit Hauptwohnsitz gemeldet ist.“

„Wahrscheinlich ist das so. Lass uns ins Forsthaus gehen, was trinken. Ich gebe einen aus.“

Kapitel 13

„Sagen Sie mal, was fällt Ihnen eigentlich ein?“ Winfried Wagner funkelte die Ermittler mit verschränkten Armen in eindeutiger Abwehrhaltung an.

„Och, uns fällt ein, dass wir einen Mordfall aufzuklären haben“, erwiderte Philipp gelassen. „Bei Ihnen ist ein einwandfreies Motiv vorhanden. In einem solchen Fall bohren wir gerne ein wenig intensiver. Wenn Sie die Freundlichkeit besitzen würden, unsere Fragen zu beantworten.“

„Natürlich habe ich Dominik kein Haar gekrümmt. Ich versaue mir doch nicht wegen dieses eingebildeten Possenreißers den Rest meines Lebens.“

„Ach“, Salik mischte sich ein, „ich dachte, Sie hätten Herrn Geiermann für einen Ihrer besten Mitarbeiter gehalten.“

„Okay“, der Abteilungsleiter krallte die Finger in seinen Unterarm. „Ich habe die Wahrheit ein wenig geschönt. Dominik hat sich durchgemogelt. In Fragen der EDV war er oftmals überfordert und kaum fachlich versiert. Dafür hatte er ein untrügliches Gespür für Situationen, aus denen er Kapital schlagen konnte.“

„Die Sache mit seiner Verlobten und Ihnen zum Beispiel.“

„Zum Beispiel. Aber auch noch für andere Dinge. Unsere IT-Spezialisten haben natürlich in vollem Umfang Zugriff auf die Unterlagen der Versicherungsnehmer. Das erspart viel Nachfrageaufwand. Dominik hat das ausgenutzt, um nach Fehlern seiner Kollegen zu suchen. In einem großen Unternehmen wie dem unseren bleiben Patzer nicht aus. Der Hofnarr war ein Meister darin, diese zu erschnüffeln.“

„Was hat es ihm gebracht?“

„Er hat von den Missetätern für sein Schweigen einen Teil von deren Prämien kassiert. Eine Methode, die dafür gesorgt hat, dass er sich auf Kosten anderer ein nettes Taschengeld erpresste.“

Auweia. Da präsentierte ihnen der Herr Abteilungsleiter auf einen Schlag wahrscheinlich ein Dutzend weiterer Tatverdächtiger. Salik wünschte sich, er hätte nie gefragt. Aber da es nun einmal passiert war, musste er weitermachen. „Wie viele von seinen Kollegen sind denn von Dominik bei Fehlern erwischt worden?“

„Ich habe keine Ahnung.“

„Woher wissen Sie von den Vorgängen?“

„Eine der Damen aus der Leistungsabteilung hat sich mir anvertraut.“

„Eine Dame aus der Leistungsabteilung?“ Salik konnte es nicht verhindern, seine Stimme klang ironisch. „Wie heißt sie und wo finden wir sie?“ Der Kommissar hegte einen gewissen Verdacht.

Winfried Wagner seufzte. „Die Dame ist keine Mitarbeiterin der Leistungsabteilung. Bei der Informantin handelt sich um meine Schwester Bettina.“

„Wieso bestand in der Personalabteilung für Dominik die Möglichkeit, von den dort gemachten Fehlern zu profitieren?“

Der Bruder atmete tief ein. „Bettina war vorher in der Abteilung für Vertragsabschlüsse tätig.“

„Wann vorher?“

„Noch vor sechs Wochen.“

„Und dann wird sie sofort die Leiterin für Personal und Gestaltung? Wie geht das denn?“ Salik war sich zwar sicher, dass er die Antwort kannte, aber er fragte dennoch nach.

„Es blieb unter der Decke“, gestand Winfried Wagner kleinlaut. „Niemand außer Bettina, Dominik und mir wusste etwas von Bettinas Fehlern und den daraus entstandenen Schwierigkeiten.“

„Das sind außerordentlich interessante Neuigkeiten. Wo finden wir Ihre Schwester?“

„Sie hat Dominik nichts angetan."
„Das würden wir gerne von ihr selber hören. Ist Bettina im Büro?"
„Ich frage nach." Der Abteilungsleiter griff zum Telefon.
„Nein", hielt Philipp ihn von seinem Vorhaben ab, „ich schaue nach, ob ich sie in ihrem Zimmer antreffe. Salik, sorg bitte dafür, dass Herr Wagner in dieser Zeit niemanden anruft."

Helmut hätte sich, nachdem er sich durch Svens aufschlussreiche Papiere gekämpft hatte, freudig auf seiner Couch unter einem Berg von Decken vergraben. In Gesellschaft einer Wärmflasche und eines Pfefferminztees. Wenn man ihn gelassen hätte. Fast überflüssig zu erwähnen, dass es anders kommen sollte. Kaum hatte er die Unterlagen zusammengeschoben, ging die Tür auf. Seine Frau kam von der Arbeit. Kein Grund zur Panik. Er hörte, wie Hilde ihren Mantel und ihre Tasche an die Garderobe hängte. Jetzt zog sie ihre Schuhe aus und stellte sie ordentlich in das Schuhschränkchen unter der Garderobe. Dann begann sie, leise zu grummeln.
Der Prinz lächelte. Er wusste genau, warum seine Hilde maulte. Weil die Schuhe ihres Gatten neben dem Schränkchen standen und nun von ihr an den Ort verbracht werden mussten, an den sie gehörten. Er öffnete die Wohnzimmertür.
„Hallo Schatz, wie schön …" Helmut stoppte abrupt. Zusammen mit seiner Frau war ein Besucher mit in die Wohnung gekommen. Ein ausgesprochen ungebetener Besucher. Horst. Der Prinz unterdrückte mühsam ein Stöhnen. Sack Zement noch eins. Was wollte der denn bei ihm zu Hause? Er hatte den Generalfeldmarschall der Artillerie kaum erkannt, war dieser doch in ziviler Kleidung unterwegs und bot damit in Jeans, Pullover und Anorak einen äußerst ungewohnten Anblick. Aber den seltsamen Bart mit den struppigen Haaren, der die Bezeichnung eigentlich nicht verdiente, den trug ausschließlich Horst in dieser Form.
„Helmut, hallo."

„Hallo“, erwiderte der Prinz den Gruß kühl und ohne sich nach dem Grund für die Anwesenheit des Generalfeldmarschalls in seinem Flur zu erkundigen.

„Ich bin der Meinung, wir sollten uns dringend unterhalten“, teilte Horst mit.

„Ich mache euch einen Kaffee“, verkündete Hilde. In Helmuts Augen überflüssigerweise. Sie wuselte in die Küche. Seine wunderbare, freundliche Frau. „Nehmt doch am Esszimmertisch Platz.“

„Ich muss auf die Toilette.“ Ihr Mann steuerte auf das stille Örtchen zu. Er war fest entschlossen, sich auf diesem einzuschließen und frühestens in einer Stunde wieder herauszukommen. Vielleicht würde er seinen Aufenthalt dort mit einem Gang in die Badewanne verbinden. Vorerst setzte er sich auf den Toilettendeckel und versorgte sich mit Lektüre. In einem Zeitungsständer zwischen Waschbecken und Dusche befand sich eine nette Auswahl unterschiedlichster Bücher und Hefte. Asterix, Donald Duck, Gedichtbände von Joachim Ringelnatz, Eugen Roth und Wilhelm Busch. Helmut entschied sich für Ringelnatz. Er war gerade dabei, das Büchlein aufzublättern, als es gegen die Tür hämmerte.

„Heeelmut!“

Horst. Also das ging nun wirklich zu weit. „Kann ich in meinem eigenen Zuhause nicht mal in Ruhe pinkeln gehen?“, zürnte der Prinz.

„Was sind das für Unterlagen auf deinem Esszimmertisch? Wo hast du die her?“

Helmut schloss die Augen. Er hatte vergessen, dass er Svens sensationelle Erkenntnisse einfach nur zusammengeschoben und liegen gelassen hatte. Was war er für ein ausgemachter Hornochse. „Corinna ist wieder da“, startete er ein Ablenkungsmanöver.

Der Generalfeldmarschall begann, erneut gegen die Tür zu wummern. Wenn der Hysteriker so weitermachte, würde sie bald aus den Angeln fliegen. „Komm sofort raus, du Feigling.“

„Horst, sorry, aber mir wird gerade total schlecht. Geh besser nach Hause, bevor du dich womöglich mit einem schlimmen Magen-Darm-Virus ansteckst.“

„Du kleiner erbärmlicher Wicht. War ja klar, dass du in dem Moment, in dem die Fastnacht richtig losgeht, schlappmachst. Ich gehe, aber ich kehre wieder. Da kannst du Gift drauf nehmen. Ich werde so lange weiter gegen dich kämpfen, bis du zugibst, dass du der miserabelste Prinz bist, den Koblenz je gesehen hat. Und Corinna die größte Fehlbesetzung im Amt der Confluentia, die man sich denken kann. Von daher ist es unbedingt zu begrüßen, wenn ihr diese und die nächste Woche nirgendwo auftaucht. Ich wünsche dir weiterhin einen erfolgreichen Aufenthalt auf deiner Toilette. Hoffentlich hast du wochenlang was von deinem Virus.“

Helmut hörte zwar, dass die Wohnungstür krachend ins Schloss fiel, verharrte aber vorsichtshalber weitere fünf Minuten im Bad, bis er sicher sein konnte, dass die Luft rein war. Vorsichtig schlich er ins Wohnzimmer, in dem seine Hilde vor dem Sofa den Tisch mit Kaffeetassen, Milch und Zucker gedeckt hatte. Sie war wirklich ein Schatz. Von seiner Frau war weit und breit nichts zu sehen. Wahrscheinlich zog sie im Schlafzimmer bequemere Klamotten an. Leider war auch von den Papieren, die Sven ihm anvertraut hatte, weit und breit nichts mehr zu sehen. Der Prinz stieß einen herzhaften Fluch aus. Mist, verdammter. Was war er doch für ein ausgewachsener Trottel.

In Winfried Wagners Büro klingelte das Telefon. Es war Philipp, der Salik zu sprechen wünschte. „Frau Vogt ist in ihrem Büro. Du solltest zu uns hochkommen“, teilte der junge Oberkommissar mit.

„Klar, bin unterwegs.“ Sein Kollege wandte sich Bettinas Bruder zu. „Meiner Meinung nach haben Sie nach wie vor ein sehr starkes Motiv, Herr Wagner. Ich wäre Ihnen außerordentlich verbunden, wenn Sie in der nächsten Zeit keine Reisen unternehmen würden, zumindest nicht über die Grenzen der Stadt Koblenz hinaus.“

„Ich war es nicht“, flüsterte Dominiks Abteilungsleiter.

„Das hören wir öfter“, gab Salik ungerührt zurück und begab sich auf den Weg zu seinem Kollegen und Bettina Vogt. Letztere saß in sich zusammengesunken hinter ihrem Schreibtisch.

„Frau Vogt war gerade dabei mir zu erzählen, dass sie zusammen mit ihrem Bruder die Personalpolitik in dieser Firma, sagen wir einmal, ein wenig zu ihrer beider Gunsten verändert hat“, berichtete Philipp. „Dabei sind die zwei auf ziemlich jede Forderung eingegangen, die Dominik an sie gestellt hat.“

„Ich habe ihn trotzdem nicht umgebracht.“

„Vielleicht sind Sie ja gemeinsam mit Ihrem Bruder zum Äußersten geschritten“, mutmaßte Salik. „Oder Sie haben ihn dazu überredet, die Angelegenheit zwar alleine, aber dennoch in Ihrem Sinne zu regeln. Soweit ich das beurteilen kann, sind Herr Wagner und Sie ein Herz und eine Seele. Geschwister, die sich in dem Maße lieben, wie man sich das als Eltern wünscht.“

„Entschuldigen Sie bitte“, in Bettina erwachte der Kampfgeist. „Wir sind doch kein mordendes Geschwisterpärchen. Ja, wir halten zusammen, das haben wir von Mama und Papa gelernt und so haben wir es immer gehalten. Ist daran strafrechtlich etwas auszusetzen? Falls ja, nennen Sie mir das entsprechende Gesetz.“

„Durchaus nicht. Allerdings sind wir von Ihrem Bruder angelogen worden, dass sich die Balken gebogen haben. Warum, frage ich mich, sollte er das tun, wenn er Sie, und sich, für unschuldig hält?“

„Er will mich beschützen“, lautete die trotzige Antwort.

„Haben Sie das nötig?“

„Nein, verdammt noch mal, aber das kann er ja nicht wissen.“

„Damit haben Sie gerade gesagt, dass er Ihnen ein Verbrechen dieser Art ohne Weiteres zutraut.“

„Was fällt Ihnen ein, meine Worte herumzudrehen, bis sie Ihnen passen? Ich lasse mir von Ihnen keinen Mord anhängen, haben Sie mich verstanden?“ Bettina Vogt wurde beständig lautstärker.

Nicht nur lauter, dachte Salik, gleichzeitig auch erkennbar aufgeregter. Selbst wenn er noch nie ein sonderlich großer Fan von Achim gewesen war, eines hatte er von ihm gelernt: Die Nervosität war eine der besten Freundinnen der Kriminalpolizei. Weil sie zu nachlassender Konzentration und damit zu Fehlern führte.

„Als ich das erste Mal mit meiner Kollegin bei Ihnen war, Frau Vogt“, hakte Salik weiter nach, „haben Sie behauptet, dass

Sie Herrn Geiermann kaum kennen. Bleiben Sie dabei? Immerhin hat er Sie in der EDV betreut. Seit wann?“

„Ganz kurz …“

„Ich rate Ihnen, sagen Sie die Wahrheit, wir bekommen sie sonst ohnehin heraus.“

„Er war von Anfang an, seit er bei uns arbeitete, mein Ansprechpartner in der Datenverarbeitung“, gestand Bettina, deren Stimme deutlich an Intensität verloren hatte.

„Wie gut haben Sie sich gekannt?“

„Wir haben uns beide nicht darum gerissen, uns näher kennenzulernen. Ich fand ihn von Beginn an ziemlich aufgeblasen und er hat recht früh geargwöhnt, dass mein Bruder meine Karriere puscht.“

„Was ihn umso mehr dazu verleitet haben dürfte, Ihnen einige Fehler nachzuweisen?“, vermutete Philipp.

„Möglich. Ich glaube allerdings kaum, dass Dominik neben seiner Gier, andere bloßzustellen, eine weitere Motivation benötigt hat.“

„Ihre Antipathie bestand von Anfang an?“

„Zunächst war er mir ziemlich egal. Aber dann, ja, ich gebe es zu, als er ein wenig länger im Team war, habe ich gemerkt, dass ich ihn überhaupt nicht leiden kann.“

„Gab es offenen Streit zwischen Ihnen?“

„Nein.“ Bettina sah die Ermittler nacheinander fest an. „Wir sind uns aus dem Weg gegangen.“

„Bitte zeigen Sie uns die Unterlagen, mit denen Ihr Kollege Sie erpresst hat.“

„Augenblick.“ Die junge Frau öffnete mit Hilfe eines Schlüssels eine Schublade an ihrem Schreibtisch und nahm eine Mappe heraus.

„In Papierform?“, fragte Philipp erstaunt.

„Natürlich. Die Fehler in den digitalen Daten wurden selbstverständlich behoben. Dort müsste man lange in den Sicherungen suchen, bis man sie findet.“

Salik schloss die Augen. An dieser Aussage zweifelte er keine Sekunde. Das bedeutete, dass, wenn keine ausgedruckten Unterlagen mehr vorlagen, die Recherche nach den übrigen Missgeschicken wahrscheinlich Ewigkeiten dauern würde.

„Warum haben Sie sich die Mühe gemacht, die Sachen aufzuheben? Wenn doch alles zu Ihren Gunsten zurechtgerückt werden konnte? Eine solche Vorgehensweise birgt Risiken."

„Dominik hat sich für unfassbar clever gehalten. Allerdings hat er es vorgezogen, die Dinge schriftlich festzuhalten. Ich dachte, ich könnte die Briefe irgendwann einmal gebrauchen."

„Echte Briefe?" Philipp staunte.

„Handschriftlich", bestätigte Bettina. „Per E-Mail hat er nichts geschickt, wenigstens so schlau war er."

Salik und Philipp vertieften sich in den Inhalt der Mappe. Sie trafen hauptsächlich auf Blätter voller Zahlenabfolgen, Summenparameter und Abkürzungen, die ihnen etliche Rätsel aufgaben. Da war es nötig, die Experten von der Abteilung gegen Wirtschaftskriminalität ranzulassen.

„Ja." Philipp räusperte sich. „Wir werden die Papiere mitnehmen. Wer ist Herrn Geiermann denn noch zum Opfer gefallen?"

„Ich habe keine Ahnung."

„Wirklich?"

„Ja, es tut mir leid."

„Kann es sein, dass Sie die Einzige waren, die von ihm erpresst worden ist?"

„Das kann ich mir beim besten Willen nicht vorstellen. Warum sollte er darauf verzichten, eine solch einfache Art, an Geld zu kommen, bis zum Ende auszureizen? Er war ein unersättlicher Charakter. Eine derartige Möglichkeit hat nur zu einem geführt, nämlich dass er sich benommen hat wie ein Geier."

Wie passend, dachte Philipp. „Wir melden uns", teilte er der jungen Frau mit. „Halten Sie sich unbedingt zu unserer Verfügung." Er nahm die Mappe an sich. Das, was sie im Moment hatten erreichen können, hatten sie erreicht. Damit mussten sie zufrieden sein.

Wo trieben seine Mitarbeiter sich eigentlich alle herum? Achim, der sich dazu entschlossen hatte, doch noch einmal ins Präsidium zurückzukehren, fühlte sich zunehmend unwohl in seiner Haut, obwohl er davon überzeugt gewesen war, dass das kaum möglich war. Er versuchte, Jana an die Strippe zu bekommen. Vergeblich. Ihr Handy war ausgeschaltet. Bei Philipp und Salik ging der Ruf zwar durch, aber sie nahmen den Anruf nicht an. Der Kommissariatsleiter der Abteilung Mord und Totschlag ärgerte sich. Was, wenn er etwas Wichtiges mitzuteilen hätte? Auf der anderen Seite hatte er sich in der letzten Zeit ausdauernd davor gedrückt, seinem Team bedeutsame Dinge anzuvertrauen. Das würden sie ihm auf eine entsprechende Vorhaltung antworten. Und zwar alle drei. Samt Dackel.

Sein Handy piepste und zeigte den Eingang einer Mitteilung an. Von Philipp. Immerhin. Salik und ich sind bei der *Mehrwertinvest*, stand auf dem Display. Nun gut. Kaum hatte er den Satz gelesen, piepste es ein zweites Mal. Nachricht von Jana. Ich komme heute nicht mehr ins Büro, teilte sie mit. Okay, für diese Entscheidung hegte er ein gewisses Verständnis. Es wurde Zeit, dass er sich nützlich machte und bewies, dass seine Mannschaft auf ihn zählen konnte. Er verschaffte sich einen Überblick, wer bisher mit wem über was gesprochen hatte. Offensichtlich hatte sich noch niemand mit diesem Horst, dem Generalfeldmarschall der Artillerie, Achim schüttelte ob dieser seltsamen Struktur den Kopf, unterhalten.

Gleiches galt für den Geschäftsführer der *Grün-Weißen*, Matthias. Laut Philipps Vermerk waren bei ihm die Bewerbungsunterlagen für den Hofnarren-Job zu finden. Außerdem liefen bei den Geschäftsführern, wenn sie ihre Aufgabe ernst nahmen, die Fäden zusammen. Wichtige Menschen in einer Karnevalsgesellschaft. Wenn nicht sogar die wichtigsten. Achim beschloss, zuerst den Feldmarschall mit seiner Anwesenheit zu beehren. Um zu verhindern, dass das Einzige, was bei ihm glänzte, seine Unwissenheit war, klickte er sich auf die Homepage der *Grün-Weißen*. Ein Foto zeigte eine Vielzahl von Karnevalisten in Gardeuniformen. Die Männer in Hosen, die Frauen in kurzen Röcken und halbhohen Tanzstiefeln, alle bestens behütet von ihren Dreispitzmützen, die teilweise aufwändig mit Federn geschmückt waren.

Die Farben Weiß und Dunkelgrün bestimmten die links Stehenden, Weiß und Hellgrün die Karnevalisten auf der rechten Seite. Helmut Günther und die Confluentia posierten im majestätischen Ornat in der Mitte zwischen den beiden Garden. Es hatte schon etwas von einem König und seiner Königin, flankiert von den Heeren. Angeblich erfunden, um das Militär zu persiflieren. Statt mit Kugeln schossen die Fastnachter aus ihren Kanonen mit Kamellen, also Bonbons, oder mit Konfetti. Aufgrund dieser „Bewaffnung“ wurde die entsprechende Abteilung Artillerie genannt. Interessant. Wobei diese Verwendung Achim allemal lieber war als die, für die sie ursprünglich gedacht war.

Der Hauptkommissar war der Ansicht, dass er über genügend Informationen verfügte, um zu verhindern, dass er sich völlig blamierte. Horst Lieberknecht wohnte in Horchheim, in einem auffälligen Hochhaus, das aus allen Himmelsrichtungen, außer von Osten, da stand die Anhöhe im Weg, hervorragend sichtbar war. Der Feldmarschall logierte im dritten Stock. Schade, Achim hatte auf eine höhere Etage mit besserer Aussicht gehofft. Er stellte sich einen Blick auf die blinkende Stadt in der herrschenden Dunkelheit atemberaubend vor. Aber was sollte es? Schließlich wollte er zum Arbeiten hinfahren. Zehn Minuten später parkte er seinen Wagen vor dem riesigen Haus.

Auf sein Klingeln hin öffnete sich sofort summend die Eingangstür. Ohne, dass Herr Lieberknecht nachfragte, wer ihn zu sehen wünschte. Warum, enthüllte sich etwa dreißig Sekunden danach, als Achim die Wohnung betreten hatte, ohne dass der Bewohner sich blicken ließ.

„Geh ins Wohnzimmer, ich bin direkt bei dir.“

Na wenn das so war. Der Hauptkommissar folgte der Aufforderung ungeniert und ging in einen nicht allzu großen Raum, in dem ein kleines Sofa, zwei Sesselchen und ein Tisch auf Besucher warteten. Auf einem flachen Hi-Fi-Board flimmerte ein Fernseher. Der Ton war auf Sehr leise gestellt.

„Im Kühlschrank steht Bier kalt. Bedien dich, wenn du magst. Mach mir auch eine Flasche auf. Glas brauche ich keins. Wenn du eins willst, du kennst dich ja aus.“

Diesen Wunsch konnte Achim dem Feldmarschall nicht erfüllen. Sich selbst leider auch nicht. Der Ermittler sah aus dem

Balkonfenster. Hübsche Aussicht, trotz der niedrigen Etage. Man schaute auf Schloss Stolzenfels und auf einen Teil des Rheins. Hier konnte man im Sommer nett auf dem Balkon sitzen und etwas Kühles trinken. Allerdings war die Loggia winzig, mehr als zwei Stühle passten kaum darauf. Auf dem Tisch vor der Couch lagen einige Papiere kreuz und quer durcheinander. Achim sah sie sich näher an. Es ging anscheinend um den Karneval. Um die Frage, welche der Kongregationen die älteste Gesellschaft der Stadt war. Darüber konnte man sich ernsthaft Gedanken machen? Wofür war die Klärung dieses Sachverhaltes wichtig? Achim fiel es schwer, die Tragweite des Ganzen zu begreifen.

Aber er musste zugeben, dass es Menschen gab, die seine Begeisterung für den Fußball nicht teilen konnten. Die es völlig kaltließ, welcher Verein Deutscher Meister wurde, welche abstiegen und welche aufstiegen. Unter der schönsten Nebensache der Welt verstand eben jeder etwas anderes. Ob das Gründungsdatum der *Grün-Weißen* mit dem Mord an Dominik Geiermann zusammenhing? Wo blieb denn Horst? Was hatte er Dringendes zu erledigen? Die Antwort folgte auf dem Fuße. Ein Föhn wurde eingeschaltet. Fast zeitgleich läutete es wieder. Der Föhn blies weiter. Der Feldmarschall hatte das Klingeln nicht gehört.

Achim schlich zur Tür und betätigte den Öffner. Er überlegte fieberhaft. Die kleine Wohnung bot wenig Möglichkeiten, sich zu verstecken. Die Küche schied aus, die war rundherum mit Einbauschränken und -geräten zugebaut. Außerdem würde dort in absehbarer Zeit jemand aufkreuzen und einen Teil des Kühlschrankinhaltes plündern. Der Kommissar öffnete eine Tür und schaute dahinter. Ja, das sollte gehen. Aus dem Treppenhaus war zu hören, wie sich die Fahrstuhltür aufschob. Dann erklangen Schritte. Sie näherten sich schnell.

Kapitel 14

„Danke Bille, dass du Zeit für mich hattest." Jana trank den süßen Espresso aus, den sich die beiden Damen nach einem leckeren Wildragout gegönnt hatten.

„Ich bitte dich, das ist doch Ehrensache. Verzeihe, wenn ich mich noch einmal erkundige, wie du dich fühlst?"

„Zufriedenstellend. Ich hoffe, dieses Gefühl bleibt mir erhalten."

„Wahrscheinlich nicht. Das sage ich dir als Psychotherapeutin."

„Ich habe es befürchtet."

„Ihr müsst eine Entscheidung als Paar treffen, das weißt du."

„Das sehe ich anders, Achim hat seine Entscheidung bereits getroffen. Es gibt für mich kein Wir mehr. Ich verspüre keinerlei Lust auf irgendwelche Beziehungsdramen. Zumal es keine Chance mehr gibt, in einem gemeinsamen Gespräch etwas abzustimmen."

„Ich finde, du reagierst ein wenig vorschnell." Bille schob einen Löffel Schokoeiscreme in den Mund. Sie schloss genießerisch die Augen. „Köstlich. Vor allem diese Schokostückchen. Ich glaube kaum, dass Achim konkret weiß, wie er sein Leben als Bundeskriminaler gestalten möchte. Vielleicht existieren Wege für euch, eure Zukunft zusammen zu planen."

„Tatsache ist, dass das auf meine Kosten geschehen würde. Er erfüllt sich einen Traum oder nimmt Reißaus vor seiner Torschusspanik oder was immer diese fixe Idee mit dem BKA bringen soll. Warum hat er mir sein Vorhaben wochenlang verschwiegen? Ich wäre bis jetzt ahnungslos, wäre ich nicht in sein Telefonat hineingeplatzt." Jana griff nach ihrem Rotweinglas und nahm einen gehörigen Schluck.

„Ach, meine Süße", Bille legte ihre Hand auf die ihrer Freundin und drückte sie. „Ihr wart für mich stets ein Vorbild dafür, dass Liebe in reiferem Alter funktionieren kann. Ich hatte mir sehr gewünscht, dass eure Geschichte weitergeht. Nach dem Motto: Sie lebten glücklich und zufrieden bis an ihr selig Ende."

Jana lachte hell. „Liebe in reiferem Alter. Ja, so alt können wir gar nicht werden, dass wir aufhören, daran zu glauben, dass es klappen könnte zwischen Männlein und Weiblein."

„Zum Glück. Wenn die Menschheit beginnen würde, daran zu zweifeln, könnten wir alle zusammen endgültig einpacken."

„Ach was, zwischen uns Frauen funktioniert es seit Jahrtausenden. Was brauchen wir die Männer?"

„Stimmt. Am Samstag gehen wir richtig feiern. Meinst du, ihr habt euren Fall mit dem toten Hofnarren bis dahin gelöst?"

„Mein Bauch sagt mir, dass das eher unwahrscheinlich ist."

„Ach, das ist schade."

„Das wird uns den Spaß an der Prunksitzung nicht verderben."

„Liebste Jana, du wirst ständig damit beschäftigt sein, die Akteure zu beobachten und ihr Verhalten zu analysieren." Bille kratzte die letzten Reste des Schokoladeneises aus dem Porzellanschälchen. „Könnte ja sein, dass etwas Verdächtiges passiert."

Die Kommissarin lachte. „Da kann ich dir nur uneingeschränkt zustimmen. Das nenne ich, das Angenehme mit dem Nützlichen zu verbinden."

Henry regte sich unter dem Tisch, wo er ein bisschen geschlafen hatte. Zwar legte er wie sein Frauchen Wert darauf, dass er genügend Auslauf bekam, aber die Spaziergänge der letzten Tage waren außergewöhnlich ausführlich gewesen. Aufregend dazu, man denke nur an die Begegnung mit dem Wildschwein. Da durfte man als Vierbeiner ruhig rechtschaffen müde sein. Außerdem wurde es allmählich Zeit für eine Mahlzeit. Die Damen hatten schließlich lecker gespeist. Der Hund winselte leise, aber durchaus effektvoll.

„Mein Haustier möchte gehen", bemerkte Jana und hatte damit den Nagel ganz in Henrys Sinn auf den Kopf getroffen. „Ich glaube, er hat Hunger."

Schon war der Dackel auf den Beinen. „Augenblick, mein Süßer, wir müssen noch zahlen." Der Hund bellte kurz und setzte sich aufrecht hin. Bloß keine Gemütlichkeit mehr aufkommen lassen. Die Rechnung war schnell beglichen, Janas Wohnung über die Abfahrt der Südbrücke Richtung Stadt bald erreicht. Wenig später fiel

Henry über seinen Fressnapf her, als hätte er seit Tagen auf Futter verzichten müssen. Sein Frauchen machte es sich auf dem Ohrensessel bequem, ein paar Leckerlis für ihren Vierbeiner in der Hand. Kurze Zeit später hatte der sein Mahl beendet. Mit Anlauf sprang er auf Janas Schoß und wurde mit Streicheleinheiten und Nachtisch belohnt. Das war ein Hundeleben. Herrlich. Seiner Meinung nach konnte Achim auf Dauer durch Abwesenheit glänzen. Dann brauchte er sein Frauchen wenigstens mit niemandem zu teilen.

Besagter Achim hockte derweil in einer Art Abstellkammer. Er passte gerade so zwischen den Regalen hinein. Offensichtlich fühlte er sich schlanker, als er tatsächlich war. Er zog den Bauch ein, von dem er gedacht hatte, ihn gar nicht zu haben. Währenddessen war Horsts geheimnisvoller Besucher in der Wohnung angekommen. Sein Gastgeber hatte seinen Aufenthalt im Badezimmer beendet.

„Keinen Durst?“, hörte der Kommissar Horst fragen. „Und mir hast du natürlich auch kein Bier aufgemacht.“ Es klang fast beleidigt.

„Hä? Ich bin gerade erst hereingekommen.“

„Ja, schon klar, sehr witzig. Immer für einen Scherz zu haben. Zum Glück kenne ich dich lange genug, Sven.“

„Ich versteh zwar kein Wort, aber wenn du meinst, dann hast du wohl recht. Ich hole mal zwei Bier.“

„Siehst du, mein Bester. Geht doch.“

Die Kühlschranktür wurde geöffnet, das Bier in den Flaschen zischte, als sie das gleiche Schicksal ereilte. Achim verspürte in seinem Versteck einen zunehmenden Durst. Er nahm die Regale im Licht seiner Handylampe näher in Augenschein. Eines musste man dem Generalfeldmarschall lassen. Er verfügte über einen bemerkenswerten Vorrat an Lebensmitteln. In dieser Kammer blieben keine Wünsche offen. Suppen-, Gemüse- und Obstkonserven, Kaffee- und Milchtüten, Mehl, Zucker, Reis, Nudeln, Kartoffelpüree-Packungen, verschiedene Saucen, Gläser mit Marmeladen und Gelees. Tatsächlich entdeckte er auf einem der unteren Regale einen Kasten mit Wasserflaschen. Daneben Trauben-, Johannisbeer- und Cranberrysaft in Kartons, Sekt- und Weinflaschen.

Behutsam drehte er den Verschluss einer Wasserflasche auf. Es bestand schließlich Gefahr im Verzuge. Was nutzte irgendjemandem ein verdursteter Hauptkommissar? Aus dem Wohnzimmer drangen gedämpfte Stimmen. Suboptimal. Wenn er etwas verstehen wollte, musste er die Tür seiner Kammer ein Stückchen aufschieben. Trotz aller Vorsicht knarrte es. Keineswegs ohrenbetäubend laut, aber vernehmlich. Achim erstarrte zur Salzsäule.

„Was war das?", fragte Horst alarmiert. „Hast du das auch gehört?"

„Da war gar nichts", antwortete der Mann, der Sven genannt wurde, genervt.

„Natürlich war da was, oder glaubst du ich leide unter Halluzinationen?"

„Puh. Bleib mal locker, warum bist du so nervös wie ein Zitteraal? Läuft schließlich ziemlich brauchbar. Helmut hat anscheinend angebissen. Er glaubt offenbar an das, was ich ihm vorgelegt habe. Sonst hätte er sich nicht dermaßen viele Notizen gemacht. In Reimform!" Achim konnte Sven grinsen hören. „Wenn seine Tollität am Samstag die Sensation verkündet, wird das Erstaunen groß sein. Noch größer wird es sein, wenn festgestellt wird, dass die Unterlagen im Stadtarchiv überhaupt nicht existieren, es mithin auch keinen Betrug durch die *Närrischen Flößer* gibt. Helmut steht als Lügner da und ist erledigt. Das muss dich doch zufrieden stimmen. Ich hätte nicht zu hoffen gewagt, dass es derart einfach wird, wieder an die Papiere zu kommen. Wäre dumm gewesen, wenn sie bei unserem Prinzen geblieben wären."

„Ach", Horst war die Verachtung, die er für Helmut hegte, anzuhören, „mir war klar, dass er irgendwann wegläuft, wenn ich bei ihm auftauche."

„Ja, du bist genial", bemerkte Sven spöttisch.

Achim nahm einen Schluck Wasser. Der geheimnisvolle Informant gefiel sich offenbar als Doppelagent. Spielte die Unterhaltung, die er belauschte, eine Rolle in der Mordsache, die sein Kommissariat beschäftigte? Steuerte sie ein Puzzleteil bei? Unter Umständen sogar das entscheidende? Ein Ermittler, der sich etwas besser mit den Sitten und Gebräuchen im Rheinischen Karneval auskennt, wäre wahrscheinlich in diesem Fall klar im Vorteil. Am Donnerstag, an Weiberfastnacht, würde es eine Feier in der Kantine geben. Vielleicht sollte er mal hingehen.

„Was machen wir, wenn Helmut darauf verzichtet, auf die aufsehenerregenden Entdeckungen hinzuweisen?“ Horst wollte offensichtlich auf Nummer Hundert-Prozent-Sicher gehen.

„Warum sollte er das tun? Er war ganz heiß auf die Neuigkeiten.“

„Durchaus. Nachdem du ihm diesen Floh erfolgreich ins Ohr gesetzt hast, Sven.“

„Total wurscht, Hauptsache, wir haben ihn am Haken. Bitte verzeih, dass ich auf unsere Vereinbarung zu sprechen komme, Horst. Du weißt, dass ich ein finanzielles Dankeschön von dir erwarte. Es wird Zeit, dass ich mich von dir verabschiede. Ich habe noch zu tun. Meine Kontonummer kennst du ja. Habe die Ehre.“

„Keine Angst, ich weiß, was ich dir schulde. Ich werde dich auf Heller und Pfennig bezahlen. Ich halte meine Versprechen.“

„Freut mich zu hören. Empfehle mich.“

Achim spähte durch den Spalt und versuchte einen Blick auf den geheimnisvollen Sven zu erhaschen. Ein Typ im schwarzen Kapuzensweatshirt. Der Kommissar schätzte ihn auf Mitte zwanzig. Er hatte den Mann noch nie gesehen. Ein hageres, bleiches Gesicht, dichte Brauen und dunkle Augen, die ihn finster und unheimlich erscheinen ließen, die Wangen glattrasiert. Niemand, mit dem der Ermittler hätte befreundet sein wollen. Auf der Rückseite des Kapuzensweatshirts grinste ein Totenkopf. Was keinesfalls dazu führte, dass der Träger Achim sympathischer wurde. Eines war klar: Die beiden Männer waren erkennbar keine Freunde, eher so eine Art Auftraggeber und Auftragnehmer. Über- und Unterordnungsverhältnis. Nein, ein Abhängigkeitsverhältnis. Sven riskierte eine ziemlich flotte Lippe. Der Kommissar zweifelte keine Sekunde daran, dass er sich sein Geld holen würde, wenn er nicht bald einen Eingang auf seinem Konto zu verzeichnen hatte.

Sven schien für Horst diese Sache mit der ältesten Gesellschaft der Stadt auf den Weg gebracht zu haben und wurde vom Feldmarschall dafür bezahlt. Nach diesem Sven musste recherchiert werden. Wenn man sich mit ihm unterhalten konnte, würden sich eventuell die Puzzleteile zusammenfügen. Er war zwar noch eine weitere Figur auf dem Brett, aber anscheinend eine wichtige. Außerdem wussten weder er noch die anderen Figuren, dass die Polizei von ihm Wind bekommen hatte. Was Achim daran erinnerte, dass er dieser Vorratskammer entkommen musste. Hoffentlich hatte Horst genügend zu essen in der Küche und im Kühlschrank. Oder keinen Hunger. Ansonsten könnte es sein, dass er in Erklärungsnöte geraten würde. In diesem Moment kam der Feldmarschall von der Tür zurück. Sein Weg führte kerzengerade Richtung kleine Kammer.

„Hat jemand eine Ahnung, wo Achim steckt?" Philipp saß mit Salik, Jana und Henry in seinem Büro. Die beiden Kommissare hatten ihre Kollegin über ihre gestrigen Ermittlungen in den Räumen der *Mehrwertinvest* informiert. Gerne hätten die drei nun erfahren, womit ihr Kommissariatsleiter sich einen Tag vorher beschäftigt hatte. Vorausgesetzt, Wiesbaden blieb unerwähnt.

Salik und Jana beantworteten die Frage mit einem zeitgleichen Kopfschütteln.

„Komisch." Philipp schüttelte nun auch den Kopf. „Immerhin ist es fast halb elf. Wollte er gestern jemanden besuchen?"

„Wir schauen in seinem Terminkalender nach. Es würde mich zwar sehr wundern, aber vielleicht hat er ausnahmsweise etwas hineingeschrieben, was uns weiterhilft." Die Oberkommissarin ging in Achims Büro und warf einen Blick in die Kalender. In den, der aus Papier bestand und in den digitalen. Wie sie befürchtet hatte, herrschte in beiden gähnende Leere. Anscheinend hatte der Hauptkommissar einen Blick in die Berichte geworfen, die bis dahin zum aktuellen Fall angefertigt worden waren. Jana griff zum Telefon und rief das Handy ihres Kollegen an. Es war ausgeschaltet. Sie wählte seine Festnetznummer zu Hause. Es meldete sich niemand, nicht einmal der Anrufbeantworter. Das war mehr als ungewöhnlich. Normalerweise behielt Achim sein heißgeliebtes Mobiltelefon stets im Auge. Zu diesem Teil pflegte er wahrscheinlich die engste Verbindung, die es in seinem Leben gab.

Die Ermittlerin knabberte an ihrem Daumennagel. Sie rief den Mitarbeiter, der für die Zeiterfassung zuständig war, an. Sie erklärte ihm die Situation und er schaute in das Zeitkonto ihres Kollegen. Achim hatte sich heute noch nicht angemeldet. Am Vortag hatte er das Präsidium um 17.47 Uhr verlassen, um zu einem Dienstgang aufzubrechen. Wohin und zu wem hatte ihn dieser Dienstgang geführt? Jana konnte es nicht verhindern, sie wurde unruhig. Was immer in den vergangenen Tagen schiefgelaufen sein mochte, sie waren nach wie vor ein Team und aus diesem Grund füreinander verantwortlich. Getreu dem altmodischen Musketiermotto „Einer für alle, alle für einen“. Wenn dieser Leitsatz in einem Kommissariat innerhalb des Präsidiums Koblenz gelebt wurde, dann in ihrem.

Die Kommissarin rief an der Eingangspforte an. „Hallo, Jana hier, hast du Achim heute schon gesehen?“

Die diensthabende Kollegin verneinte.

„Danke.“ Verdammt. Sie mussten ihn suchen gehen, das stand fest. Bloß, wo anfangen? Was für ein Müll. Wäre es wie früher, hätten sie gestern besprochen, wer welche Aufgabe übernehmen würde. Wahrscheinlich wären sie sogar gemeinsam losgezogen. Hätte, wäre, würde brachte sie leider im Moment keinen einzigen Millimeter weiter.

„Hast du was herausgefunden?“ Philipp sah Jana an.

„Ja, er ist oder war in unserem Fall unterwegs. „Seit gestern.“ Ihre Stimme wurde immer leiser. Sie war beunruhigt.

„Mach dir keine Sorgen, Achim ist ein großer Junge.“

„Ich weiß.“ Die Kommissarin schluckte trocken. Sie machte sich trotzdem Gedanken. Was, wenn ihrem Partner die Angelegenheit mit der neuen Stelle beim BKA und seinem Versteckspiel mehr an die Nieren ging, als er sich anmerken ließ? Wenn er dadurch unaufmerksam geworden war? Unkonzentrierter? Vielleicht hatte er den richtigen Riecher gehabt und war dem Mörder auf die Schliche gekommen. Er war alleine zu ihm gegangen. Wegen der blöden Streitereien mit seinen Mitarbeitern. Dann hatte er einen Moment nicht aufgepasst und schon war es geschehen. Der oder die Schwerkriminelle hatte ihn überwältigt, k.o. gehauen, gefesselt und geknebelt.

Jetzt reicht es aber, rief Jana sich selbst zur Ordnung. Ihre Eingebungen legten nahe, dass sie viel zu viele schlechte Krimis sah oder las. Ihre Selbstdisziplinierung nutzte ihr wenig. In ihrem Hals hatte es sich ein dicker Kloß bequem gemacht. Er machte keinerlei Anstalten den gemütlichen Platz alsbald zu verlassen.

„Wie gehen wir vor? Wir brauchen einen Plan.“ Philipp riss die Oberkommissarin aus ihren trübsinnigen Gedanken. „Gibt es irgendeinen Anhaltspunkt? Einen Hinweis, wo wir anfangen können?“

„Er hat sich deine Berichte angesehen.“

„Okay, das ist doch was. Anscheinend hat er danach beschlossen, Ermittlungen aufzunehmen. Alleine. Das bedeutet, dass er sich wahrscheinlich mit etwas beschäftigt hat, womit wir uns bisher nicht auseinandergesetzt haben. Damit scheiden die Mitarbeiter der *Mehrwertinvest* aus. Die Ergebnisse der Kollegen des Wirtschaftskommissariats stehen noch aus. Also im Moment weder ein Ansatz für Achim noch für uns.“

„Dominiks Verlobte haben wir durch die Mangel gedreht.“

„Das Rätsel um die Confluentia ist gelöst, sie war während der Tat bei ihrem neuen jugendlichen Prinzen. Von Freitagabend bis heute Morgen ununterbrochen.“

„Gut, allerdings sind Alibis, die sich Liebhaberin und Liebhaber gegenseitig liefern, stets etwas zweifelhaft“, gab Jana zu bedenken.

„Ihre Geschichte klang glaubwürdig“, bekräftigte Philipp seine Meinung.

„Ja“, unterstützte Salik seinen Kollegen. „Wir haben doch ansonsten genügend Verdächtige. Dominiks Verlobte ist für mich weiter im Spiel. Er hat sie mit seiner Eifersucht zur Verzweiflung getrieben. Winfried Wagner und seine Schwester Bettina Vogt haben auch starke Motive. Immerhin wurden sie erpresst. Helmut Günther hat unter den Gehässigkeiten des Hofnarren gelitten. Sehr offensichtliche Gründe, ihn loswerden zu wollen. Die Verantwortlichen der ehrenwerten Gesellschaft der *Grün-Weißen* verstehen sich alles andere als blendend. Da sind viele unterschiedliche Auffassungen unterwegs. Auch was Dominik angeht."

Die nächsten Minuten herrschte angestrengtes Schweigen, in dem ebenso angestrengt nachgedacht wurde. Man konnte die Überlegungen, die durch die Luft flogen, fast summen hören. Jana studierte aufmerksam Philipps Zusammenfassungen. Die Unterhaltungen mit Präsident Bernd, dem Generalfeldmarschall der Infanterie, Mario, und Geschäftsführer Matthias waren leider ergebnislos verlaufen. Die Überprüfung der Bewerbungsunterlagen für den Posten des Hofnarren war keineswegs so lustig gewesen, wie man es sich erhofft hatte. Fast hätte man meinen können, Dominik und Jens hätten sich um einen Job in der Chefetage der Deutschen Bank beworben. Horst Lieberknecht hatte es irgendwie geschafft, sich vor einer tiefergehenden Befragung zu drücken.

„Ich könnte wetten, dass Achim zu Horst Lieberknecht gefahren ist", rief sie plötzlich. „Ich kümmere mich um Lieberknecht, Philipp, du und Salik geht bitte noch einmal die Berichte durch, ob euch Weiteres auffällt." Jana hatte das Kommando übernommen.

„Äh, sorry, wie möchtest du zu dem Generalfeldmarschall hinkommen?", wagte Salik zu fragen.

„Na wie wohl? Mit dem Auto."

Der gebürtige Kosovare und sein Kollege erbleichten gleichzeitig. „Vielleicht wäre es besser …", wagte Philipp einen schüchternen Vorschlag.

„Nein, wäre es nicht", schnitt Jana ihm das Wort ab. „Ich muss mich ohnehin daran gewöhnen. Wenn Achim uns verlässt, möchte ich diese Schwäche ausgebügelt haben."

„Salik oder ich können Auto fahren." Das Entsetzen stand dem Oberkommissar ins Gesicht geschrieben.

Seine Kollegin begann zu lachen. „Lass uns das ein anderes Mal diskutieren. Heute müssen wir uns darauf konzentrieren, Achim zu finden. Glaube mir, mir wäre es auch lieber, ich könnte mich davor drücken, aber manchmal muss man sich einfach etwas zutrauen."

„Wenn was ist“, stotterte Salik, „zögere nicht, mich anzurufen. Ich komme, egal, wo du bist.“

„Beruhigt euch. Wird schon schiefgehen.“

„Ja, eben“, murmelte Philipp.

„Das habe ich gehört.“ Jana drohte ihm mit dem Finger. „Auf jetzt. Wir haben keine Zeit zu verlieren.“

In diesem Augenblick geschahen mehrere Dinge gleichzeitig. Zum einen flog die Tür zum Büro auf. Die Klinke krachte gegen die Wand. Zum anderen brach auf dem Flur ein unglaubliches Geschrei aus. Außerdem begann das Telefon, zu klingeln. Auf dem Display flimmerte die Nummer der Rechtsmedizin. Musste eigentlich immer alles auf einmal passieren?

„Hi, Doc. Du hast nach einem von uns verlangt. Voilà, hier bin ich.“

„Hi, Philipp. Du siehst, wenn ich mir die Bemerkung erlauben darf, ziemlich mitgenommen aus.“

„Das bin ich auch, wenn ich mir die Bemerkung erlauben darf.“

„Was ist passiert?“

„Das zu erklären, würde zu lange dauern.“

„Hat es etwas mit Achim zu tun?“

„Auch.“

Mehr war offensichtlich aus dem frischgebackenen Oberkommissar nicht herauszubekommen. Der Doc gab es auf. „Nun gut, dann erzähle ich dir was.“

„Gerne. Ich bin gespannt.“ Der junge Mann gähnte verstohlen hinter seiner rechten Hand.

„Nach Begutachtung diverser Verdauungsorgane und damit verbundener körperlicher Vorgänge kann ich euch Näheres zum Todeszeitpunkt sagen.“

„Wirklich?“ Mit einem Mal war Philipp hellwach. „Wir haben uns tatsächlich heute Morgen darüber unterhalten. Also, wann ist es passiert?“

„Um achtzehn Uhr plus/minus eine Viertelstunde.“

„Wow. Das heißt, jeder, der in Kesselheim beim Auftritt der *Grün-Weißen* anwesend war, könnte es theoretisch gewesen sein.

Zeit genug war jedenfalls. Damit ist Helmut Günther wieder ganz vorne mit dabei in der Riege der Verdächtigen."

„Ich habe noch was. Genauer gesagt, eigentlich haben wir, also Georg und ich noch was. Von Anfang an hatte ich doch den Verdacht, dass das Gift unserem Opfer unter Zuhilfenahme eines Schlauchs eingeflößt wurde. Ich hatte recht. Ich habe erst am Ende der Speiseröhre Frostschutzmittel feststellen können, das heißt, es hat ein entsprechendes Hilfsmittel gegeben. Georg hat sich auf die Suche nach einem solchen Schlauch gemacht. Wir sind uns sicher, dass es sich um einen Fahrradschlauch gehandelt hat."

„Wie das?"

„Wir haben Butylkautschuk mit weiteren Zusatzstoffen gefunden. Bei Butyl handelt es sich um einen ausgesprochen elastischen, synthetischen, Kautschuk. Außerdem zeichnet er sich dadurch aus, dass er sehr luftdicht ist."

„Der passt in eine menschliche Speiseröhre?"

„Oh ja, insbesondere, wenn das Opfer wehrlos ist. Unsere Speiseröhre ist in der Lage, sich bis zu einem Durchmesser von 35 Millimetern auszudehnen. Damit ist gewährleistet, dass wir nicht ersticken, wenn wir mal einen Happen erwischt haben, der sich als zu groß herausstellen sollte."

„Dann werden wir in dieser Beziehung einige der Figuren auf dem Brett erneut befragen."

„Georg hat skizziert, welchen Durchmesser der Schlauch haben muss. Ungefähr achtundzwanzig Millimeter." Der Doc drückte Philipp einen Zettel in die Hand. „Wenn du weitere Fragen hast, wende dich an Georg. Er hat wirklich gute Arbeit geleistet."

„Das wird kaum nötig sein, wenn ihr das sagt, stimmt das schließlich immer. Unbedingt habt ihr euch aber ein Lob verdient."

„Fällt dir zu unseren Erkenntnissen etwas ein, was euch in den Ermittlungen weiterhilft?"

„Das tut es allerdings." Die Augen des jungen Oberkommissars glänzten.

Kapitel 15

Unterdessen lauschten im Präsidium Jana und Salik der Geschichte die Achim in Bezug auf die vergangene Nacht zu erzählen hatte. Er hatte sie in Horst Lieberknechts Vorratskammer verbracht. Zum Glück hatte der Feldmarschall nicht in die Kammer geschaut, sondern sich aus dem Kühlschrank mit Essbarem versorgt. Danach hatte er sich in sein Wohnzimmer zurückgezogen, allerdings die Tür zum Flur offen gelassen. Achim hatte durch den Spalt gelinst und feststellen müssen, dass Horst, der es sich auf dem Sofa gemütlich gemacht hatte, exakt in seine Richtung schaute. Einfach rausmarschieren und verschwinden konnte er deshalb vergessen.

Im Gegensatz zu ihm schlief der Generalfeldmarschall der Artillerie vor dem Fernseher nicht ein, sondern behielt die Augen offen. Über den Bildschirm flimmerte irgendeine Talkshow. Achim wurde müder und müder. Außerdem hungriger und hungriger. Fast hätte das Knurren seines Magens ihn verraten. Hatte er zumindest befürchtet. Irgendwann, es war weit nach Mitternacht, hatte Horst sich entschlossen, seine Couch zu verlassen und sein Bett aufzusuchen, wo er kurz darauf anfing, lautstark zu schnarchen. Achim wartete eine Zeit lang, dann schlich er aus seinem Versteck zur Wohnungstür. Leise drückte er die Klinke nach unten. Es tat sich – rein gar nichts.

Der Kommissar suchte den Schlüssel, konnte ihn aber nirgendwo finden. Er schaute aus dem Wohnzimmerfenster. Rausklettern und runterspringen konnte er getrost knicken. Allmählich dämmerte bei Achim die Erkenntnis, dass er die Nacht in der Wohnung des Feldmarschalls verbringen würde. Wahrscheinlich empfanden so Verbrecher, die gerne aus ihrer Gefängniszelle ausgebrochen wären, aber durch Gitter, dicke Mauern und ähnliche Sicherheitsvorkehrungen daran gehindert wurden. Eine Win-win-Situation sah anders aus. Der Ermittler schlich zurück in die Vorratskammer, in der er sich mittlerweile schon richtig zu Hause, geradezu geborgen fühlte. Er setzte sich auf den Boden und öffnete eine Dose mit Aprikosen. Die Früchte stillten den größten Hunger. Danach lehnte er sich gegen ein Regal, das er mit einem Polster für einen Balkonstuhl ein wenig bequemer gestaltet hatte und fiel in einen unruhigen Schlaf.

Exakt bis zu dem Moment, in dem Horst Lieberknecht sich etwas für sein Frühstück aus der Vorratskammer besorgen wollte. Als er nach der toskanischen Streichcreme mit sonnengereiften Tomaten und Oliven griff, entdeckte er Achim und begann, ohrenbetäubend zu schreien. Er floh aus der Kammer, knallte die Tür zu und schloss sie von außen ab. „Ich informiere die Polizei“, brüllte er.

„Die ist bereits da“, schrie Achim zurück.

„Ja klar“, höhnte der Generalfeldmarschall. „Das hört man immer wieder, dass sich Ordnungskräfte in Vorratskammern verstecken. Soll in unserem Land völlig normal sein.“

Achim staunte. Er hatte es für wenig wahrscheinlich gehalten, dass Horst Lieberknecht die Kunst der Ironie beherrschte. So kam es, dass sich der Kommissariatsleiter nach zehn Minuten zwei uniformierten Kollegen und ihren gezückten Waffen gegenübersah. Er hatte kurz überlegt, seinen Dienstausweis unter der Tür durchzuschieben, dann aber doch lieber darauf verzichtet. Wer wusste, was dieser seltsame Feldmarschall damit anstellen würde. Dieser Ausweis war viel zu kostbar, um ihn leichtfertig aus der Hand zu geben und womöglich nie mehr wiederzusehen.

„Achim“, bemerkte einer der Uniformierten und steckte die Pistole weg. „Was machst du hier in dieser Vorratskammer?“

„Sie kennen dieses Subjekt?“ Horst war das Entsetzen anzuhören.

„Durchaus.“

Der Hauptkommissar nutzte die Gelegenheit und hielt dem Generalfeldmarschall seinen Dienstausweis unter die Nase.

„Seit wann ist es der Polizei erlaubt, in Privatwohnungen einzubrechen?“, blaffte Horst. „Ich werde Sie anzeigen.“

„Tun Sie das. Ich bin übrigens nicht eingebrochen, sondern durch die offene Tür eingetreten, nachdem ich ordentlich geklingelt habe. Sie haben auf einen Mann namens Sven gewartet. Offensichtlich haben Sie gedacht, ich wäre er.“ Achim ging ins

Wohnzimmer und stellte fest, dass die Papiere immer noch dort lagen. Er raffte sie zusammen und nahm sie an sich.

„Legen Sie das sofort wieder hin.“ Horst war krebsrot im Gesicht. „Die Sachen gehen Sie rein gar nichts an“, polterte er cholerisch.

„Ich ermittle in einem Mordfall und durfte gestern Abend mitbekommen, dass Sie Sven für diese Unterlagen Geld versprochen haben. Mit Hilfe dieser Blätter wollen Sie Helmut Günther der Lächerlichkeit preisgeben. In dessen Lagerhalle wurde eine Leiche gefunden. Da frage ich mich doch automatisch, ob das eine unter Umständen etwas mit dem anderen zu tun hat.“

„Sie unverschämter Bulle“, tobte Horst. „Ich werde mich über Sie beschweren. An ganz hoher Stelle, das verspreche ich Ihnen, an ganz hoher Stelle.“

„Tun Sie sich keinen Zwang an, Herr Lieberknecht. Ich werde Sie ins Präsidium mitnehmen. Dort können Sie mir in aller Ruhe erklären, was Sie mit diesen Machenschaften bezwecken, welche Rolle der geheimnisvolle Sven dabei spielt und wo wir den jungen Mann finden können. Vielleicht haben Sie zwei gemeinsam dem diesjährigen Prinzen Karneval eine Leiche in seine Halle gelegt.“

„Sagen Sie mal, haben Sie noch alle Tassen im Schrank? Sie spinnen doch hochgradig.“ Die beiden uniformierten Kollegen hatten den Gift und Galle spuckenden Horst in ihre Mitte genommen. „In deiner Abteilung abliefern?“, erkundigte sich einer von ihnen.

„Ja bitte, ich fahre euch hinterher.“

„Eh, was soll das? Ich muss zur Arbeit“, zürnte der Generalfeldmarschall. „Lasst mich sofort los, ihr Pfeifen.“

„Noch eine Beleidigung von Beamten im Dienst“, sagte Achim kühl, „und wir zeigen Sie an. Wenn Sie freiwillig mitgehen, werden meine Kollegen Sie nun loslassen.“

„Ja verdammt.“

„Super. Dann sehen wir uns gleich.“

Aus Achims Erzählung erklärte sich das Geschrei, das Horst auf dem Flur in der Abteilung Mord und Totschlag zum Besten gab.

Er verlangte lautstark, seinen Arbeitgeber benachrichtigen zu dürfen. Außerdem seinen Anwalt, wenn es sich als notwendig erweisen sollte. Der erste Wunsch wurde ihm erfüllt und es kehrte endlich Ruhe ein.

„Unterhältst du dich mit Herrn Lieberknecht?“, erkundigte sich Jana bei Achim.

„Klar, schließlich habe ich die Nacht bei ihm verbracht. Salik, du kannst uns Gesellschaft leisten. Was machst du?“

„Ich besuche Yvonne, zusammen mit Philipp.“ Der junge Oberkommissar hatte vorher angerufen und seine Kollegin über die Erkenntnisse der Rechtsmedizin und der Spurensicherung informiert. Kurze Zeit später saßen sie im Auto.

„Wohin geht es?“, fragte Philipp.

„Zu Frau Hartkorns Arbeitsstelle.“

„Glaubst du wirklich, sie ist auf der Arbeit?“

„Keine Ahnung, wir werden es merken. So oder so werden wir uns zeigen lassen, wie dort die Räder zusammengebaut werden. Mit besonderem Augenmerk auf den Reifen und ihrem Innenleben. Jedenfalls dürfte es für Yvonne ein Leichtes sein, an einen von dir beschriebenen Schlauch heranzukommen.“

„Ich sehe, du hast dir Gedanken gemacht.“

„Selbstverständlich.“ Jana grinste. „Same procedure as bei jedem anderen Fall.“

„Schon klar.“ Philipp lachte zurück.

Der Koblenzer Global Player im Fahrradgeschäft logierte in einem repräsentativen Gebäude mitten im Industriegebiet. Die Glasfront funkelte ebenso im Sonnenlicht wie der riesige künstlich angelegte Teich. Um das Gewässer herum waren Bänke aufgestellt, die in wärmeren Jahreszeiten für Erholung und Entspannung während der Pausen sorgten. Die Automatiktüren glitten lautlos auseinander, als die Kommissare auf sie zutraten. Eine imposante Empfangshalle tat sich vor ihnen auf. Der Raum erinnerte ein wenig an ein Museum moderner Prägung.

In mehreren blankgeputzten Vitrinen konnte man die Geschichte des Rades bewundern. In Form von Modellen von den Anfängen bis in die heutige Zeit. An den Wänden hingen die aktuellen Produkte der Firma. Rennräder, Räder für Damen, Herren, Kinder, für den Wald, fürs Gebirge. Hohe Rahmen, niedrige Rahmen, dicke Reifen, dünne Reifen, ganz dünne Reifen. Unglaublich. In diesem Zweiradparadies blieben wahrlich keine Radler-Wünsche offen. Zwischen den Rädern füllten Helme sowie andere nützliche Dinge die Wände. Taschen, Trinkflaschen, Einkaufskörbe.

„Wow", bemerkte Philipp beeindruckt. Geradezu magisch wurde er von einem niedrigen Exemplar angezogen. Etwas für die Minis.

„Kann ich Ihnen helfen?" Eine junge Frau trat hinzu. Sie trug sportliche Kleidung. Ein Funktions-Shirt in einem tiefen Rot und eine schwarze lange Sporthose, unter der sich deutlich stramme Waden und muskulöse Oberschenkel abzeichneten. Dazu dunkle Turnschuhe. Sie sah aus, als würde sie in der nächsten Minute zu einem Radrennen aufbrechen. „Gefällt Ihnen unser Showroom? Sie interessieren sich speziell für Kinderräder?"

„Ab welchem Alter kann man mit diesem Rad fahren?"

„Es kommt eher auf die Größe als auf das Alter an. Grob kann man sagen, dass unsere kleinen Kunden ab ungefähr drei auf unsere Räder klettern. Durch die Berücksichtigung der Körpermaße sind wir dazu in der Lage, unsere Produkte individuell für jeden Käufer anzupassen. Bei den Kindern legen wir Wert darauf, dass die Räder so beschaffen sind, dass sie mit den Fähigkeiten der kleinen Radler mitwachsen können. Wie alt ist denn Ihr Nachwuchs?"

„Ja, äh, also, der ist noch gar nicht auf der Welt", stotterte Philipp.

„Ach so, na dann. Also, zum dritten Geburtstag wäre einer unserer Artikel durchaus ein passendes Geschenk für Ihren Sprössling. Wir bieten übrigens auch Fahrradkurse an. Wir haben auf diesem Gelände einen Übungsparcours. Aber wenn Sie kein Rad erwerben möchten, was kann ich dann für Sie tun?"

„Wir würden gerne zu Frau Hartkorn."

„Das tut mir leid, sie ist zu Hause, sie ist krank." Die junge Frau senkte die Stimme. „Ihr Verlobter ist ermordet worden, müssen Sie wissen."

„Wenn das jemand weiß, dann wir." Die Ermittler zückten ihre Dienstausweise.

„Oh."

„Seien Sie so nett und bringen Sie uns zu Ihrem Geschäftsführer", bat Jana.

„Ja, natürlich." Auf ihren athletischen Waden eilte die junge Frau davon. Derart schnell, dass die ebenfalls bestens trainierten Kommissare Mühe hatten, mitzuhalten. Irgendwann stoppte sie abrupt vor einer eher bescheiden wirkenden Tür. Sie klopfte und trat nach einer kurzen Wartephase ein. „Uwe", sagte sie, „zwei Herrschaften von der Kripo."

Ein Mann in einem hellgrünen Trainingsanzug, der wahrscheinlich mehr Geld gekostet hatte als ein Anzug von der Stange im oberen Preissegment, erhob sich. In diesem Unternehmen wurde dem Produkt, das man fertigte, ohne Zweifel auf hohem Niveau gehuldigt. „Hallo, ich bin Uwe Ahlers. Ich nehme an, Sie sind wegen Frau Hartkorn hier. Was kann ich für Sie tun?"

„Sie vermuten richtig", bestätigte Jana. „Erzählen Sie uns etwas über Ihre Mitarbeiterin."

„Yvonne ist kompetent, fleißig und kreativ. Ein echter Profi. Egal, welchen Auftrag man für sie hat, er wird prompt, zuverlässig und zur vollsten Zufriedenheit erledigt."

„Gab es irgendwann irgendwelche Schwierigkeiten?"

„Nicht zwischen uns oder mit den Kollegen."

„Sondern?" Die Kommissarin hatte natürlich bemerkt, dass Herr Ahlers noch etwas zu sagen hatte.

„Einmal ist ihr sogenannter Verlobter mitten in ein Teammeeting geplatzt und hat Yvonne eine Riesenszene hingelegt. Vor aller Augen und Ohren. Er hat sie aufs Übelste beschimpft. Er hatte wohl ein Problem mit seiner Eifersucht."

„Die durchaus berechtigt war", warf Philipp ein.

„Möglich, trotzdem hat so etwas in unserer Firma nichts zu suchen. Die beiden können sich bei sich zu Hause fetzen, wie sie wollen. Auf der Arbeit ist das allerdings ein No-Go."

„Hatte diese Angelegenheit ein Nachspiel für Frau Hartkorn?"

„Eher für ihren Verlobten, Herr Kommissar. Er bekam Hausverbot. Wir haben ihn vor die Tür gesetzt und ihm klargemacht, dass wir keinen Wert darauf legen, ihn nochmals wiederzusehen. Was für Betriebsfeiern ausdrücklich ebenfalls galt. Yvonne war nach dem Auftritt von …, wie hieß er noch gleich?“

„Dominik“, half Philipp.

„Genau. Yvonne war nach dem Auftritt von Dominik völlig neben der Spur. Das Teammeeting haben wir abbrechen müssen. Sehr ärgerlich. Natürlich hat diese Episode tagelang den Klatsch und Tratsch innerhalb der Belegschaft beherrscht“

„Welche Stellung hat Frau Hartkorn innerhalb der Belegschaft inne?“

Herr Ahlers zögerte. Für Jana einen Moment zu lange.

„So, Herr Lieberknecht, jetzt plaudern wir mal entspannt über diesen Unsinn mit der ältesten Gesellschaft der Stadt. Außerdem wäre ich Ihnen sehr verbunden, wenn Sie mir den Nachnamen des geheimnisvollen Sven verraten würden.“

„Menschenskinder, was für ein Irrsinn.“ In dem Generalfeldmarschall brodelte es nahezu hörbar. „Sehen Sie lieber zu, dass Sie Dominiks Mörder finden, statt unschuldige Bürger einzusperren. Eine Schande, dass derjenige, der ein solch begabtes junges Leben auf dem Gewissen hat, noch frei herumläuft. Im Gegensatz zu mir.“

„Sie sind nicht eingesperrt“, erwiderte Achim trocken. „Das kann sich natürlich ändern.“

„Was soll das denn heißen?“

„Für mich haben Sie ein eindeutiges Motiv für den Mord an Dominik.“

„Quatsch.“

„Das sehe ich anders.“ Achim blieb unbeeindruckt. „Sie hassen, warum auch immer, Helmut Günther.“

„Weil er eine totale Niete ist.“

„Na also, Sie geben es zu. Das bringt uns einen gehörigen Schritt weiter. Sie wollen ihn blamieren, füttern ihn mit Informationen, die jeglicher Grundlage entbehren. Um ihn aber vollends plattzumachen, gibt es nichts Effektiveres, als ihm einen Mord in die Schuhe zu schieben. Egal was noch passiert, die Session ist für den Prinzen gelaufen." Achim war stolz auf sich, er hatte sich karnevalistisches Fachvokabular angeeignet. Nicht nur das, er war auch in der Lage, es zu verwenden. „Es macht ohne Zweifel verdächtig, wenn in der eigenen Lagerhalle plötzlich der ungeliebte Hofnarr liegt. Tot. Toll für Sie."

„Was reden Sie denn da für einen gequirlten Mist. Ich mochte Dominik. Er hatte tausendmal mehr drauf als unser aufgeblasener Prinz. Er war witzig."

„Na ja", murmelte Salik.

„Wie bitte?" Horst warf dem zweiten Kommissar giftige Blicke zu.

„Ich finde seine Auftritte alles andere als witzig. Wir haben uns die Mühe gemacht, uns einige Videos anzuschauen. Sie sind verletzend. Wollte Dominik Prinz werden?"

„Nein, noch nicht. Man braucht ein wenig Lebenserfahrung, um es richtig vorzüglich zu machen. Das wusste er. Aber in zehn bis fünfzehn Jahren hätte er diese Aufgabe hervorragend erledigt."

„Wollten Sie Prinz werden, Herr Lieberknecht?"

„Selbstverständlich." Horst wurde lauter und lauter. „Und glauben Sie mir, mein junger Freund, ich hätte es viel, viel besser gemacht."

„Sie sind neidisch auf Herrn Günther", stellte Salik nüchtern fest.

„Ja, das gebe ich zu. Es tut mir geradezu körperlich weh, wenn ich ihn auf der Bühne herumdilettieren sehe. Aber verraten Sie mir eins, meine Herren Kommissare. Warum sollte ich Helmut dadurch schaden, dass ich Dominik ermorde? Warum warte ich nicht erst einmal ab, ob unser Plan mit dem gefälschten Gründungstag funktioniert? Falls das schiefgeht, hätte ich nach einem anderen Weg suchen müssen. Aber im Moment besteht dazu überhaupt kein Grund."

Achim legte den linken Zeigefinger auf seinen Schnurrbart. Da hatte der Feldmarschall recht, musste er stumm zugeben. Eins zu null für Horst Lieberknecht. Ärgerlich. Also auf zur nächsten Frage, deren Beantwortung ihn brennend interessierte. „Wie lautet der Nachname des geheimnisvollen Sven?“

„Ich habe keine Ahnung.“

„Herr Lieberknecht, was sollen denn diese dummen Spielchen?“ Achim wurde langsam aber sicher sauer.

„Ich spiele keine Spielchen“, grummelte der Generalfeldmarschall. „Sven hat mir seinen Nachnamen einfach nie genannt.“

„Schade, schade“, murmelte der Kommissar, „gerade habe ich angefangen zu glauben, Sie würden mit uns kooperieren.“

„Würde ich ja, wenn ich es wüsste.“

„Wissen Sie, Herr Lieberknecht, eines kann ich auf den Tod nicht ausstehen: Wenn man mich für blöd hält. Sie wollen mir ernsthaft erzählen, dass Sie die Kontonummer von Ihrem mysteriösen Freund kennen, aber nicht seinen Nachnamen? Das können Sie erzählen, wem Sie wollen, aber mir nicht. Ich werde mir nun erlauben, Sie für eine Weile in Untersuchungshaft zu nehmen.“

„Als ob Sie das dürften“, jaulte Horst, dessen ohnehin rote Gesichtsfarbe sich um ein paar Nuancen vertiefte.

Achim genoss das Farbenspiel, das er als Eingeständnis interpretierte. „Selbstredend darf ich das. Weil Sie offensichtlich Hinweise zurückhalten, die zur Klärung eines Verbrechens beitragen könnten.“

„Was für ein Blödsinn.“

„Okay, ich sehe, es ist notwendig. Wir werden Sie in eine Zelle bringen. Sie betteln ja förmlich darum. Dort haben Sie genügend Zeit zum Nachdenken. Salik, wenn du bitte mit anpacken würdest.“

„Nein, warten Sie.“ Horst Lieberknecht wischte sich den Schweiß von der hochroten Stirn.

„Sie ist vollständig akzeptiert.“ Uwe Ahlers beendete sein Schweigen. Trotzdem fragte sich Jana, warum es so lange angedauert hatte. „Soweit ich weiß, hat sie keine engeren Freundschaften geschlossen“, sprach der Geschäftsführer weiter. „Sie ist durchaus teamfähig, wenn es um die Sache geht, aber gleichzeitig distanziert.

Kumpanei ist nicht ihr Ding. Sie ist zum Arbeiten hier. Das betont sie ab und an ausgesprochen deutlich. Auf nähere Beziehungen legt sie keinen Wert. Was ich im Übrigen bei diesem merkwürdigen Freund nachvollziehen kann. Mit dem war nie viel Staat zu machen. Kein Wunder, dass sie sich für diesen Typen geschämt hat."

„Sie verhindern also nicht, dass sich zwischen Ihren Mitarbeitern Freundschaften entwickeln?"

„Nein, warum sollte ich? Es kann mir nur recht sein, wenn sie sich am Wochenende verabreden, zum Beispiel zum Radfahren." Uwe Ahlers lachte. „Je besser sich meine Leute untereinander verstehen, umso besser ist das für mich und das Unternehmen."

„Sie sind unglaublich erfolgreich."

„Das stimmt, Frau Kommissarin. Eigentlich unerklärlich, wenn man den traurigen Zustand der meisten Koblenzer Radwege bedenkt. Aus diesem Grund bin ich auf die Entwicklung dieser Firma besonders stolz. Nebenbei, wir unterstützen unsere Beschäftigten darin, Mobilität mit dem Zweirad zu leben. Wir stellen ihnen Räder zur Verfügung, Radgaragen, sie können sich duschen, wenn der Weg zur Arbeit sie ins Schwitzen gebracht hat."

„Mit dem Rad ins Industriegebiet?" Jana machte aus ihrem Entsetzen keinen Hehl.

„Ja, Frau Kommissarin, es ist zwar kaum zu erwarten, aber es gibt etliche Schleichwege, auf denen man sich relativ gefahrlos mit seinem Drahtesel bewegen kann."

Janas Gesichtsausdruck war mehr als deutlich anzusehen, dass sie diesen Worten keinerlei Glauben schenkte.

„Wir üben das mit unseren Leuten. So wie unsere Eltern uns, als wir klein waren, den Weg zur Schule gezeigt haben und wie man ihn alleine bewältigt."

Janas Augen wurden tellergroß, aber sie schwieg. „Wie auch immer. Was verheimlichen Sie uns?"

„Wie meinen?"

„Sie haben eben etwas zu lange mit der Antwort gezögert. Das löst bei uns berufsbedingt Misstrauen aus. Was gibt es? Spucken Sie es aus."

Uwe Ahlers verschränkte die Finger ineinander. „Dominik hat sich einen Dreck um das Hausverbot geschert. Er war noch mehrmals hier. Bei mir.“

„Warum?“

Der Geschäftsführer seufzte. „Weil er glaubte, ich wäre der Geliebte seiner Verlobten.“

„Sind Sie es?“, fragte Philipp unverblümt.

„Nein. Dieser Mann war trotzdem felsenfest davon überzeugt. Er war von dieser blödsinnigen Vorstellung geradezu besessen.“

„Sie leben in einer festen Beziehung?“

„Nein. Dafür habe ich überhaupt keine Zeit. Ich sitze jeden Tag, und damit meine ich jeden Tag, bis zu sechzehn Stunden in diesem Unternehmen. Die Firma ist meine Beziehung und ich bin mit ihr sehr glücklich. Mein Partner und ich haben unsere ersten Räder in einer Garage zusammengebaut. Schauen Sie, wie weit wir gekommen sind. Da verzichte ich gerne auf eine Frau. Und glauben Sie mir, für die Weiblichkeit gilt dasselbe. Ich würde einen lausigen Gefährten abgeben.“

„Wahrscheinlich stimmt das. Wie haben Sie sich Dominik gegenüber verhalten? Immerhin hat er Sie permanent bedrängt.“

„Ich habe ihm mit der Polizei gedroht.“

„Nur gedroht?“

„Ja. Ich hätte die Ordnungshüter niemals gerufen, weil ich auf einen solchen Aufruhr in der Firma gut verzichten kann.“

Janas Herzfrequenz nahm deutlich zu. Auf eine solche Entwicklung hatte sie nicht zu hoffen gewagt. Mit einem Mal sortierten sich die Puzzleteilchen der Untersuchungen neu. „Haben Sie sich dazu entschlossen, das Problem nachhaltig zu erledigen?“

„Wie kommen Sie denn darauf?“

„Nun, Sie haben einen erstklassigen Grund. Der Verlobte Ihrer Mitarbeiterin ist Ihnen gehörig auf die Nerven gegangen. Daraufhin haben Sie die Ihren verloren. Er hat Sie ständig belästigt. Da kann man sich wahrlich wünschen, der Typ würde für immer verschwinden. Ein erstklassiges Motiv.“

„Unfug. So sehr haben mich seine Unterstellungen auch wieder nicht aus der Bahn geworfen.“

„Da ist noch etwas. Nämlich die Tatsache, dass Dominik vergiftet wurde.“

„Das ist tragisch.“ Uwe Ahlers’ kühle Stimme zeigte keinerlei emotionale Regung.

„Ich fürchte, ich muss ein wenig konkreter werden. Bevor er vergiftet wurde, hat man ihn durch K.-o.-Tropfen außer Gefecht gesetzt. Dann hat man ihm Frostschutzmittel eingeflößt. Unter Zuhilfenahme eines Fahrradschlauches.“

„Was?“ Der Geschäftsführer verlor jegliche Zurückhaltung. Plötzlich ging ihm die Sache nahe. Er sprang auf. „Das ist schrecklich. Etwa einer aus unserem Sortiment?“

„Das wissen wir nicht. Wir haben den Schlauch nicht gefunden. Wir können Ihnen aber sagen, aus welchen Materialien er bestehen muss.“ Philipp betete die Erkenntnisse von Georg und dem Doc herunter. Und er muss diesen Durchmesser haben.“ Der Oberkommissar schob Uwe Ahlers das Blatt mit Georgs Skizze über den Tisch. „Gibt es in Ihrer Firma derartige Schläuche?“

„Was denken Sie denn? Wir fertigen in der Produktion bis zu zweihundert Fahrräder am Tag.“ Yvonne Hartkorns Chef sank auf seinen Stuhl und starrte die Decke an. „Entsetzlich. Ich hätte niemals gedacht, dass Dominiks Tod etwas mit unserem Unternehmen zu tun haben könnte. Das muss ich erst einmal verdauen.“

„Diese Zeit können wir Ihnen leider nicht gewähren“, bedauerte Philipp. „Wenn ich mir die Zahl durch den Kopf gehen lasse, die Sie eben genannt haben, dann wird es wahrscheinlich kaum auffallen, wenn ein solcher Schlauch auf Nimmerwiedersehen verschwindet.“

„Absolut richtig.“

„Wer hat Zugang zu den Schläuchen?“

„Theoretisch jeder. Unsere Mitarbeiter haben mit ihren Karten Zutritt in die für die Öffentlichkeit unzugänglichen Bereiche. Wir halten das für wichtig. So können Schwierigkeiten direkt geklärt werden, ohne dass vorher telefoniert oder eine E-Mail geschrieben werden muss. Außerdem vertrauen wir unserem Personal.

Ein Grundpfeiler unserer Firmensphilosophie. Schauen Sie auf unserer Homepage nach. Wir nennen uns dort aus guten Gründen Familie. Weil es uns damit ernst ist."

Jana schloss die Augen. Diesen Spruch mit der Familie hatte sie in ihrem Berufsleben derart häufig zu hören bekommen, dass sie es kaum noch zählen konnte. Ab und zu stimmte diese Aussage, meistens jedoch zerbröselte sie während der Ermittlungen in tausend Teile. Was wiederum passte, schließlich fanden viele Taten in Beziehungen statt. Zufallsopfer gab es im Bereich Gewaltkriminalität eher selten. Der berühmte schwarze Mann war bei Weitem weniger gefährlich als die Menschen, mit denen man sein Leben verbrachte. „Bitte seien Sie so nett und zeigen uns Ihre Produktion. Außerdem hätten wir gerne einen Schlauch wie den, der bei der Tat benutzt wurde."

„Kein Problem. Wenn Sie mir folgen wollen."

Kurze Zeit später standen Jana, Philipp und Uwe Ahlers in der Halle, in der Räder für jeden Geschmack und jeden Zweck gefertigt wurden. Beeindruckend. Es summte geschäftig wie in einem Bienenstock. Die Monteure bearbeiteten Rahmen, setzten Räder zusammen und ... Reifen. Die Kommissarin steuerte auf die Arbeitsplätze zu. In diesem Augenblick hörte sie von weiter hinten ein wütendes Klatschen. Da wurde jemand geschlagen. Die Ermittlerin spurtete los. Philipp folgte ihr auf den Fersen.

Kapitel 16

„Svens Nachname lautet Schröder."

„Wunderbar, Herr Lieberknecht, das war doch gar nicht schwer." Achim verspürte eine gewisse Befriedigung. Hartnäckigkeit ebnete häufig den Weg zum Erfolg. „Wo wohnt der Herr?"

„Also das weiß ich nun wirklich ni..."

Horst registrierte den stechenden Blick des Kommissars und überlegte es sich blitzschnell anders. Er nannte die Adresse, die sich in unmittelbarer Nähe von Horsts Wohnung befand.

„Ist er Mitglied in der ehrenwerten Gesellschaft der *Grün-Weißen*?“

„Nein.“

„Wieso hat er sich dann in solch engagierter Weise um die Belange Ihrer Karnevalsgesellschaft oder besser gesagt Ihre Belange gekümmert?“

„Ich kenne Sven, weil wir mehr oder weniger Nachbarn sind. Er ist ein kleiner Gauner, verdient Geld mit allem, für das man ihn bezahlt. Ich dachte, der Auftrag wäre bei ihm in den passenden Händen. Gerade weil er mit den *Grün-Weißen* nichts zu tun hat.“

„Stünde er für einen Auftragsmord zur Verfügung?“ Achims Frage klang harmlos, als würde er in einer Bäckerei um einen Laib Brot bitten. Oder um eine Tüte Mandelhörnchen.

„Selbstverständlich nicht. Er ist ein Kleinkrimineller, kein Schwerverbrecher“, ereiferte sich Horst. „Außerdem wollen Sie damit doch mir unterstellen, dass ich diese Tat beauftragt habe und das habe ich ganz bestimmt nicht.“

„Soll ich ihn herbringen?“ Salik war bereits auf den Beinen.

„Ja, tu das. Vielleicht wird es interessant, die Herren Lieberknecht und Schröder gleichzeitig bei uns zu haben. Halte dich um Himmels willen von Vorratskammern fern.“ Salik hatte den letzten Satz nicht mehr mitbekommen, so schnell war er durch die Tür verschwunden.

„Das heißt, ich muss noch hierbleiben?“ Der Generalfeldmarschall klang resigniert.

„Ja“, bestätigte Achim Horsts Befürchtung. Außerdem erinnerte er sich an seine Pflichten als aufmerksamer Gastgeber. „Darf ich Ihnen etwas zu trinken anbieten?“

„Ein Heidelbeersaft wäre schön, aber den werden Sie kaum haben, oder?“

„Leider nein, ich hole Ihnen einen Orangensaft.“

Während Achim als Kellner fungierte, rauschte Salik beschwingt über die Pfaffendorfer Brücke. Nach wie vor genoss er das Gefühl, Teil eines Teams zu sein, das Bösewichte jagte. Er hatte das

Blaulicht eingeschaltet, damit er, selbstverständlich unter Berücksichtigung der Gesamtverkehrssituation, etwas zügiger fahren konnte. Auf die Sirene verzichtete er. Er kam auch ohne sie flott genug voran. Die Adresse war Minuten später schnell gefunden. Eine herrliche Aussicht hatte man von hier oben, stellte er fest. Die Balkone der Wohnungen lagen mit Blick zum Rhein und zu den Hängen des Hunsrücks, die allerdings momentan recht trostlos aussahen. Die Bäume waren unbelaubt und überall schimmerten grauer Fels und brauner Boden durch.

Die Haustür des Mehrfamilienhauses stand offen. Salik nahm die Treppe bis zur dritten Etage, immer zwei Stufen auf einmal. Oben angekommen, hämmerte er an die Tür auf der Sven Schröders Name zu lesen war. Es dauerte eine ziemliche Weile, bis sich dahinter etwas regte. Die Tür wurde einen Spaltbreit aufgeschoben. Sven schien entweder ein vorsichtiger Mann zu sein oder er witterte Ungemach. Wie recht er mit dieser Vermutung hatte, wurde deutlich, als der junge Mann den Zugang zu seinem Zuhause zudrücken wollte, denn Salik war flinker. Er hatte vorausgesehen, was Sven plante. Horsts Auftragnehmer war offensichtlich erstaunt. Er starrte den unbekannten Mann, der so plötzlich in seinem Flur aufgetaucht war, mit ängstlichen Augen an. Salik nahm einen unangenehmen Geruch wahr. Eine Mischung aus Schweiß, ungewaschener Kleidung, Alkohol und Zigaretten.

„Anstrengende Nacht gehabt, Herr Schröder?“

„Was geht Sie das an? Verschwinden Sie aus meiner Wohnung, Sie haben hier rein gar nichts zu suchen.“ Sven hatte sich anscheinend vom ersten Schreck erholt.

„Elmas, Kripo Koblenz, ich muss Sie bitten, mich ins Präsidium zu begleiten.“

„Was, warum? Ich denke gar nicht daran.“

„Herr Schröder, wir können das vernünftig regeln, indem ich Ihnen Zeit gebe, sich zu duschen und frische Kleidung anzuziehen.“ Salik schauderte es bei dem Gedanken daran, dass dieser übel riechende Mensch mit seinem durchdringenden Duft in seinem Dienstwagen Platz nehmen und die Luft darin verpesten würde. „Oder ich informiere eine Streife, die Ihnen dann Handschellen anlegen und Sie mitnehmen wird, so wie Sie im Moment vor mir stehen."

„Um was geht es denn überhaupt?" Sven war keinerlei Widerstand anzuhören, ihn beherrschte reine Panik.

„Um den Mord an Dominik Geiermann."

„Wer soll das sein?"

„Der Hofnarr. Das werden Sie wohl mitbekommen haben, es stand groß in der Zeitung."

„Ich lese keine Zeitung. Ich kenne diesen Typen nicht. Nie gehört den Namen."

Das Erstaunen war gespielt, davon war Salik überzeugt. „Einen Horst Lieberknecht kennen Sie aber schon?"

„Ja klar."

„Dann sollten wir uns auf den Weg machen."

„Horst bringt doch keinen um."

„Das habe ich auch nicht behauptet."

„Okay, fünf Minuten." Sven sah ein, dass es zwecklos war, auf seiner Unwissenheit zu bestehen. Er verschwand hinter einer Tür.

Für Salik natürlich eine tolle Gelegenheit, sich ein wenig umzusehen. Die Wohnung bestand aus einem einzigen großzügigen Raum, der Ermittler schätzte das Zimmer auf etwa dreißig Quadratmeter, auf denen sich alles abspielte. An einer Wand befand sich eine kleine Küchenzeile, an der zweiten ein großer Schreibtisch, an der dritten ein zerwühltes Bett, das offensichtlich auch als Sofa diente. Die vierte Seite war den Fenstern und der Balkontür vorbehalten. Auf dem Schreibtisch herrschte ein heilloses Durcheinander. Ein überquellender Aschenbecher, mehrere benutzte Tassen und Gläser, Notizblöcke, vollgekritzelte Zettel mit Nummern, Namen und Adressen. Das war wohl Svens Kundenkartei. Nirgendwo ein Computer oder ein Laptop, seltsam.

Dazwischen lagen Kugelschreiber, Bleistifte, Büroklammern, ein altertümlicher Locher, Tesafilmrollen, Fotos, Zigarettenschachteln, Feuerzeuge, Handys, allesamt ausgeschaltet, und ein Fotoapparat. Salik erlaubte sich, einen Blick auf die digitalen Bilder zu werfen. Papiere und Menschen. Unter anderem die Unterlagen, die als Nachweis über die älteste Gesellschaft der Stadt dienen sollten. Auf einer der Fotografien erkannte der junge Kommissar Helmut Günther. Interessant. Ansonsten fehlte es an Ablichtungen von Karnevalisten oder ihren Aktivitäten. Er legte die Kamera zurück und bemerkte dabei einen Terminkalender. Im Format DIN A4, in schwarzes Leder gebunden. Eines Managers aus den Achtzigerjahren würdig. Heutzutage benutzte man schließlich ein Blackberry.

Neugierig griff Salik nach dem Kalender. Gerade als er darin blättern wollte, fesselte das, was darunter zum Vorschein kam, seine Aufmerksamkeit um einiges mehr.

„Was ist los?“ Jana stemmte die Hände in die Hüften und sah die Streithähne an. Vielmehr den Streithahn und die Streithenne, die sich als Yvonne Hartkorn herausstellte. Sie schien dem Mann, der verwirrt vor ihr stand und sich die Wange hielt, eine gepfeffert zu haben.

„Yvonne, was soll das?“ Uwe Ahlers konnte sein Erstaunen nicht verbergen. „Christian, warum hat sie dich geschlagen?“

„Weil er ein Schwein ist“, kreischte Dominiks Verlobte.

„Kommen Sie sofort mit, Sie beide“, kommandierte Jana. Ihr Tonfall verriet, dass sie keinen Widerspruch dulden würde. Allmählich wurde ihr das Durcheinander zu viel. „Ich würde gerne Ihr Büro nutzen, Herr Ahlers.“

„Natürlich, natürlich.“ Der Geschäftsführer ging voraus.

Rund um den Kampfplatz hatten sich in Windeseile kleinere und größere Grüppchen gebildet, die das Geschehene offenbar angeregt diskutierten. Was hatte der Chef hinsichtlich von Klatsch und Tratsch von sich gegeben? Für beides bot die Handlung mehr als genug Stoff. Die Kommissarin und ihr Kollege Philipp komplimentierten Yvonne und ihren Sparringspartner in Uwe Ahlers’ Büro. „Nun, was haben Sie uns zu erzählen?“, erkundigte sich die Ermittlerin.

„Sie ist total durchgedreht, das ist los“, polterte der Mann, der von seinem Boss Christian genannt wurde. „Sie ist völlig irre, verrückt, absolut gaga. Eine Psychopathin, wenn Sie mich um meine Meinung fragen."

„Er hat Dominik gegenüber behauptet, ich hätte was mit ihm am Laufen gehabt. Der hat sie doch nicht mehr alle", wütete Yvonne.

„Du und dein bekloppter Verlobter, ihr habt sie nicht mehr alle", konterte Christian. „Dein feiner Dominik hat mir seit Monaten unterstellt, dich verführen zu wollen. Wie kommt der überhaupt auf diese schräge Idee? Das Einzige, was ich regelmäßig zu dir sage, ist ‚Hallo'. Deinem närrischen Freund bin ich vorher nie begegnet. Was wollte der von mir? Eher würde ich mir den kleinen Finger abhacken, als mit dir was anzufangen. Aber wenn man zum hundertsten Mal zu hören bekommt, dass man eine heimliche Affäre mit dir hat, dann sagt man irgendwann mal: Ja, verdammt, hab ich. Weil es unerträglich ist und man hofft, dass er dadurch Ruhe gibt."

„War die Hoffnung berechtigt?", erkundigte Jana sich süffisant.

„Erstaunlicherweise war sie das. Nach meinem „Geständnis" habe ich den Durchgeknallten jedenfalls nie wieder gesehen. Bemerkenswert, oder?"

In der Tat ungewöhnlich, überlegte die Kommissarin. Ob am Ende tatsächlich die Eifersucht des Opfers zu dem Mord geführt hatte? Die Kollegen, die sich im Präsidium mit statistischen Erhebungen beschäftigten, würden diese Frage mit einem klaren „Wahrscheinlich schon" beantworten. Janas Bauch dagegen beantwortete sie mit einem klaren „Wahrscheinlich nicht". Sie, vielmehr ihr Instinkt, glaubte nicht an eine Beziehungstat. Sie nieste. Dreimal hintereinander. Ihre Nase gab ihrem Bauchgefühl ohne Einschränkung recht. Es gab einiges zu klären. „Frau Hartkorn, wo waren Sie letzten Samstag zwischen sechzehn und achtzehn Uhr dreißig?"

„Ist mein Freund in dieser Zeit gestorben, ja? Daran jedenfalls trage ich keine Schuld. Da habe ich mich massieren lassen. Eine herrlich entspannende thailändische Aromaöl-Massage. Dauerte neunzig Minuten. Hat um Punkt vier angefangen und war kurz nach halb sechs beendet. Danach haben die Masseurin und ich noch gemeinsam etwas getrunken. Sie ist gegen Viertel nach sechs gefahren."

„Wie schön für Sie. Wo hat die Wohlfühl-Behandlung stattgefunden?“

„Bei mir zu Hause. Die Masseurin hat die Wohnung in dem Moment betreten, in dem Dominik sie verlassen hat. Es handelt sich um eine Thailänderin, die sich mit authentischen Thai-Massagen selbstständig gemacht hat und diese ausschließlich mobil anbietet.“ Die Dame könne sich sicherlich an sie erinnern, fuhr Yvonne fort und nannte einen Namen, der ziemlich zungenbrecherisch klang. Sie sei bei ihr Stammkundin. Außerdem habe sie mit ihrer Kreditkarte gezahlt. Ihre Angaben könnten sehr gerne überprüft werden.

„Das werden sie, verlassen Sie sich darauf.“ Jana hatte Yvonne während ihrer Mitteilungen aufmerksam beobachtet. Die Ermittlerin war sich sicher, dass die junge Frau froh war, ihren Verlobten los zu sein. Allerdings konnte man das keinesfalls offen sagen. Ebenso sicher war sie, dass jedes Wort über den Besuch der Masseurin im Zuhause der jungen Frau in Winningen wahr war. Dominiks Freundin war zutiefst erleichtert, dass sie für die Tatzeit hieb- und stichfest nachweisen konnte, sich an einem anderen Ort als er aufgehalten zu haben. Eine komfortable Situation. Yvonne war frei, was durchaus doppeldeutig zu verstehen war, erstens, weil ihr Verlobter das Zeitliche gesegnet hatte, zweitens, weil sie daran unschuldig war. „Philipp sei so nett und überprüfe Frau Hartkorns Alibi.“

„Klar, mach ich.“

„Herr Schröder, was ist das denn?“ Salik war von dem Anblick, den der Angesprochene bot, überaus angetan. Von seinem Wohlgeruch ebenfalls. Er duftete nach Deo, Aftershave und einem frischgewaschenen T-Shirt. Einem grauen, ohne irgendwelche Aufdrucke. Eine nahezu seriöse Erscheinung.

„Äh, ein Fahrradschlauch?“ Sven schaute Salik an.

„Eher ein ramponierter Fahrradschlauch, oder? Warum haben Sie ihn zerschnitten?“

„Also bitte, Herr Kommissar, teilweise liegt das Zeug schon seit Monaten auf dem Schreibtisch rum. Da kann ich mich doch heute nicht mehr daran erinnern, was ich damit gemacht habe. Vielleicht habe ich einen kaputten Schlauch damit repariert."

„Kann ich mal Ihr Fahrrad sehen?"

„Fahrrad? Was denn für ein Fahrrad? Ich habe gar kein Fahrrad."

„Das ist schade, Herr Schröder. Warten Sie einen Augenblick. Ich rufe meine Kollegen. Die kommen mit einem Dienstwagen und werden Sie dann ins Präsidium zu Herrn Hauptkommissar Tippel bringen."

„Und Sie?"

„Ich werde unseren Rechtsmediziner besuchen. Beziehungsweise unsere Spurensucher." Salik verstaute die Überreste des Schlauchs fein säuberlich in einen Plastikbeutel.

„Damit?"

Der Ermittler wertete Svens Gesichtsausdruck als entsetzt. Er nickte. Danach wartete er schweigend auf das Eintreffen der Streife. Es dauerte nicht allzu lange, da baten die uniformierten Kollegen Herrn Schröder auf den Rücksitz ihres Wagens. Salik beeilte sich, ins Rauental zur Rechtsmedizin, und damit zum Doc, zu kommen. Er betrat mit seiner Beute den Sezierraum. „Hallo Doc. Schau mal."

„Sei herzlich willkommen in diesen heiligen Hallen. Toll, dass du jetzt die Mordkommission Koblenz verstärkst. Was hast du denn da Schönes?" Der Doc warf einen Blick in den Plastikbeutel. „Oh, ein Fahrradschlauch. Aus der Firma der Verlobten?"

„Nein, eben nicht. Aus der Wohnung von Sven Schröder. Der hat wohl einen Auftrag angenommen, der dem momentanen Karnevalsprinzen schaden sollte."

„Ach was. Zeig mal." Der Doc nahm das vermeintliche Beweisstück genauestens in Augenschein.

„Und?" Salik trat aufgeregt von einem Bein aufs andere. Das wäre was, wenn ausgerechnet er, der Neue im Team, mit dem entscheidenden Beweis aufwarten würde.

„Das könnte auf den ersten Blick tatsächlich ein Schlauch der Art sein, wie er für die Tat benutzt wurde. Ich wiederhole: auf den ersten Blick. Wir müssen weitere Untersuchungen machen. Am besten bringst du ihn zu Georg. Der kann die Eigenschaften überprüfen."

„Das mache ich. Danke, Doc.“

„Na, du bist ja mit Feuereifer bei der Sache.“ Der Rechtsmediziner lachte Salik an.

„Sicherlich bin ich das. Ich bin so froh, diese Chance bekommen zu haben.“

„Du wirst sie nutzen, das weiß ich.“

„Bis dann.“ Der junge Ermittler huschte durch die Tür und war fast schneller verschwunden, als er da gewesen war. Der Doc lächelte in sich hinein. Genau solche Mitarbeiter benötigten die Polizeibehörden, wenn sie ihre Arbeit ordentlich erledigen und für die Menschen Sicherheit schaffen wollten.

„Frau Hartkorns Alibi wurde vollumfänglich bestätigt.“

„Danke, Philipp, exakt das habe ich erwartet.“

„Christian, darf ich erfahren, wo Sie sich um die fragliche Uhrzeit aufgehalten haben?“

„In meinem Tanzsportclub, wir haben trainiert von drei bis sieben. Fragen Sie meine Frau, die auch meine Tanzpartnerin ist, und die anderen Paare, wir waren insgesamt sechs.“

„Geben Sie Herrn Kirchner die Namen und soweit Ihnen bekannt, die Adressen.“

„Da wir gerade dabei sind, Herr Ahlers, rein aus Routine, wo waren Sie in der fraglichen Zeit?“

„Auf dem siebzigsten Geburtstag meiner Mutter. Es waren um die fünfzig Gäste da, darunter etliche, die nicht zur Familie gehören.“ Uwe Ahlers blinzelte die Kommissarin treuherzig an. „Ich kann Ihnen gerne ein paar Namen nennen.“

Was war denn bloß los, fragte die sich. Eine solche Dichte an unknackbaren Alibis gab es selten. Irgendjemand hockte schließlich immer angeblich alleine zu Hause oder wanderte einsam durch irgendwelche Wälder, wofür es naturgemäß keine Zeugen gab. Jana knabberte mit den unteren Schneidezähnen an ihrer Oberlippe herum. Die Spuren, die zu dem Radhersteller geführt hatten, waren sämtlich ins Leere gelaufen. Langsam aber verlässlich bekam sie schlechte Laune. Blieb zu hoffen, dass

Achim weitergekommen war. „Philipp, lass dir von Herrn Ahlers ein paar Namen und die Adressen von Geburtstagsgästen geben. Vorzugsweise von denen, die in allernächster Nähe wohnen."

„Es wird mir eine Ehre sein, Frau Kommissarin", warf Uwe Ahlers ein. Der schien mittlerweile Gefallen an den Ereignissen zu finden. Vielleicht freute er sich aber einfach nur darüber, dass sich unter seinen Mitarbeitern keine Gewaltverbrecher befanden. Eine nachvollziehbare Reaktion.

Jana wartete ab, bis Philipp seine Unterhaltung mit Herrn Ahlers beendet hatte. „Gehen wir", schlug sie vor.

„Auf Wiedersehen." Der Geschäftsführer verbeugte sich. „Das meine ich völlig ernst. Ich hoffe doch sehr, dass wir Sie einmal mit einem Fahrrad aus unserer Produktion erfreuen dürfen."

„Ganz bestimmt", entfuhr es dem jungen Oberkommissar spontan. „Sobald mein Kind alt genug ist, Rad fahren zu lernen."

Jana versetzte ihm einen Knuff in die Seite, dann marschierte sie entschlossen nach draußen. Philipp folgte ihr auf dem Fuß. „Du kannst sagen, was du willst, das ist ein toller Laden."

„Ja, ja. Zeig mir mal deine Notizen." Die Ermittlerin blätterte das Blöckchen durch. „Na, das passt doch prima. Wir klappern die Adressen ab, die dieser Firma am nächsten liegen. Wäre schön, wir hätten Glück und könnten die Alibis von Christian und Uwe Ahlers überprüfen. Auf geht's."

„Zu Befehl." Philipp gab Gas.

„Georg, schau mal." Salik legte den Plastikbeutel mit dem verräterischen Inhalt in die Hand, die der Chef der Spurensicherung erwartungsvoll ausgestreckt hatte. „Hältst du es für möglich, dass dieses Teil zu dem Mordhilfsmittel gehört?"

„Wo hast du es gefunden?"

Der Ermittler erzählte mit blitzenden Augen, was sich in der Wohnung von Sven Schröder abgespielt hatte.

„Ich muss das Material analysieren. Der Durchmesser könnte passen. Allerdings ist das Ding ziemlich zerknautscht. Es scheint länger dort gelegen zu haben, wo du es aufgespürt hast. Ich rufe dich an, wenn ich etwas herausgefunden habe. Ich schätze, Herr Schröder wird dich bereits vermissen."

„Das glaube ich kaum. Aber unter Umständen sind mehrere Kommissare angebracht, wenn Horst und Sven gemeinsam auf der anderen Seite sitzen und die Wahrheit preisgeben sollen."

„Dann nichts wie ab mit dir. Viel Erfolg."

Salik nahm auf seinem Weg nach oben zur Mordkommission erneut zwei Stufen auf einmal. Was wäre das toll, wenn sein Fund die Ermittlungen entscheidend weiterbringen würden, freute er sich erneut. Das nannte man wohl einen Einstand nach Maß. Vor der Tür zum Vernehmungszimmer hielt er kurz inne und sammelte sich. Eine Unterhaltung mit Verdächtigen oder Zeugen verlangte andere Fertigkeiten als eine Recherche. Er trat ein, ohne anzuklopfen. Zu seiner Verwunderung herrschte vor und hinter dem Aufnahmegerät eine nahezu entspannte Atmosphäre. Horst Lieberknecht nippte an einem Becher Orangensaft, während Sven Schröder, vor dem eine Tasse Kaffee stand, den Auftrag erklärte, den er von dem Generalfeldmarschall erhalten hatte. Achim nickte ab und an. Salik setzte sich neben den Kommissariatsleiter.

„Gut, Herr Lieberknecht, Herr Schröder, danke für Ihre Angaben. Unser Gespräch ist fürs Erste beendet. Informieren Sie Herrn Günther über Ihre kleine Intrige und sagen Sie ihm, er soll sich bei uns melden. Sollte das bis morgen Nachmittag nicht passiert sein, werden wir Ihrem Prinzen die Wahrheit näherbringen. Sie hören von uns, wenn wir weitere Aussagen benötigen. Ihr von Ihnen genanntes Alibi werden wir überprüfen, Herr Lieberknecht. Einen wunderbaren Tag noch."

Och, Salik war enttäuscht. Er hatte gehofft, etwas mehr mitzubekommen. Aber dafür war er zu lange mit dem Doc und Georg beschäftigt gewesen. Über eine Stunde. Wenn man ermittelte, verging die Zeit wie im Flug. „Und?", erkundigte er sich, nachdem der Generalfeldmarschall und sein Auftragnehmer den Raum verlassen hatten.

„In dieser Stadt scheint für eine Karnevalsgesellschaft das Wichtigste auf der Welt zu sein, dass sie die älteste ist. Mir ist unverständlich, warum das so ist, allerdings bin ich auch alles andere als ein Fastnachtsgeck. Horst Lieberknecht kann Helmut leiden wie Fußpilz. Er wollte ihm mit Sven Schröders Hilfe eine Falle stellen und ihn damit gesellschaftlich bis in alle Ewigkeit abschießen. Der Plan ist, was für ein Ärger, zum Scheitern verurteilt, weil wir ihnen draufgekommen sind. Der Generalfeldmarschall hat in der Tat keinen Grund, vorher etwas zu unternehmen, um den Prinzen in die Pfanne zu hauen. Das macht keinen Sinn. Wenn Helmut Günther auf die Fälschung hereingefallen wäre, wäre er erledigt gewesen. Er hat seine komplette Belegschaft samt Partnern zur Prunksitzung eingeladen. Der Schaden für ihn wäre immens gewesen, auch was seine Rolle als Arbeitgeber angeht."

„Alibis?"

„Lieberknecht behauptet, er wäre mit einem Teil seiner Artillerie auf ein Getränk ins *Weindorf* eingekehrt. Dort ist in der Session stets ein Tisch für die prinzenstellende Gesellschaft reserviert. Das dürfte leicht zu überprüfen sein."

„Sven Schröder?"

Die Tür öffnete sich nahezu lautlos.

„Tja, der hat kein Alibi."

„Wer hat kein Alibi?" Janas Stimme hörte man die Hoffnung an, die sie mit dieser Mitteilung verband. „Endlich, sonst hat nämlich wirklich jeder eins."

„Sven Schröder sagt, er wäre spazieren gegangen. Ganz alleine."

„Wie dumm für ihn", freute sich die Oberkommissarin.

„Er hat kein Motiv", gab Achim zu bedenken. „Lieberknecht und Helmut Günther, der von der Verbindung zwischen Schröder und seinem Feldmarschall keine Ahnung hat, haben ihn für seine Dienste großzügig bezahlt. Er hat keine persönlichen Aktien in diesem Fall. Ihm konnte egal sein, was letztendlich aufgrund seiner angeblich weltbewegenden Enthüllungen geschehen würde."

„Bist du dir sicher?"

„Hundertprozentig."

„Wie schade", murmelte Jana. „Dann würde ich behaupten, dass wir vorerst mit unserem Latein am Ende sind." Sie berichtete, dass alle Alibis, die am Morgen der Polizei gegenüber angegeben worden waren, bestätigt wurden. Die vier Ermittler schauten sich an. Nach einigen Augenblicken verschwanden sie wie auf ein geheimes Zeichen hin in ihren Büros, wo sie über dem Fall brüteten, wie Hennen auf ihren Eiern.

Kapitel 17

Jana warf sich für die Prunksitzung in ihr Hasenkostüm. Ihres war sandfarben, Billes türkis. Sie bestanden aus Oberteilen, die mit glitzernden Pailletten besetzt waren, kurzen Röcken und langen Ohren, die mit Hilfe eines Haarreifs am Kopf befestigt wurden. Auf den kurzen Röcken waren farblich passende Puschelschwänzchen aufgenäht. Die beiden Freundinnen waren gleichermaßen von der Verkleidung begeistert gewesen. Sie war niedlich und das waren die Damen nun auch. Jana und Bille malten sich gegenseitig Schnurrhaare auf Nase und Wangen. Funkelnde Ohrringe, Handschuhe, bequeme weiße Sportschuhe und Leggins vervollständigten das Outfit.

„Zum Wohl“, die Oberkommissarin prostete ihrer Freundin mit einem Glas Sekt zu.

„Auf einen schönen Abend.“ Die Sektkelche klirrten. „Den wir verleben werden, ohne dass eine gewisse Ermittlerin ermitteln wird.“ Bille reichte Jana ein Schälchen mit Erdnüssen. „Wir werden lachen, schunkeln, uns prächtig amüsieren. Bist du einverstanden oder hast du andere Pläne, von denen ich wissen sollte?“

Die Kommissarin grinste schief. „Grundsätzlich bin ich mehr als einverstanden. Blöderweise haben wir in den letzten Tagen keinerlei Fortschritte bei den Ermittlungen gemacht. Aber ich verspreche dir, du wirst es überhaupt nicht merken, wenn ich die Lauscher aufsperre.“

„Ach so, deshalb haben wir die großen Ohren. Jetzt begreife ich. Bereits bei der Auswahl unserer Kostüme hast du mich reingelegt.“ Bille seufzte bühnenreif. „Ich hätte es wissen müssen. Schließlich kenne ich dich nicht erst seit gestern.“

„Hättest du“, bestätigte Jana. Ihr wäre es auch lieber gewesen, den Abend unbeschwert verleben zu können. Ihre Kollegen und sie hatten sich Schwerdonnerstag sogar unter das feiernde Volk gemischt.

Achim war Helmut Günther gefolgt wie dessen eigener Schatten. Bei der Erstürmung des Rathauses durch die närrischen Weiber angefangen. Zum Erstaunen des Hauptkommissars war die Confluentia ebenfalls anwesend. Sie führte lautstark die Möhnen an, die dem Oberbürgermeister den Schlüssel zu seinem Dienstort abtrotzten. Dem Charme der weiblichen Armee könne man sich auf Dauer nicht entziehen, hatte der erste Bürger der Stadt irgendwann vom Balkon des Rathauses dem karnevalistischen Volk verkündet. Dann lüpfte er seine Fastnachtsmütze und gab sich geschlagen. Das triumphierende Kriegsgeheul war grenzenlos.

Achim hatte sich anfangs strikt geweigert, sich zu verkleiden. Philipps Argumente, dass er erstens viel besser agieren könne, wenn er kostümiert sei, es zweitens schweinekalt wäre und drittens an Schwerdonnerstag die meisten Aktivitäten auf der Straße stattfinden würden, hatten den Hauptkommissar schließlich überzeugt. Der Begriff schweinekalt hätte ihm sofort zu denken geben müssen, steckte er doch wenige Momente später in einem pinkfarbenen Plüschschweinchen-Kostüm. Samt Schnäuzchen und Ringelschwänzchen. Wie peinlich war das denn? „Entschuldigt bitte“, wagte Achim anzumerken, „ich finde das ist ziemlich auffällig. Macht das Sinn?“

„Unbedingt“, erwiderte Philipp, der Mühe hatte, sein Kichern zu unterdrücken. „An diesen Tagen ist derjenige am auffälligsten, der versucht, möglichst unauffällig zu sein. Du wirst sehen, du bist keinesfalls der Einzige in einem solchen Kostüm.“

Schon unter dem Balkon des Oberbürgermeisters musste Achim zugeben, dass die wunderbar warme Verkleidung ohne Zweifel ihre Vorteile hatte. Außerdem gab es tatsächlich Dutzende buntgekleideter Tiere, Frösche in neongrün, gefleckte Giraffen, Löwen, Bären, Elefanten. Die froren nicht. Wenn er die Gardemädchen in ihren kurzen Röcken und den Strumpfhosen sah, dann begann selbst er, zu frösteln.

Nach der Erstürmung des Rathauses ging es sofort auf den Jesuitenplatz. Dort war eine große Bühne aufgebaut, auf der eine Stimmungs-Band den Narren mit Karnevalsmusik und dem unvermeidlichen Ufftata mächtig einheizte. Bierbuden wurden in Dreierreihen belagert. Achim musste sich gegen Dutzende von Einladungen auf einen Drink wehren. Anscheinend fand die Damenwelt pinkfarbene plüschige Schweinchen äußerst attraktiv. Das musste er sich merken.

Prinz Helmut der Erste von der Sicheren Seite assistierte Ihrer Lieblichkeit Corinna, die das Spektakel auf dem Jesuitenplatz eröffnete. Das Prinzenpaar mischte sich anschließend unter das Volk. Hunderte von Feiernden waren unterwegs. Achim musste darauf achten, dass er immer den richtigen Fasanenfedern hinterherlief. Gegen dreizehn Uhr legten die Tollitäten und der neue Hofnarr Jens einen kurzen Zwischenstopp im *Weindorf* ein. Der Hauptkommissar schlich um das Wirtshaus herum und versuchte dabei möglichst unbeachtet zu agieren. Was in Pink gar nicht so einfach war. Ab und zu warf er einen Blick durch die Fenster, was sich als schwierig herausstellte, denn diese waren mit kleinen Gardinen versehen. Hoffentlich sah niemand in seine Richtung.

Nach und nach füllte sich der für die *Grün-Weißen* reservierte Tisch mit den Mitgliedern des Hofstaates. Soweit er das sehen konnte, wurde gegessen. Kleinigkeiten wie belegte Brote, Salzbrezeln und Käsewürfel. Getrunken wurde auch, in der Hauptsache Kaffee und Tee. Wahrscheinlich ein Tribut an die Kälte und das Programm, das an diesem närrischen Großkampftag noch durchzustehen war. In Achim machte sich allmählich Hochachtung vor der Leistung des Prinzenpaares und seinem Gefolge breit. Langsam bekam er eine Ahnung, welche Kondition man mitbringen musste, um dieser Aufgabe gerecht zu werden. Er würde nie mehr abfällige Bemerkungen über Prinz und Confluentia von sich geben, er versprach es.

Nach der Mittagspause ging es gegen Viertel nach zwei in die benachbarte *Rhein-Mosel-Halle*. Dort fand die große Möhnen-Sitzung statt. Achim folgte den *Grün-Weißen* in gebührendem Abstand. Um in die Halle eingelassen zu werden, war er gezwungen, seinen Dienstausweis zu zücken.

„Was wollen Sie hier?“, fragte die Dame an der Einlasskontrolle spitz, die passenderweise als Polizistin verkleidet war.

„Jugendschutzkontrolle“, nuschelte der Hauptkommissar.

„Dafür ist doch das Ordnungsamt zuständig.“ Er wurde streng gemustert.

„Heute unterstützen wir die Kollegen. Die können hilfreiche Hände gut gebrauchen.“

„Ach so, ja dann. Bei uns ist aber alles in Butter. Wir nehmen es auf unseren Veranstaltungen sehr genau mit dem Jugendschutz.“

„Davon bin ich überzeugt.“ Achim trippelte von einem Bein aufs andere. „Entschuldigung, ich müsste dringend mal wohin.“ Was der reinen Wahrheit entsprach.

„Oh, bitte.“

Endlich entkam er der strengen Einlasskontrolle. Er machte sich auf die Suche nach den Toiletten, die zum Glück schnell gefunden waren. Als ausgesprochen kompliziert stellte sich dagegen die Aufgabe heraus, dem Schweinchenkostüm zu entsteigen. Der Verschluss befand sich fatalerweise hinten. Wie unpraktisch. Achim hüpfte vor den Waschbecken hin und her, schaffte es aber nicht, den Reißverschluss weit genug zu öffnen, um sich aus der Verkleidung zu pellen. Verflixt und zugenäht. Das Schwein fing nach und nach an, zu pfeifen. Der Druck wurde sekündlich größer. Der Hauptkommissar wartete vergebens auf eine hilfreiche männliche Hand. Leider waren Männer auf einer Möhnensitzung eher selten anzutreffen.

Es sei denn als plumpe Vögel mit erschreckend behaarten Beinen in einer modernen Interpretation von Schwanensee. Wenn Tschaikowski wüsste, was gewisse Gesellschaften in der Karnevalszeit aus seinem Stück machten, er würde im Grab rotieren. Schließlich ergriff Achim die Flucht in die Damentoilette. Nachdem sich das allgemeine Gequieke gelegt und er seine Situation erklärt hatte, wurde ihm geholfen. Kurze Zeit später wusch er sich erleichtert die Hände. Er verzichtete darauf, den Reißverschluss ganz zu schließen und ließ ihn einfach fünfzehn Zentimeter offen stehen. Das Sweatshirt, das er darunter trug, würde die Kälte bestimmt abhalten.

Zunächst aber musste er den Prinzen aufspüren und dafür musste er einen Blick in den Saal werfen. Er hatte Glück. Als er vor den geöffneten Türen auftauchte, zogen die Tollitäten samt Hofstaat gerade unter erheblichem Tamtam und begeisterten Olau-Rufen Richtung Bühne. Wie es sich für Weiberfastnacht gehörte, hielt sich Helmut der Erste von der Sicheren Seite zurück und überließ seiner Confluentia die Aufmerksamkeit des Publikums. Corinna versprühte Fröhlichkeit und Esprit. Ihre pointierten Spitzfindigkeiten gegen die Männerwelt trafen exakt den Humor der geneigten Weiblichkeit. Es wurde gejohlt und geklatscht.

„Lasst es krachen, hört niemals auf zu lachen“, beendete sie ihre Rede, „jede von euch kann das meiste besser als ihr Mann. Ein dreifach doppeltes Olau und nun lasst sie raus, die Sau.“

Achim schaute an sich herunter, während der Saal tobte. Er zog sich ein wenig zurück. Wie er es vorhergesehen hatte, hetzten Prinzenpaar und Gefolge zum nächsten Auftritt. Der Hauptkommissar eilte hinterher. In Windeseile sprangen die Karnevalisten in die bereitstehenden Wagen. Auf den Ermittler wartete Philipp in einem unauffälligen Dienstauto.

„Folgen Sie dem Konvoi“, kommandierte Achim.

„Wird gemacht, Boss“, versprach Philipp. „Ich habe auf dem Rücksitz ein anderes Kostüm für dich dabei.“

„Wie schön. Was ist denn diesmal? Ein Huhn in einem dezenten Knatschgelb?“

„Gute Idee. Leider nein. Mönchskutte in zurückhaltendem Braun. Deine Lederjacke liegt auch hinten.“

„Das ist gut. Wer weiß, wie lange das heute noch geht.“

Es ging ziemlich lange. Nach der Möhnensitzung auf der Karthause folgten die in Lay und dann die in Moselweiß. Achim fiel um Mitternacht todmüde ins Bett, nachdem Philipp und er sich davon überzeugt hatten, dass Helmut von der Sicheren Seite gesund und munter zu Hause angekommen war. Der Tag war zwar ereignisreich, aber ergebnislos verlaufen. Keinerlei neue Spur im Mordfall Geiermann.

Damit musste sich auch Jana an diesem Samstag kurz vor dem Beginn der Prunksitzung der *Grün-Weißen* auseinandersetzen. Ob sie wollte oder nicht. „Wenn ich ein ganz kleines bisschen ermittele, liebste Bille, wärest du mir dann sehr böse?“, bettelte sie um Verständnis.

„Ich glaube, ich wäre enttäuscht, wenn du es nicht versuchen würdest“, gestand Sybille. „Lass uns aufbrechen. Bis nachher, Henry.“

Der Dackel, der einen ausgedehnten Spaziergang hinter sich hatte, lag auf seiner Decke, alle viere von sich gestreckt. Der Hund hob nur kurz den Kopf, als sein Frauchen ihm über den Rücken streichelte, dann sank er zurück auf die weiche Unterlage und gähnte ausgiebig. „Futter steht in der Küche“, sagte Jana, „bis später, mein Süßer.“ Als die beiden Freundinnen die Wohnung verließen, schnarchte der Vierbeiner bereits selig.

Der lediglich wenige hundert Meter lange Fußweg von der Wohnung der Oberkommissarin bis zur *Rhein-Mosel-Halle* dauerte nur ein paar Minuten. Als Bille und Jana den nahezu vollständig gefüllten *Großen Saal* betraten, spielte die Kapelle gerade den Fastnachtsklassiker *Heile, heile Gänschen.* Sie suchten ihre Plätze, die zwar seitlich unter der Balustrade, aber ziemlich weit vorne zu finden waren. Sie würden alles ausgezeichnet beobachten können.

„Was trinken wir?“, fragte Sybille.

„Ich bin der Meinung, wir sollten bei Sekt bleiben“, antwortete Jana. „Ich besorge uns zwei Gläser.“ Sie ging zur Theke und bestellte die Getränke. Allerlei Volk war im Vorraum zum Saal unterwegs. Hexen, Zauberer, Cowboys und -girls, Prinzessinnen, Matrosen, Zigeuner, Katzen, Mäuse und andere Hasen. Die Kommissarin genoss das bunte Bild der gutgelaunten Narren. Fröhlich trug sie das Prickelwasser zu ihrer besten Freundin und setzte sich neben sie. Wieder klirrten die Gläser. Es dauerte nicht lange und die Garden der *Grün-Weißen* zogen feierlich ein.

Horst Lieberknecht militärisch zackig mit der Hand am Dreispitz vorneweg, bemerkte Jana. Fahnen wurden geschwenkt, die Mädchen wurden in schwindelerregender Höhe von ihren Partnern auf Händen getragen. Dabei winkten sie lachend in die Menge. Das närrische Volk erhob sich und klatschte im Takt der Musik. Die Aktiven wogten auf die Bühne, dem Publikum bot sich ein buntes munteres Bild. Mittendrin das Prinzenpaar. Der Sitzungspräsident bimmelte mit seiner Schelle, die Narren setzten sich, die Kostüme raschelten, danach kehrte Ruhe ein.

Prinz Helmut der Erste trat nach vorne, die Confluentia an seiner Seite. „Meine lieben Närrinnen und Narrhallesen", hob er an, „ich begrüße euch in unserem Wohnzimmer, der wunderbar geschmückten *Rhein-Mosel-Halle*. Die schönste Zeit des Jahres, die Fasenacht, befindet sich schon wieder auf der Zielgeraden. Leider befindet sich einer nicht mehr unter uns. Unser Hofnarr Dominik. Natürlich möchten wir heute feiern und fröhlich sein, Dominik hätte es genau so gewollt. Dennoch können wir nicht verschweigen, dass er einem furchtbaren Verbrechen zum Opfer gefallen ist. Wir werden nicht ruhen, bis der Täter gefasst ist. Wir werden unseren Hofnarren, der es verstanden hat, dieses Amt anders zu interpretieren als seine Vorgänger, niemals vergessen. Er hatte eine ganz eigene unnachahmliche Art."

So kann man es auch ausdrücken, dachte Jana. Damit hat sich Prinz Helmut der Erste auf die sichere Seite begeben. Er hat seinem Hofnarren Respekt gezollt, aber ohne sich zu verbiegen.

„Bitte steht auf und schweigt eine kleine Weile zusammen mit den Repräsentanten unserer Gesellschaft im Gedenken an diesen außergewöhnlichen jungen Mann, der sehr vermisst werden wird."

Wieder raschelten die Fastnachtsstoffe. Die Menschen erhoben sich. Der Prinz lupfte seine Mütze mit den Fasanenfedern, Corinna ihr Hütchen, das ihr keck auf der kunstvollen Frisur gesessen hatte. Alle senkten die Köpfe. Eine halbe Minute herrschte Schweigen. Helmut schaffte es, die Narren behutsam zurückzuholen. „Danke euch allen", rief er, „nun lasst uns Karneval feiern. Dominik wird in unseren Gedanken sein. Wir grüßen dich und hoffen, dass du uns von einer Wolke aus zuschaust, lieber Dominik. Ein dreifaches Olau für dich."

Olau, olau, olau. Die Hände gingen im Rhythmus des närrischen Grußes nach oben.

„Und nun", der Präsident übernahm wieder das Kommando, „Bühne frei für unsere Garden, darunter auch unsere Jüngsten, auf die wir besonders stolz sind."

Frenetischer Beifall brandete auf. Die kleinsten Gardemädchen waren höchstens vier Jahre alt und hopsten in ihren kurzen Röckchen hin und her. Welch ein entzückender Anblick. Das närrische Volk war rundheraus begeistert. Die kleinen und die großen Tänzerinnen boten eine grandiose Show. Der Auftritt war die erste Rakete des Abends wert. Danach folgte der Protokoller. Irgendwann hatte Jana tatsächlich vergessen, dass sie bei der Polizei arbeitete und einige der Hauptpersonen der Gesellschaft beobachten wollte. Sie amüsierte sich über die Wortbeiträge in Reimform und in Prosa, in und außerhalb der Bütt. Sie bewunderte Solomariechen, Showtanzgruppen und das Gardetanzpaar ob ihrer akrobatischen Höchstleistungen. An Höhenangst durfte man bei den Darbietungen nicht leiden.

Die Kapelle und andere Musikgruppen heizten die Stimmung an. Die Kommissarin lachte, sie schunkelte, sie und Bille sangen lauthals im Duett *Aber bitte mit Sahne, Griechischer Wein* und *Ich war noch niemals in New York*, was voll und ganz der Wahrheit entsprach. Um kurz nach Mitternacht beendete der Sitzungspräsident die Veranstaltung, teilte mit, dass er selten ein solch wundervolles Publikum unterhalten durfte. Da konnte Jana ihm nur zustimmen. Arm in Arm mit Bille machte sie sich auf den Heimweg. Bis sie in der Kurfürstenstraße ankamen, hatten sie dreimal unter reichlich Gekicher und Gegickel *Aber bitte mit Sahne* geträllert. Natürlich leise, um die Menschen, die bereits schliefen, nicht zu stören.

Vorsichtig schlichen sie die Treppen nach oben in Janas Wohnung. Bille würde ebenfalls dort nächtigen. Henry hatte die beiden kommen hören und erwartete sie schwanzwedelnd hinter der Tür. „Hallo, mein Süßer“, begrüßte die Kommissarin ihr Haustier. „Hattest du es schön gemütlich?“

Wuff.

„Prima. Noch etwas zu trinken, Bille? Vielleicht einen spritzigen Prosecco? Zum Abschluss?“

„Höchstens noch einen ganz, ganz kleinen“, kicherte die Angesprochene.

Gefragt, getan, es perlte in den Sektkelchen. Die beiden Frauen schlüpften in ihre Schlafanzüge. Sie verzogen sich ins Bett, Henry im Schlepptau, der sich zwischen sie kuschelte. Gegen die weichen Kopfkissen gelehnt, ließen sie die Veranstaltung Revue passieren. Sie waren sich einig, dass es Spaß gemacht hatte und unbedingt wiederholt werden musste. Irgendwann wurde das Gespräch weniger lebhaft, der Dackel fing an zu schnarchen und es wurde Zeit zum Zähneputzen. Kurze Zeit später schliefen alle drei selig, Jana, Bille und der Hund. Die Freundinnen träumten in dieser Nacht von Dschingderassabumm und der Vierbeiner von Hasen in knalligen Farben, die einen Meter siebzig groß waren.

„Ich befürchte, wir müssen uns an Rosenmontag unter das Volk mischen.“ Achim war deutlich anzuhören, dass er diese Option äußerst ungern ins Kalkül zog. Zusammen mit seinem Team saß er am frühen Sonntagnachmittag in seinem Büro im Präsidium. Bedauerlicherweise hatte Janas Einsatz am Vorabend keinerlei Erkenntnisgewinn gebracht, der Kommissarin aber offensichtlich jede Menge Vergnügen. Zumindest hatte sie begeistert von der Veranstaltung berichtet.

„Vier Leute für einen Zug von wie vielen Kilometern?“, fragte Philipp nach.

„Ich weiß es nicht genau“, gestand der Hauptkommissar. „Es steht unter Garantie in der *Sonntagszeitung*. Ich gehe runter an die Pforte, da liegt bestimmt ein Exemplar.“

Wenig später wurde die Truppe aufgeklärt. „Der närrische Lindwurm wird auf einer Länge von fast zweitausendfünfhundert

Metern aufgestellt“, teilte Achim mit. „Die Aktiven legen eine Strecke von ungefähr fünf Kilometern zurück. Fünfzig Wagen, zwanzig Kapellen, über neunzig Fußgruppen.“

„Na prima“, seufzte Philipp. „An dem Tag ist polizistentechnisch sowieso alles auf den Beinen. Um den Zug einigermaßen zu überwachen, laden wir am besten eine Hundertschaft Kollegen aus dem Hohen Norden ein, die Fasching nicht kennen.“

„Keine schlechte Idee“, befand Jana. „Aber ganz im Ernst, wie bekommen wir es hin? Wir sind zu viert. Einer von uns sollte bei der Aufstellung dabei sein.“

„Hm. Der Zug startet um zwölf Uhr elf. Was meint ihr? Ab wann sollte man sich am Aufstellpunkt einfinden? Unauffällig selbstverständlich. Reicht gegen zehn Uhr?“

„Ich glaube schon, Achim. Das könnte ich übernehmen“, schlug Philipp vor. „Ich werde mich, selbstverständlich vollkommen unauffällig zu unseren uniformierten Kollegen gesellen, die sich dort aufhalten werden.“

„Super, dann stellst du dich ab halb zwölf in die Viktoriastraße, Salik. Du, Jana, in die Roonstraße und ich an den Friedrich-Ebert-Ring. Wenn sich der Lindwurm in Bewegung gesetzt hat, kannst du dich ebenfalls bewegen, Philipp, und zwar in Richtung Obere Löhr. Ohnehin brauchen wir nicht stocksteif am Straßenrand festzuwachsen, wir können ein bisschen hin und her laufen. Besonderes Augenmerk legen wir auf die Aktiven der *Grün-Weißen*. Wenn irgendetwas sein sollte, verständigen wir uns untereinander per Handy. Überall stehen zur Überwachung des Zuges genug von unseren Kollegen. Im Zweifel werden sie uns unterstützen. Morgen früh wird eine entsprechende Info rundgehen. Ein Zugriff kommt allerdings nur im alleräußersten Notfall in Frage. Es gibt kaum etwas, was ich mir schlimmer vorstelle, als eine Massenpanik während des Rosenmontagszuges mit eingeschränkten Fluchtmöglichkeiten in den Straßen und in sämtliche Richtungen.“

„Das stimmt wohl. In Ordnung, Boss, so machen wir das.“ Philipp sprach für das gesamte Team. „Dürfen wir nach Hause? Uns für den morgigen Einsatz erholen? Ähm, ich meinte vorbereiten.“

„Ja, dürft ihr“, der Kommissariatsleiter grinste. „Mir fällt im Moment nichts ein, was wir noch zu bereden hätten.“

„Wunderbar, das wird meinen Hund freuen.“ Die Oberkommissarin war als Erste durch die Tür, dicht gefolgt von Salik.

„Alles in Ordnung bei dir, Achim?“ Philipp war sitzen geblieben. „Wir werden dich vermissen.“

„Ich werde euch auch vermissen, aber ich habe mich entschieden. Ich hätte im Vorfeld offener mit meiner Bewerbung umgehen sollen. Leider stecke ich nun einmal in meiner Haut. Jana wird mir diesen Alleingang nicht verzeihen und ich kann sie verstehen. Sie darf mit Recht von einer Partnerschaft etwas anderes erwarten als Heimlichtuereien. Du siehst ja, wie schnell sie verschwunden ist.“

„Das war es wohl mit euch.“

„In der Tat, das war es wohl mit uns. Ich würde lügen, wenn ich sagen würde, es ist mir egal. Im Gegenteil, es schmerzt ordentlich. Ich muss mich sehr zusammenreißen, dass ich meiner Chefrolle gerecht werde. Das habe ich mir selber eingebrockt, wenn ich mit jemandem schimpfen will, dann mit mir. Zurückrudern steht keinesfalls zur Debatte. Das bedeutet, dass ich da durch muss.“

„Ja. Den ersten Preis für geschicktes Verhalten wirst du mit dieser Aktion kaum gewinnen. Trotzdem möchte ich dir alles Gute wünschen. Außerdem wünsche ich mir, dass wir in Kontakt bleiben. Damit meine ich privat, nicht dienstlich. Planst du einen Umzug nach Wiesbaden?“

„Danke, Philipp. Ob ich umziehe, wird sich zeigen. Vorerst muss ein möbliertes Zimmer reichen. Und nun mach, dass du nach Hause kommst. Zu deiner Sabine.“

„Tschau, Achim.“

Kapitel 18

Oberkommissar Kirchner verfluchte den unbedachten Moment, in dem er sich bereiterklärt hatte, bei der Aufstellung des Zuges dabei zu sein. Es nieselte vom Himmel, ein kühler Wind wehte. Er beneidete die Menschen, die mit Karneval keinen Vertrag hatten und sich gerade zu einem späten Frühstück an einen reichgedeckten Tisch setzten. Oder, noch schlimmer, die sich in ihrem Bett auf die andere Seite drehten und selig weiterschlummerten. Er dagegen kämpfte gegen die Müdigkeit und die Kälte. Den Aktiven, die am Zug teilnehmen wollten, schien das Schietwetter egal zu sein. Es herrschte ein mächtiger Trubel, fand jedenfalls Philipp, und aufgeregtes Geschnatter.

Die Gruppen mussten sortiert werden, während alle kreuz und quer durcheinanderwuselten. Fußgruppen, Wagen und Kapellen hübsch bunt gemischt. Die Kostüme der Fußgruppen waren größtenteils aufwändig und fantasievoll gestaltet. Es gab unter anderem Schleiereulen, Pinguine und Sonnenblumen zu bewundern. Am besten gefiel ihm eine Möhnengruppe, die sich als Gewitterwolken verkleidet hatte. Obwohl es einiges zu bestaunen gab, bewegten sich die Zeiger quälend langsam auf zwölf zu. Der Oberkommissar pustete warme Luft in seine Handflächen und auf seine Fingerkuppen. Wenn er jetzt seine Waffe einsetzen müsste, hätte er Schwierigkeiten den Abzug zu ziehen, weil seine Finger steif vor Kälte waren.

Zum Glück ging es irgendwann los. Genauer gesagt um Punkt zwölf Uhr elf. Prinz Helmut der Erste von der Sicheren Seite und Confluentia Corinna waren erst im letzten Augenblick erschienen. Das Vorrecht der Majestäten. Als die beiden auf ihre hoheitlichen Wagen gestiegen waren, setzte sich der Lindwurm, der den Ermittler aufgrund seiner schieren Länge eher an einen Bandwurm erinnerte, nach und nach in Bewegung. In diesem geordneten Zustand gefiel Philipp die Sache wesentlich besser als in dem Durcheinander vorher. Konzentriert beobachtete er, wie der Zug sich vorwärtsbewegte. Bis der Höhepunkt, der Prinzenwagen, Fahrt aufnahm, würden über zwei Stunden vergehen. Hinter dem Ganzen musste eine unglaubliche Vorbereitungszeit stecken und ein kluger Kopf, der eine Menge Ahnung von Logistik haben musste.

Er zog seinen Zylinder, denn er hatte sich für die Aufmachung von Heinz Rühmann entschieden, die dieser in Philipps Lieblingsfilm *Die Feuerzangenbowle* trug. Sogar ein kleines, unechtes Bärtchen hatte er sich auf die Oberlippe geklebt. Ein Glas Bowle käme ihm gerade sehr gelegen. Leider befand er sich im Dienst. Zu dumm. Unter dem Frack konnte er unauffällig seine Waffe und unter Hut und Schal die Sprechverbindung zu seinen Kollegen verstecken. Andererseits wuselten so viele Menschen mit Stöpseln in den Ohren um ihn herum, dass er überhaupt nicht auffiel. Als sich ungefähr die Hälfte des Zuges in Bewegung gesetzt hatte, beschloss der Oberkommissar, die Aktiven zu begleiten.

Er passte sich dem gemächlichen Tempo an und schlängelte sich durch die Reihen der Narren, die zu Tausenden an den Straßenrändern zu Karnevalsliedern schunkelten. Immer wieder kam es zu Pausen, weil einer der größeren Wagen Schwierigkeiten hatte, um die Ecken in den engen Altstadtgassen zu fahren. Die Fußgruppen traten dann auf der Stelle. Bei diesem Wetter musste man sich bewegen, sonst riskierte man eine Erkältung. Philipp trabte ein wenig schneller, um dieser Gefahr zu entgehen. In der Roonstraße blieb er stehen, er fühlte sich angenehm aufgewärmt und beschloss, sich an diesem Ort den kompletten Zug anzuschauen. Vielleicht fiel ihm etwas Entscheidendes auf.

Nach einer Stunde war er davon überzeugt, dass dieser Einsatz keinen Erfolg zeitigen würde. Seine Konzentration ließ nach. Seine gute Laune ebenfalls. Er gähnte verstohlen. Mehrmals. So heftig, dass ihm die Tränen kamen. Er konnte es nicht leugnen, die Müdigkeit machte ihm zu schaffen. Wahrscheinlich würde sie in naher Zukunft den Sieg davontragen können. Gleich schlief er in aufrechter Stellung ein. Der Oberkommissar zwang sich dazu, die Augen offenzuhalten. Zu seinem Glück zog in diesem Moment eine Musikkapelle an ihm vorbei. *Jo, mir san mim Radel do,* schmetterten die Instrumente. Die Lautstärke unterstützte seine sieben Sinne beim Wachwerden.

Dieses Lied hatte durchaus eine Bedeutung, fiel ihm wenig später auf. Folgte der Kapelle doch eine Gruppe Radfahrer. Die fahrbaren Untersätze sahen aus, als wären sie frisch beim Koblenzer Global Player der Radherstellung aus dem Ei geschlüpft. Elegante Räder mit schmalen Reifen. Die, die in die Pedale traten, waren als Mäuse verkleidet. Darunter viele sehr süße Mäuse, wie Philipp feststellte. Bei einer von ihnen sah er genauer hin. Ausgesprochen genau. Das niedliche Nagetier mit den großen Ohren und dem kurzen rotgepunkteten Rock kam ihm auffallend bekannt vor. Der Rock ließ die Augen fast automatisch nach unten wandern, wo der Blick auf stramme Sportlerwaden fiel. Attraktiv. Die Maus drehte den Kopf in seine Richtung. Philipp winkte ihr zu. Doch statt ihn zurückzugrüßen, erschrak sie mächtig. Sie freute sich keineswegs darüber, dem Oberkommissar auf dem Rosenmontagszug über den Weg zu radeln. Ohne zu überlegen oder auf ihre Mitradler Rücksicht zu nehmen, gab sie Gas und rauschte durch die feiernde Menge davon. Das war ein Ding. Hier stimmte doch was nicht. Philipps Mund näherte sich dem Mikrofon. Er brauchte Verstärkung.

Helmut der Erste von der Sicheren Seite genoss aus vollem Herzen die Fahrt auf seinem Prinzenwagen. Mit beiden Händen brachte er das Wurfmaterial unter das närrische Volk, unterstützt von seinen grün-weißen Mitstreitern. Die Menschen jubelten ihm zu. Überall empfingen sie ihn mit Olau-Rufen. Wie eine bunte Woge kamen ihm die fröhlich rufenden Narren am Wegesrand vor, wie eine Welle, die auf den Strand schwappte. Die Ärgernisse der vergangenen Tage waren vergessen. Die Mühen hatten sich gelohnt, auch die finanziellen. Er fühlte Stolz, vor allen Dingen Stolz darauf, den Widrigkeiten die Stirn geboten zu haben. Der Prinz atmete tief die kühle Luft ein, während er spürte, wie seine Wangen sich vor Aufregung rot färbten.

Das war ein Schock gewesen, als Horst ihm gestanden hatte, was er für einen Plan geschmiedet hatte, um ihn vor den Karnevalisten und damit vor der kompletten Öffentlichkeit zu blamieren. Der Generalfeldmarschall hatte das Gespräch mit dem Prinzen gesucht und sich zerknirscht gezeigt. Er hatte sich entschuldigt. Wort- und gestenreich. Helmut hatte das Gefühl, dass sein Gegenüber nahe daran war, in Tränen auszubrechen und ihm generös verziehen. Unter der Bedingung, dass Horst schriftlich per E-Mail gegenüber den Verantwortlichen der Gesellschaft seinen Rücktritt als Feldmarschall um null Uhr am folgenden Aschermittwoch erklären würde. Der hatte nur kurz versucht, sich dagegen zu wehren, aber dann rasch eingesehen, dass Strafe sein musste.

Natürlich hatte Helmut dem Feldmarschall die Information, dass er niemals vorgehabt hatte, die Geschichte mit der ältesten Gesellschaft auf der Sitzung zu verwenden, vorenthalten. Irgendetwas hatte ihn davor gewarnt, obwohl er anfangs von den Möglichkeiten, die sich boten, entzückt gewesen war. Zuletzt hatte die Erkenntnis, dass es sich nicht gehörte, den übrigen karnevalistischen Kongregationen eine solche Sache von der Bühne herunter um die Ohren zu hauen, die Oberhand gewonnen. Pfui, nein. Der Prinz amüsierte sich weiter damit, Kekspackungen in die erwartungsvoll nach oben gereckten Narrenhände zu werfen. Das machte Spaß, die Stimmung unten steuerte ihren Teil zur prächtigen Laune auf dem Wagen bei.

Die einzige Sorge, die sich Helmut am Morgen, als er aufgestanden war, gemacht hatte, betraf das Wetter. Trübe und regnerisch. Der liebe Gott schien kein Fasenachter zu sein, sonst hätte er Petrus verboten, es derart kühl und ungemütlich werden zu lassen. Aber auf die Narrengemeinde in Koblenz war Verlass. Dann wurde eben über die wollene Unterwäsche noch ein Nierengurt angezogen, damit die Körpermitte angenehm warm blieb. Außerdem packte man statt eines Fläschchens Schnaps zwei ein, dazu eine Thermoskanne heißen Tee und schon war man gegen sämtliche Wetterunbilden gewappnet. Man musste sich eben zu helfen wissen.

Solch eine vorausschauende Haltung wurde in diesem Moment dadurch belohnt, dass die Sonne durch die Wolken blinzelte. Wunderbar. Anscheinend hatte der liebe Gott ein Einsehen gehabt. Helmut dankte ihm stumm. Sein Wagen glitt geschmeidig vorwärts. Der Prinz hatte das Gefühl, dass die Wolken sich vom Himmel nach unten unter sein Prinzengefährt begeben hatten und er nun auf ihnen dahinschwebte. Er liebte, was er tat, er liebte die schunkelnden Menschen auf den Straßen, denen er stürmisch zuwinkte, er liebte seine Grün-Weiße Gesellschaft. Außerdem, ja, er gab es zu, war er ein wenig verliebt in sich selbst. Die letzten Tage hatte er souverän hinter sich gebracht.

Er drehte sein Gesicht zur Sonne und schloss für einige köstliche Sekunden die Augen. Bis zu dem Moment, in dem der Wagen abrupt bremste und der Prinz mit viel Mühe verhindern konnte, dass er längelang hinknallte. Was war denn nun los? Helmut blickte nach vorne, wo eine Art Verfolgungsrennen stattfand. Einer Mickymaus auf einem Rad hetzten zwei Männer und eine Frau hinterher. Die Maus strampelte und strampelte, kam aber durch die Menschenmenge nur langsam voran. Für ihre Jäger galt allerdings das Gleiche. Die Menschen wollten feiern und singen und sich nicht von irgendwelchen Verrückten von ihren Plätzen vertreiben lassen. Nach einiger Zeit verlor Helmut die Flüchtende und ihre Verfolger aus den Augen. Der Zug nahm wieder Fahrt auf und wenige Meter und Prinzenkekswürfe später hatte der Prinz den Zwischenfall vergessen.

„Nach links, Salik", keuchte Jana, während sie nach rechts abbog, „lauf du nach links." Drei Polizisten gegen eine Maus, kein Problem, hatten sie sich gedacht, nachdem Philipp sie informiert hatte und sie eilig zu ihrem Kollegen gestoßen waren.

Wo blieb Achim bloß, fragte sich Jana, als sie sich bemühte, den Anschluss nicht zu verlieren. Philipp hatte seine Kollegen zeitgleich informiert, woraufhin Salik und sie gemeinsam bei ihm eingetroffen waren. Sie hatten beschlossen, nicht auf ihren Kommissariatsleiter zu warten, sondern die günstige Gelegenheit und die Maus zu ergreifen. Das sollte allerdings, wenn es nach Janas Geschmack gegangen wäre, weniger spektakulär ablaufen, als es gerade der Fall war. Aber nun hatten sie sich auf das Kräftemessen eingelassen. Die Oberkommissarin sah, dass Philipp bis auf wenige Meter an die Flüchtige herangekommen war, ohne die Narren aus dem Weg zu schubsen.

Als sich die erste Chance bot, war die Radlerin so klug, aus der Menschenmenge herauszufahren. Sie fuhr in Windeseile unter der Eisenbahnbrücke hindurch, die zum Brüderhaus führte, musste ihr Tempo aber zu ihrem Ärger bald wieder drosseln. Hinter der Brücke sicherten Polizisten den Rosenmontagszug ab und regelten den überschaubaren Verkehr, der nicht in die Stadt einfahren durfte. Ihre Autos standen quer, es gab kein Durchkommen. Damit hatte die Maus nicht gerechnet. Augenblicke später war Philipp bei ihrem Rad. Die Lenkerin war bereits abgestiegen und versuchte ihr Glück in der Flucht zu Fuß. Eins musste man ihr lassen, sie war unglaublich fit.

Der Oberkommissar fluchte leise vor sich hin. Warum musste die jetzt vor ihm weglaufen? Die Antwort ergab sich zwangsläufig. Weil sie ein schlechtes Gewissen hatte. Sollte sie halt stehen bleiben. Er würde ihr gerne Gelegenheit geben, ihr Gewissen zu erleichtern. Salik und Jana hatten mittlerweile zu ihm aufgeschlossen.

„Ich probiere mal aus, wie man auf einem solchen Rad vorankommt", teilte der Oberkommissar mit und hob den Drahtesel über den Kühler eines Streifenwagens. Ein Kollege auf der anderen Seite war so freundlich und nahm ihn entgegen.

„Danke." Philipp schwang sich in den Sattel und begann vorsichtig zu treten. „Wow, super. Leichtläufig, klasse." Kurz darauf hatte er die Flüchtende erreicht. Er bremste und warf sich mit dem Rad in die Fluchtbahn. Die Frau gab auf. Endlich. Der Ermittler schnaufte durch, bevor er die Frage stellte, die er schon seit einiger Zeit stellen wollte. „Hallo, Frau Vogt, warum um alles in der Welt haben Sie es so eilig, vor uns wegzuradeln? Ach, wissen Sie was, wir unterhalten uns auf dem Präsidium weiter. Dort ist es gemütlicher."

Wenige Minuten später saß man in einem Vernehmungszimmer beieinander. Bettina Vogt, Philipp und Jana. Winfried Wagners Schwester blickte zerknirscht drein. Das Aufnahmegerät lief.

„Nun erzählen Sie mal", forderte die Oberkommissarin sie auf.

„Ich fahre gerne Rad, deshalb gehöre ich einem Radsportverein an. Wir nehmen an jedem Rosenmontagszug teil, selbstverständlich immer in einer neuen Verkleidung, letztes Jahr waren wir als Blumenwiese unterwegs."

„Schöne Idee. Ihr Rad haben Sie in der Firma erstanden, in der Dominik Geiermanns Verlobte arbeitet, habe ich recht?", mutmaßte Philipp.

„Ja, nirgendwo in Koblenz findet man etwas Besseres."

Was für ein merkwürdiger Fall, dachte Jana. Wir vernehmen gerade eine Mickymaus. Bettina Vogt hatte nichts von ihrer Verkleidung abgelegt. Die aufrecht stehenden runden Riesenohren bildeten einen seltsamen Kontrast zu dem resignierten Gesichtsausdruck der jungen Frau. Sie wusste, sie hatte verloren. „Sie haben Dominik vergiftet", stellte die Oberkommissarin nüchtern fest.

„In der Tat, Sie haben es erfasst."

„Erzählen Sie uns, warum Sie das getan haben."

„Weil er ein widerliches Großmaul war, jemand, der niemandem, außer sich selbst, das Schwarze unter den Fingernägeln gegönnt hat. Wenn er einmal etwas gefunden hat, kam man von seinem Haken nie wieder los." Bettina Vogt zerknautschte mit den Händen ihren Rock und schwieg.

„Was hat er von Ihnen verlangt?", bohrte Jana nach.

„Er war besessen von der Idee, Helmut Günther zu schaden. Also heckte er einen Plan aus. Er wusste natürlich, in welchem Metier der Prinz arbeitete. Herr Günther hat wohl, als feststand, dass er Karnevalsprinz wird, die Mitglieder seines Gefolges zu sich eingeladen und dort in großem Stil bewirtet. Außerdem hat er sie durch seine Firma geführt. Es war ihm wichtig, dass alle wussten, was sein Betrieb anbot. Wahrscheinlich ein Versuch, Aufträge zu ergattern, beziehungsweise empfohlen zu werden."

„Durchaus verständlich und wenig verwerflich", warf Philipp ein.

„Das sehe ich auch so. Dominik war selbstverständlich gegenteiliger Meinung. Er fand, etwas Derartiges gehöre sich nicht. Jedenfalls nicht für andere. Für ihn und sein Tun galten natürlich abweichende Maßstäbe. Immer musste für ihn ein zweites Paar Stiefel her. Es war ätzend. Er vertrat die Auffassung, der Prinz hätte eine Lektion verdient."

„Die wie aussehen sollte?", hakte Jana nach.

„Dominiks Plan hatte sich wohl schon während der Betriebsbesichtigung entwickelt. Bei dieser Gelegenheit hat er erfahren, dass der Prinz die Kekse, die vom Prinzenwagen aus verteilt werden sollten, in seiner Halle lagern wollte. Die Plätzchen wurden nämlich extra für Herrn Günther produziert. In Herzform mit der Beschriftung Prinz Helmut der Erste darauf. Dominik sah die Behälter mit den Frostschutzmitteln und dachte sich, Mittel dieser Art wären ideal, um Unheil anzurichten. Er wollte vergiftetes Wurfmaterial für den Prinzenwagen zwischen die Kartons mit dem einwandfreien Inhalt schmuggeln. Wie dieser Verrückte, der die Pausenbrote seiner Kollegen mit Bleipulver bestreut hat. Viele Menschen wären krank geworden, die Ursache dafür hätte sich einfach und einzig zu Helmut Günther zurückverfolgen lassen. Schwierig, da wieder herauszukommen."

Oh, ja, Jana hatte den Fall mit der Schwermetallvergiftung in der Presse verfolgt. Zurzeit wurde gerade geprüft, wie hoch die Zahl der Opfer tatsächlich war. Sie war seit einer gefühlten Ewigkeit im Geschäft Mord und Totschlag unterwegs. Trotzdem schafften Kriminelle es stets auf ein Neues, sie mit ihren irren, gemeingefährlichen Ideen zu überraschen. Die andere Irre dann nachahmten. „Ein ziemlich großer logistischer Aufwand, den Dominik betrieben hat", warf sie ein.

„Richtig, Frau Reber, aus diesem Grunde brauchte er ja mich. Ich sollte ihn hinfahren, aufpassen, dass uns niemand erwischt und ihn wieder zurückfahren. Danach, hat er versprochen, würde er mich für alle Zeiten in Ruhe lassen. Und meinen Bruder auch. Aber das hätte er natürlich nicht getan. Deshalb habe ich ihn um fünf am Parkplatz seiner Firma abgeholt, wir haben meinen Kofferraum mit den bereits vorher behandelten Keksen vollgeladen. Sein eigener Wagen sollte schließlich nirgendwo auftauchen. Der Kram liegt übrigens noch in meinem Auto. Ich denke, Sie wollen ihn untersuchen lassen."

„Durchaus", bescheinigte Jana.

„Ich habe ihn zu Herrn Günthers Geschäft chauffiert. Zur Feier des Tages, von dem an er Winfried und mich unbehelligt lassen würde, hatte ich eine Flasche selbstgemixten Cocktail dabei. Dominik war entzückt. Er war sofort dazu bereit mit mir anzustoßen."

„Mit Sex on the beach", murmelte Philipp.

„Genau“, bestätigte Bettina Vogt überrascht. „Woher wissen Sie das?“

„Von unserem Rechtsmediziner. Er ist ein schlauer Mann.“

„Wie auch immer. Dominik hat mit mir zusammen im Auto den Cocktail geschlürft. Dabei hatte er dieses kleine gemeine Funkeln in den Augen. Ist die doof, hat er hundertprozentig gedacht. Die glaubt tatsächlich, sie ist mich nach dieser Aktion los. Na, die wird sich wundern. Dumm für ihn, den genialen Hofnarren, dass er mich für unfähig hielt, seiner Gemeinheit etwas entgegenzusetzen. Denn ich hatte auch eine Strategie entwickelt. Ich habe seinen Drink mit reichlich K.-o.-Tropfen versetzt. Er hat es gerade noch geschafft, die Tür zur Halle aufzubrechen. Dabei ist der Alarm losgegangen, ich habe mich tüchtig erschrocken, aber er hatte es wohl mit eingeplant. Jedenfalls ist er ein paar Sekunden später nach ein wenig Getorkel ohne einen Laut weggesackt. Seinen eigenen Plan habe ich mir danach zunutze gemacht. Ohne ihn wäre ich nie darauf gekommen, ihn mit Frostschutzmitteln zu vergiften. Selber schuld.“ Bettina zog die Ohren aus, was sie seltsam hilflos erscheinen ließ. „Mit Fahrradschläuchen kenne ich mich aus“, fuhr sie fort, „ich bin so häufig mit dem Rad auf Tour, ich muss mir zu helfen wissen, wenn etwas kaputtgeht. Ich habe mir gedacht, dass es mit dem Schlauch funktioniert, aber derart einfach habe ich es mir keineswegs vorgestellt. Er war im Nullkommanichts hinüber. Er hat ein paar Mal gezuckt, das war es.“

Während Bettinas Ausführungen hatte Philipp mehrmals zufrieden genickt. Das Geständnis bestätigte die Erkenntnisse des Rechtsmediziners.

„Ich habe es gerade noch geschafft loszufahren, da kam schon ein Wagen von einem Wachdienst angerauscht. Dass er tot ist, tut mir kein bisschen leid“, fuhr Bettina Vogt leise fort. „Dass ich dafür ins Gefängnis komme, durchaus.“

„Das muss zwar ein Gericht entscheiden, aber ich fürchte, Sie werden für längere Zeit einsitzen, ich wage zu behaupten, für mehrere Jahre“, bejahte Jana. „Mord gehört einfach zu den Dingen, die in unserer Gesellschaft geahndet werden. Völlig zu

Recht, wie ich finde, mögen manche Motive noch so nachvollziehbar sein. Frau Vogt, ich nehme Sie hiermit fest, unter dem Verdacht, Dominik Geiermann umgebracht zu haben. Ich rate Ihnen, einen im Strafrecht erfahrenen Anwalt zu beauftragen, Ihre Verteidigung zu übernehmen."

Bettina Vogt sah die Kommissarin an. „Erst würde ich gerne mit meinem Bruder sprechen. Winni wird für mich da sein."

„Wie Sie wünschen."

Epilog

Niemals geht man so ganz, schallte es aus den Lautsprechern der Stereoanlage. Achim hatte für seine Abschiedsfeier mächtig aufgefahren. Die Tische bogen sich unter der Last der Sekt-, Orangensaft- und Wasserflaschen, gebackenem Leberkäse, einem halben Dutzend Salaten, bis zum Rand gefüllten Brotkörben und natürlich jeder Menge köstlicher Kuchen. Im gesamten Präsidium wusste man schließlich um die Schwäche des Hauptkommissars für Süßkram, so dass mehrere Torten als Geschenk mitgebracht worden waren. Außerdem gab es weitere Mitbringsel, einige durchaus ironischer Natur wie ein überdimensionales himmelblaues Sofakissen mit einer schlafenden Katze auf einer Wolke und dem Spruch *Alles Gute zum Ruhestand* darauf.

Wie Jana vermutet hatte, konnte Achim es sich aufgrund geleisteter Überstunden und den Urlaubstagen, die ihm noch zustanden, leisten, bereits im März seinen Hut zu nehmen. Die größte Enttäuschung ob seines Verhaltens hatte sich gelegt, aber das nahezu blinde Vertrauen, das zwischen ihnen geherrscht hatte, war ebenfalls verschwunden. Achim und Jana verzichteten einvernehmlich auf den Versuch einer Wiederherstellung. Es gab Porzellan, das unrettbar zerbrochen war, sobald man es zerschlagen hatte, mochte der Eimer mit dem Kleber noch so riesig sein. Wenn überhaupt, haftete es lediglich für Sekunden und zersprang dann erneut.

Trotzdem bedauerte die Oberkommissarin seinen Weggang, wie alle Kolleginnen und Kollegen, die mit Achim zusammengearbeitet hatten. Sie gönnten ihm aber auch die Chance, die er in Wiesbaden für sich entdeckt hatte, und wünschten ihm, dass sich seine Hoffnungen erfüllen würden. Außerdem konnte es aus der Sicht des Koblenzer Polizeipräsidiums nichts schaden, wenn man einen Mann beim Bundeskriminalamt sitzen hatte. Mit Sicherheit würde man bei manch einem Fall wieder zueinander finden.

Georg, Philipp, seine Frau Sabine, Salik, Jana, Henry und der Doc hatten sich um den Hauptkommissar geschart, alle mit Sektgläsern bewaffnet. Beziehungsweise mit einem Glas Orangensaft in Sabines Fall. Ihr war mittlerweile deutlich anzusehen, dass Nachwuchs unterwegs war. Nacheinander wünschten sie dem zukünftigen BKA-Ermittler viel Glück. Am wenigsten Aufheben um die Sache machte der Dackel der Oberkommissarin. Henry schaute Achim mit einem Blick, den man kaum deuten konnte, an, bellte einmal kurz, drehte sich um und marschierte Richtung Tür. Sein Frauchen beehrte den scheidenden Partner immerhin mit jeweils einem flüchtigen Küsschen auf die rechte und die linke Wange.

„Mach es gut“, verabschiedete sie sich.

„Auf bald“, antwortete Achim.

„Bis morgen, Jana“, sagten Salik und Philipp.

„Nein, meine Lieben.“

„Wie nein?“, riefen die jungen Ermittler wie aus einem Mund. Ihnen war die Verwunderung ebenso anzusehen wie Georg und dem Doc.

„Ich leiste mir zusammen mit Henry eine dreimonatige Auszeit. Bitte verzeiht, dass ich euch nichts davon erzählt habe, aber ich habe befürchtet, ihr würdet versuchen, mir meinen Plan auszureden. Ich brauche dringend eine anderweitige Beschäftigung als die mit unnatürlichen Todesfällen. Es hat mich viel Mühe gekostet, die Personaler dazu zu überreden, den Mund zu halten.“

Nicht ganz ernst gemeintes Gemurre aus einer der hinteren Ecken bestätigte die Aussage der Oberkommissarin. „Aber danach komme ich wieder. Das verspreche ich euch. Die Kollegen haben mir versichert, dass sie für euch da sind, falls ihr Unterstützung benötigen solltet.“

„Niemals hätten wir versucht, es dir auszureden“, behauptete Philipp, auf dessen Gesicht sich eine leichte Panik breitmachte, die seine Worte Lügen strafte.

„Das gönne ich dir“, schmunzelte der Doc und er meinte es exakt so, wie er es gesagt hatte. „Hast du bereits konkrete Vorstellungen?“

„Ich denke, ich werde ein wenig reisen. Vorzugsweise in sonnige Gefilde wie Griechenland, Portugal und Italien. Sybille wird mich eine Zeit lang begleiten. April an der Algarve, Mai in der Toskana, Juni in der Ägäis. Ich freue mich darauf.“

„Ich wünsche euch beiden …“, die Worte des Rechtsmediziners wurden durch lautstarkes Kläffen unterbrochen, „Verzeihung, euch dreien, viel Spaß dabei.“

„Danke.“ Jana verabschiedete sich mit einem strahlenden Lächeln. Draußen auf dem Flur lieferte sie sich mit ihrem fröhlich bellenden Vierbeiner ein kleines Wettrennen. Die nächsten drei Monate würden sie ihre Zeit frei und ungebunden wie der Wind verbringen. Mal sehen, wohin er sie wehen würde.

Achim blieb zurück und schaute noch minutenlang auf die Tür, die sich hinter Jana und ihrem Hund geschlossen hatte.